TITAN

Collection dirigée par
Stéphanie Durand

De la même autrice

Pilou Pilote – Escale sur la Lune, Québec Amérique, 2026.
Miss Solitude, Soulières éditeur, 2014.

Série Collège des mystères
Collège des mystères, tome 3 – Héritages, Québec Amérique, 2025.
Collège des mystères, tome 2 – Échos des ténèbres, Québec Amérique, 2025.
Collège des mystères, tome 1 – Les orphelins de casier, Québec Amérique, 2024.

Série Cathryn
Cathryn, tome 3 – Tornade et Limonade, Hurtubise, 2018.
Cathryn, tome 2 – Un été avec Banita, Hurtubise, 2017.
Cathryn, tome 1 – Avec un Y et pas de E, Hurtubise, 2017.

COLLÈGE DES MYSTÈRES

Tome 4 - L'Épreuve

Projet dirigé par Virginie Lessard-Brière, adjointe éditoriale

Conception graphique : Claudia Mc Arthur
Mise en pages : Audrey Guardia
Révision linguistique : Geneviève Lagacé et Sandrine Ducharme
En couverture : photomontage à partir des images de Drobot Dean, fergregory, moe, thebearsjourney, Yuriy Mazur / stock.adobe.com et de anindya fitri / freepik.com

Québec Amérique
7240, rue Saint-Hubert
Montréal (Québec) Canada H2R 2N1
Téléphone : 514 499-3000

Nous reconnaissons l'aide financière du gouvernement du Canada.

Nous remercions le Conseil des arts du Canada de son soutien.
We acknowledge the support of the Canada Council for the Arts.

Nous tenons également à remercier la SODEC pour son appui financier. Gouvernement du Québec – Programme de crédit d'impôt pour l'édition de livres – Gestion SODEC.

Canada | Conseil des arts du Canada | Canada Council for the Arts | SODEC Québec

Catalogage avant publication de Bibliothèque et Archives nationales du Québec et Bibliothèque et Archives Canada

Titre : Collège des mystères / Edith Girard.
Noms : Girard, Edith, auteur. | Girard, Edith, Épreuve.
Collections : Titan jeunesse.
Description : Mention de collection : Titan | Sommaire incomplet : tome 4. L'épreuve.
Identifiants : Canadiana (livre imprimé) 20230077021 | Canadiana (livre numérique) 20230077048 | ISBN 9782764457535 (vol. 4) | ISBN 9782764457542 (PDF : vol. 4) | ISBN 9782764457559 (EPUB : vol. 4)
Classification : LCC PS8613.I718 C65 2024 | CDD jC843/.6—dc23

Dépôt légal, Bibliothèque et Archives nationales du Québec, 2026
Dépôt légal, Bibliothèque et Archives du Canada, 2026

quebec-amerique.com

Imprimé au Canada

EDITH GIRARD

COLLÈGE DES MYSTÈRES

Tome 4 - L'Épreuve

QuébecAmérique

À tous ceux qui persévèrent,
malgré les murs et les barrières

Résumé des tomes précédents

À leur arrivée au collège Sainte-Hubertine, Emerson, Jordan, Alexie, Véronika et Willem découvrent de mystérieux objets dans leurs casiers : des reliques aux pouvoirs extraordinaires et uniques. Ils apprennent que les contes et légendes camouflent en fait l'existence d'un monde obscur, accessible par un portail caché dans leur école. Avant de mourir, le dernier Élu leur explique qu'il faut à tout prix le fermer pour protéger leur monde.

Lors de leur troisième année du secondaire, Aya, élève charismatique et mystérieuse, fonde la Brigade des anges gardiens et initie des élèves à de sombres rituels magiques.

Les rivalités et les manipulations s'intensifient au collège et au sein des voisins de casier. Willem, en quête d'appartenance, rejoint le cercle d'Aya. Cette dernière, de plus en plus ambitieuse, prépare un rituel pour invoquer la Corriveau lors du spectacle de fin d'année.

L'événement bascule en véritable affrontement magique : Aya hypnotise les spectateurs, pendant que les voisins de casier luttent pour empêcher la résurrection de la Corriveau, sans succès. La bataille culmine avec l'apparition du diable et le sacrifice héroïque de Zellane.

L'année scolaire se termine alors que les liens d'amitié sont mis à rude épreuve. Willem se sent trahi, et Romy doit partir à Londres. Chacun est contraint de faire face à ses blessures et à ses choix.

L'incendie de la chapelle marque la fin d'une ère, tandis que l'ancienne directrice, sortie du coma, est la seule à savoir que Francis Miron est à l'origine de l'ouverture du portail…

Avertissement

Vous vous apprêtez à entrer dans un univers fantastique qui comporte du sang, des combats, des agressions physiques, de la manipulation psychologique, de l'intimidation, des dénonciations, de la cruauté envers les animaux et des mentions de la mort. Les lecteurs sensibles à ces thèmes devraient prendre en considération cet avertissement avant de franchir les portes du collège Sainte-Hubertine…

PROLOGUE

Tout en haut de la falaise, le collège Sainte-Hubertine se dressait fièrement au cœur du Vieux-Québec. Une lune éclatante venait d'apparaître dans le ciel d'été. Elle se joignit aux lampadaires d'antan pour éclairer les deux bâtiments de l'école, le premier centenaire, et le second plus moderne. Des grilles de sécurité entouraient les ruines de la chapelle. Les flammes d'un incendie avaient ravagé l'ancienne église deux mois plus tôt. Il ne restait que des débris de briques et de matériaux calcinés.

En cette soirée, tout était calme dans le collège. Seuls le grésillement des néons et le craquement des planchers, tordus par la chaleur moite, troublaient le silence. Une équipe d'entretien avait complètement nettoyé l'intérieur. Les enseignants avaient quitté les lieux après de longues heures de préparation pour la prochaine année scolaire.

Dans le pavillon A, l'ancienne partie de l'établissement, et par-delà le grand hall ouvert sur deux étages, un couloir menait aux locaux du personnel. Tout au bout se trouvait celui de la direction. La pièce aux murs de bois était plongée dans la noirceur. Elle avait repris son allure vieillotte initiale : une armoire massive de style rustique, des lampes à abat-jour poussiéreux, des classeurs alignés comme des soldats et plusieurs bibliothèques bien garnies. Les rideaux opaques et les toiles cauchemardesques de Mme Robidoux, l'enseignante de français qui avait remplacé la directrice l'année dernière, avaient disparu.

La porte du local s'ouvrit. Une personne entra avec les bras chargés de boîtes et de sacs, et déposa le tout sur la table de travail, un meuble lourd et solide, couvert de trombones et de stylos. Francis Miron, qui enseignait aux élèves de quatrième et cinquième secondaire, soupira en observant le lieu. Malgré sa mi-trentaine, une énergie de jeunesse brillait dans son regard. Il avait un teint beige clair et des cheveux courts et noirs comme la nuit. Il tira le nœud de sa cravate marron tout en s'assoyant sur une chaise. En se penchant vers l'arrière, il jeta un coup d'œil vers le fond de la pièce, où se trouvait le placard.

Deux ans auparavant, le diable lui avait lancé un sortilège et l'avait gardé prisonnier d'un coma magique, dans l'espace de rangement. Depuis, M. Miron faisait preuve de vigilance. Il évitait les confrontations inutiles. Il prendrait sa revanche, lorsqu'il aurait acquis des pouvoirs supplémentaires et qu'il serait membre de la Ligue.

Avec la vivacité d'un colibri, Francis Miron récupéra une clé et déverrouilla un des tiroirs du classeur. Il en sortit des chemises en carton et revint au bureau pour les analyser.

L'année dernière, la situation avait frôlé la catastrophe. Ses propres objectifs et les demandes de son organisation l'avaient tant accaparé qu'il n'avait pas réalisé que des élèves avaient appris la magie simple ! Il savait maintenant qu'il ne devait pas ignorer la puissance du portail ouvert.

Tandis qu'il étudiait les documents en grattant son menton pointu, le téléphone sonna. Une seule personne pouvait l'appeler à cette heure tardive du soir. Francis décrocha lentement le combiné et dit de sa voix grave :

— Oui ?

Il écouta son interlocuteur, avec les sourcils froncés.

— Tout va comme prévu, confirma Francis. J'ai même trouvé des indices sur l'emplacement de nouvelles reliques… Non ! Pas besoin de vous déplacer. Je m'occupe de tout !

Le corps de Francis se crispa alors, comme s'il venait de se faire piquer par un moustique. Il n'aimait pas les propos qu'il entendait. Il se leva, toujours en tenant fermement le combiné :

— Je vous rappelle que j'ai réussi à ouvrir un portail ! Ce dont vous rêviez ! Si ce n'est pas suffisant pour me faire confiance… C'est ça, oui… Je vous l'ai déjà dit : je vous le montrerai bientôt !… Exactement. Je vous contacte dès que j'aurai les reliques.

Francis raccrocha. Il serra sa tête avec ses deux mains. Il n'aimait pas se faire mettre la pression. Voilà pourquoi il préférait opérer seul.

Pour se changer les idées, il continua d'examiner les papiers étalés sur la table. Chaque dossier contenait la fiche d'un élève du collège Sainte-Hubertine, avec sa photo, ses coordonnées, les informations sur sa famille et ses résultats scolaires. Le premier était celui d'une brunette à la tête ronde et à l'air songeur. Celle-ci avait quitté l'école, et donc, Francis Miron mit son document de côté. Il s'attarda sur les suivants, ceux d'un jeune blond au sourire candide et d'un garçon au regard profond et sérieux. Il s'appliquait à mémoriser toutes les informations. Il apprit ensuite par cœur le contenu des dossiers de cette fille à la stature droite et de celle avec un ruban dans les cheveux. La dernière chemise présentait un élève frisé, qui avait un air timide et des lunettes trop larges pour son visage étroit. Francis Miron posa le doigt sur la photo d'Emerson Tousignant, là où se trouvait son œil droit. C'était un jeune introverti, si discret que le nouveau directeur ne l'avait jamais remarqué.

L'homme fronça alors les sourcils en lisant les noms des parents du garçon... Il les reconnaissait. Mais comment était-ce possible ? Comment pouvait-il être lié à cet élève ?

Minuit approchait. Déstabilisé, Francis Miron rangea nerveusement la paperasse. Il devait investiguer au sujet de cette découverte, mais d'abord, il souhaitait tirer parti de cette heure nocturne, propice à la préparation de potions. Il fouilla dans une des boîtes de carton et, sous le petit livre rouge retrouvé dans la chapelle, il trouva son grand sac rond.

L'objet à l'intérieur était un masque sculpté, avec des motifs noir et blanc. Il représentait une figure humaine tordue, au menton triangulaire et à la bouche ouverte. Sur le haut était gravé un serpent en mouvement. Francis Miron le plaça sur son visage. Aussitôt, il disparut…

PARTIE 1

1
Emerson

Emerson était en retard pour la rentrée scolaire. Vraiment en retard ! Il avait complètement oublié d'activer l'alarme de son réveille-matin avant de se coucher. Il dévala donc l'escalier arrière du logement où il vivait et se dépêcha d'attraper son autobus. Quelques minutes plus tard, il sortait de l'engin et courait sur la rue bondée de piétons. Pour aller plus vite, Emerson emprunta les ruelles du faubourg Saint-Jean-Baptiste. Il ralentit toutefois la cadence afin de gravir la longue côte menant à la place de l'Hôtel-de-Ville. Là-haut, une statue s'érigeait devant de grands arbres et une église. Emerson ne vit aucun élève, signe qu'il arrivait le dernier.

Marie-Claude, sa tante, était absente depuis plusieurs jours, car elle assistait à une conférence professionnelle à Trois-Rivières. Elle avait jugé qu'à quinze ans, bientôt seize, Emerson était capable de prendre soin de lui-même. La confiance que sa tante lui accordait le rendait heureux, d'autant plus que cette dernière était généralement anxieuse. Néanmoins, il réalisait qu'il n'était pas autonome au point de pouvoir se lever à l'heure.

Une voiture noire était stationnée devant le passage menant à la cour du collège. Emerson fut surpris de voir des barrières grises interdisant l'accès. Il s'approcha tout de même, en reprenant tranquillement son souffle. Un homme immense avec une oreillette de communication l'empêcha d'avancer. Il l'inspecta de la tête aux pieds et ordonna :

— Les élèves doivent se diriger vers la porte principale.

Emerson obéit à l'agent de sécurité et emprunta la rue Sainte-Famille, même si ce détour le retardait davantage pour son premier jour de quatrième secondaire.

Aussitôt qu'Emerson entra dans le collège, il sentit la magie chatouiller ses sens. Il perdit conscience de la réalité pendant un instant, alors qu'une odeur de terre et d'épinette emplissait ses narines. Ses mains picotaient. Ses oreilles captaient un son sifflant, comme le souffle du vent dans un tuyau. Tout son corps réagissait à ce lieu baigné d'une puissance surnaturelle.

Emerson était une sentinelle : un être suprasensible capable de percevoir des phénomènes magiques. Même une personne non initiée pouvait la ressentir. Emerson, lui, connaissait toutefois les secrets cachés dans le collège.

En première secondaire, il avait appris que les contes et légendes dissimulaient l'existence de la magie. Des créatures du monde obscur s'étaient immiscées dans l'univers des humains pendant des siècles. Des guerrières et des guerriers les avaient longtemps combattues. Un jour, ceux qu'on surnommait les Premiers Élus ont réussi à fermer les portails entre les mondes. Mais récemment, quelqu'un avait rouvert celui caché dans les souterrains du collège Sainte-Hubertine. Qui l'avait fait ? Pourquoi ? Et comment refermer le passage ? Emerson et ses voisins de casier tentaient de répondre à ces questions depuis trois ans.

M. Chevalier, le dernier Élu, les avait avertis de ne pas révéler l'existence du portail. Des générations de guerriers s'étaient appliquées à le faire, afin d'empêcher des gens aux mauvaises intentions d'utiliser la magie. En conservant ce secret et en gardant les portails clos, ils protégeaient les humains contre les forces du mal.

Dans l'entrée principale du collège, Emerson se retrouva nez à nez avec Mme Proulx, la secrétaire qui portait un ensemble assorti à ses lunettes lilas. Elle finissait de donner des indications à un autre retardataire :

— Tu dois monter au deuxième étage et utiliser la passerelle pour rejoindre le pavillon B.

— Qu'est-ce qu'il y a dehors ? demanda l'élève de deuxième secondaire.

— Dépêche-toi, tu es en retard !

Le jeune obtempéra en traînant les pieds.

— Monsieur Tousignant ! dit alors la secrétaire. Vous devriez déjà être dans l'aire des quatrième secondaire ! Vite !

Mme Proulx le chassa sans lui en dire plus. Emerson traversa rapidement le grand hall, dépassa l'impressionnant escalier en colimaçon, puis atteignit les portes vitrées menant aux aires de repos des élèves du deuxième cycle.

Il entra dans la pièce ouverte, découpée en trois sections séparées par des rangées de casiers. C'était l'endroit pour se retrouver, étudier, prendre ses pauses et ses repas. Du côté gauche se trouvaient l'infirmerie et des locaux pour les activités parascolaires. Il y avait d'abord l'aire des troisième secondaire, puis celle des quatrième. Les élèves de troisième étaient tous massés devant une barrière.

Emerson hésita. Il n'aimait pas les foules, et l'idée de devoir se faufiler à travers celle-ci lui donna mal au cœur. Une personne surgit du public pour le saluer :

— Emerson ! lança Madeline de sa voix claire avec un accent français.

La jeune fille était maintenant en troisième secondaire. Elle portait ses cheveux remontés sur la tête et souriait, ne cachant plus ses broches.

L'année dernière, celle-ci avait cru qu'elle sortait avec Emerson et sa déception avait été grande lorsqu'elle s'était rendu compte que ce n'était pas le cas. Aussi, Madeline avait été membre de la Brigade des anges gardiens et du Cercle des sorcières. Aya avait créé le premier groupe pour lutter contre l'intimidation. Le projet était noble, mais elle s'était laissé influencer par un livre inspiré du diable. Madeline elle-même avait appris à lancer des sortilèges.

Contrairement aux créatures du monde obscur, qui généraient leur propre magie, les humains avaient besoin d'une source pour faire des sortilèges. Emerson et ses voisins de casier détenaient des reliques qui leur procuraient des pouvoirs. Aya, elle, avait utilisé un livre mystérieux, *Les carnets rouges – Volume 1*, qui agissait comme une source de magie. Le portail caché sous le collège dégageait aussi une puissance extraordinaire. Celle-ci permettait à quiconque se trouvant dans les environs de faire de la magie simple, s'il connaissait les techniques adéquates.

Emerson et ses voisins de casier avaient affronté les sorcières lors de la pièce de théâtre, mais Aya avait tout de même réussi à faire apparaître le diable par erreur. Les boules de feu du démon avaient incendié la chapelle. Par chance, un sortilège avait réveillé la foule paralysée et effacé tous ses souvenirs des phénomènes surnaturels. Même les membres du Cercle avaient oublié la magie. Emerson ignorait encore qui avait réalisé ce puissant sortilège.

— Tu sais ce qui se passe ? s'informa Madeline en pointant vers l'aire des quatrième secondaire. Personne veut le dire ! C'est vraiment intrigant, tu trouves pas ?

Une élève au teint mat et aux dents très blanches interpella Madeline :

— On arrive pas à voir d'ici, dit Lou-Anne. On va plus loin.

Emerson en profita pour suivre les deux jeunes filles qui se faufilaient dans la foule. Il aperçut Mme Robidoux, l'enseignante de français dans la cinquantaine, qui avait attaché en chignon sa chevelure poivre et sel. Sa coiffure mettait en évidence son nez de corbeau. Malgré la chaleur, elle portait une robe noire très longue, dont l'ourlet usé traînait sur le sol. Elle avait un air détendu, maintenant qu'elle n'était plus directrice remplaçante. Emerson n'avait jamais rencontré Mme Roy, la vraie directrice, absente depuis son arrivée au collège.

— Vous êtes en retard, Monsieur Tousignant, chuchota-t-elle. Ça va commencer…

— Qu'est-ce qui va commencer ?

L'enseignante resta muette et lui fit signe de rejoindre ses collègues. Emerson reconnut les élèves de quatrième et de cinquième secondaire, ainsi que les membres du personnel. Quatre adultes inconnus se tenaient devant eux, comme lors d'assemblées. Il y avait aussi huit adolescents revêtant des uniformes différents de celui de Sainte-Hubertine. Leurs pantalons et leurs jupes étaient noirs et non bleus, et ils portaient des chemises plutôt que des polos. Certains avaient des vestes de tweed à carreaux marron et vert clair.

Emerson croisa Alexie dans la foule, l'une de ses voisines de casier et complice dans ses aventures magiques. Ses cheveux foncés comme l'encre étaient coupés à la hauteur de son menton, ce qui mettait en évidence son long cou et son visage brun sable en forme de diamant.

— Tu sais ce qui se passe ? chuchota Emerson.

Alexie n'eut pas le temps de répondre. M. Miron, l'enseignant d'univers social que les élèves appelaient « monsieur Francis », tapa dans ses mains pour demander le silence :

— S'il vous plaît ! Merci… Merci de votre attention, tout le monde !

Peu à peu, les voix s'estompèrent.

— La rentrée de cette année est très spéciale, car elle marque le commencement d'un projet unique pour vous. Mais je vais laisser la parole à monsieur Carpentier, le vice-président du conseil d'administration du collège, qui va vous expliquer…

L'homme à sa droite, celui aux cheveux blancs et aux lunettes rouges, s'avança :

— Merci, Monsieur Miron ! Et merci pour votre organisation rapide. Je suis convaincu que votre nomination comme directeur est le début d'une ère fructueuse pour le collège !

Emerson comprit que Mme Roy n'était pas de retour et que c'était l'enseignant d'univers social qui allait la remplacer.

— C'est un plaisir de lancer ce nouveau projet ! continua M. Carpentier. Notre cher et prestigieux collège Sainte-Hubertine est heureux d'accueillir huit jeunes de seconde du lycée Sainte-Périne, un établissement réputé du 6e arrondissement de Paris. Les élèves du deuxième cycle auront la chance de les côtoyer et de développer des liens avec eux. Ils sont accompagnés par leur assistante à la direction, madame Marchal, à qui je cède immédiatement la parole pour vous expliquer les détails…

Avec son jean et sa veste de cuir, la dame qui s'avança ressemblait à une enquêtrice de la série policière qu'Emerson écoutait avec sa tante :

— Merci pour votre accueil. Nos élèves ont très hâte de faire votre connaissance. Ils sont issus du programme général de technologie. Ils passeront toute l'année scolaire au Québec, un voyage obligatoire pour l'obtention d'une mention spéciale sur leur diplôme. Cette visite sera sans aucun doute une expérience enrichissante de part et d'autre. Nos élèves suivront tous vos cours. Monsieur Barthelemy, notre enseignant de lettres, m'accompagnera pour que nous nous assurions de l'équivalence des évaluations…

Elle désigna l'homme dans la cinquantaine aux cheveux noirs lissés. Il portait une veste avec des volants en satin et une chemise aux poignets en dentelle, qui lui donnaient l'air d'un vampire.

— J'en profite pour remercier monsieur Carpentier, un vieil ami, qui a accepté ce projet de dernière minute, qui se conclut de la meilleure des manières !

M. Carpentier reprit la parole, malgré l'impatience de la foule.

— Je tiens à dire merci à madame Vidal-Colin, consule générale du Consulat général de France à Québec, qui nous a proposé ce magnifique projet !

Il pointa la femme en tailleur crème et aux lèvres rose corail, qui souriait avec un certain malaise.

— Aussi, j'aimerais souligner la présence de monsieur le ministre. C'est toujours un honneur de vous recevoir.

— C'est le père d'Angélina ! murmura alors Alexie.

Emerson reconnut en effet la gaieté légendaire de l'homme au teint mat, vêtu d'un élégant costume. Sa fille dégageait la même joie de vivre inébranlable. Justement, Angélina se tenait tout près. Elle était avec Véronika, la voisine de casier d'Emerson. Les cheveux blond platine de cette dernière étaient retenus en chignon lâche et sa peau claire aux reflets dorés rayonnait. Il manquait leur troisième acolyte : Sara. Les trois étaient pourtant toujours ensemble !

— Qu'est-ce qui se passe ? chuchota une voix grave.

Jordan, un autre des voisins de casier, venait tout juste d'arriver. Il avait grandi de plusieurs centimètres et, avec son physique avantageux de sportif, il avait maintenant une vraie carrure d'homme ! Son teint noir très foncé brillait comme une pierre précieuse. Jordan inspectait les lieux avec son air sérieux.

Emerson l'imita sans pour autant lui répondre. Il reconnut alors son ami Willem. Contrairement à son habitude, celui-ci portait des vêtements défroissés. Ses cheveux étaient redevenus courts et aucune mèche ne tombait devant ses yeux. Il était moins large, plus grand, et avait la peau bronzée. Il paraissait solide, droit. Une vraie métamorphose !

Willem avait pris part au complot des sorcières pour faire revenir la Corriveau à la vie. Toutefois, au dernier moment, il avait compris le danger et avait proposé un plan de contre-attaque. Après l'incendie de la chapelle, alors qu'ils enterraient Zellane, Willem avait lancé des reproches à Véronika, Alexie et Jordan. Emerson se doutait qu'en réalité, son ami n'aimait pas être négligé. Bien qu'ils aient affronté des créatures immondes ensemble, Véronika et Jordan se montraient distants avec eux dans la vie de tous les jours, comme s'ils avaient honte de les côtoyer. Il y avait aussi de l'animosité entre Willem et Alexie, mais Emerson ne comprenait pas pourquoi. Il espérait seulement que, comme avec Madeline, l'eau avait coulé sous les ponts et que la période estivale avait apaisé les esprits.

Les discours terminés, Mme Neptune, l'autre enseignante de français, distribua les numéros de casier et les horaires aux élèves de quatrième secondaire. Emerson aurait préféré garder son rangement personnel au sous-sol. En première secondaire, il y avait déniché une relique magique : l'Œil du magicien. La pierre, qui s'était introduite dans son œil droit, lui permettait de lire des textes en langues mystérieuses, comme celle utilisée dans le *Guide du Nouvel Élu*. Il détenait également la Canne enchantée, ayant appartenu à M. Chevalier, le dernier Élu. Celui-ci était mort en affrontant la hère, une créature étrange surgie de nulle part.

Ses voisins de casier possédaient tous des reliques, sauf bien sûr Lucien, un élève rude et condescendant avec des yeux de fouine. Emerson repéra facilement son nouveau casier. Ses voisins y étaient déjà ! Alexie, Jordan, Willem et Véronika. Il pensa à Romy, qui était l'avant-dernière de la liste alphabétique…

— Tu vas faire longtemps le piquet devant mon casier ?

Emerson sortit de ses pensées et se déplaça avant que Lucien ne fasse une crise.

— Les cases ici sont minuscules ! se plaignit Lucien.

— Elles sont comme les autres, répondit Véronika.

Lucien remonta ses lunettes rondes sur son nez :

— J'ai une mémoire visuelle phénoménale, tu sauras. Je retiens facilement les choses par cœur. Je peux le dire à l'œil que c'est plus petit !

Véronika ne répliqua pas au voisin capricieux, mais échangea un regard complice avec Emerson.

Pendant l'été, les deux amis avaient copié tout le *Guide du Nouvel Élu* sur des ordinateurs en libre-service à la bibliothèque municipale. Ce gros livre à reliure épaisse était structuré en dix parties. Plusieurs pages étaient décorées d'enluminures et de symboles mystérieux. Il était écrit dans une langue magique que seul Emerson pouvait comprendre. Il avait donc dicté le contenu à Véronika, qui avait patiemment tout tapé sur le clavier.

Sa voisine était de plus en plus amicale avec lui, ce qui le réjouissait. Il avait toujours aimé être en sa présence. Elle était calme, intelligente et gentille. Emerson savait toutefois que Véronika avait passé autant d'heures avec lui parce que ses amies étaient à l'extérieur de la ville tout l'été. Les trois filles les plus populaires de leur niveau étaient inséparables !

Même s'il s'était rapproché de Véronika, Emerson n'osait pas lui confier sa découverte récente : ses parents adoptifs étaient peut-être des Élus ! Il ne connaissait pas ses parents biologiques. Il était né en Haïti et, à la naissance, un couple de Québécois l'avait adopté. Il n'avait vécu que trois années avec eux, dans une maison de campagne. Ils étaient morts dans un accident de voiture et, depuis, sa tante Marie-Claude, la sœur de sa mère, s'occupait de lui.

C'était Ti-Jean, un homme en situation d'itinérance, qui avait lancé cette hypothèse. Celui-ci serait l'héritier d'une lignée d'aventuriers légendaires. Dans un de ses bredouillements, il avait mentionné les noms de ses parents, en les désignant comme Élus. Emerson pressentait qu'il disait vrai. Il aurait voulu le questionner, mais il n'avait pas recroisé Ti-Jean.

Emerson espérait qu'il se portait bien. En attendant, il allait faire des recherches. Il n'avait pas encore de stratégie précise, mais sa motivation était inébranlable !

Les premiers cours de l'année furent épuisants ! Les enseignants donnèrent des leçons intensives pour réviser la matière de l'an dernier. Il y avait plusieurs examens du ministère en quatrième secondaire : mathématiques, sciences et technologies, et histoire. Des épreuves que les élèves devaient obligatoirement passer pour obtenir leur diplôme. La pression était palpable et Emerson avait le cerveau qui surchauffait.

Ce fut seulement au troisième jour après la rentrée qu'il réussit à aller au repaire. Le mercredi, à l'heure du dîner, Emerson descendit à toute vitesse l'escalier blanc et beige du pavillon B. Il avait hâte d'arriver ! Tout en bas, il déboucha sur un couloir sombre, aux murs de pierres percés d'étroites meurtrières poussiéreuses. Le chemin se terminait en un cul-de-sac éclairé par un néon, où se trouvaient huit casiers à la peinture craquelée. Cette année, il y avait moins d'élèves en première et deuxième secondaire. Le nombre de casiers au rez-de-chaussée était suffisant et personne n'utilisait ceux du sous-sol… Il y avait aussi une porte ornée d'un symbole d'éclair. Elle menait à une salle d'entretien ménager, mais Emerson savait maintenant qu'elle conduisait aussi au portail.

Le sous-sol était glauque et froid, mais aussi isolé et calme, ce qu'Emerson adorait. Il ouvrit la troisième case à partir de la droite. Elle semblait identique aux autres. Pourtant, lorsqu'Emerson tira sur un des crochets à l'intérieur, un cliquetis métallique retentit. La paroi du fond bougea, et le garçon la poussa, comme une porte. Il entra rapidement dans le tunnel secret.

Après avoir refermé le panneau derrière lui, Emerson avança tranquillement sur le chemin plongé dans les ténèbres. Une longue bande décorative était gravée sur les murs : des personnages costumés, des animaux et des créatures étranges. Le corridor s'étirait jusqu'à une porte recouverte de satin noir et encadrée de bois verni. Emerson l'ouvrit et entra dans le repaire, que seuls lui et ses voisins de casier connaissaient.

Une lumière orangée inondait la salle circulaire. Une odeur d'herbes fraîches, à la fois réconfortante et mystérieuse, planait dans l'air. Il y avait une immense table hexagonale avec des chaises recouvertes de cuir écarlate. Des bibliothèques remplies de livres et de journaux d'anciens Élus entouraient la pièce. Rien n'avait changé, comme si le repaire était figé pour l'éternité. Pourtant, aux yeux d'Emerson, quelque chose était différent. Zellane n'était pas là, avachie dans les coussins multicolores, en train de dormir ou de manger. Elle ne leur transmettrait plus ses connaissances. Elle ne les aiderait plus à faire leurs devoirs. Les yeux piqués par les larmes, Emerson soupira en s'affalant dans son fauteuil, celui de couleur émeraude, juste devant la vieille horloge grand-père. Il se laissa bercer par le tic-tac rassurant.

Emerson regrettait de ne pas maîtriser suffisamment la magie pour ramener Zellane à la vie. Les forces surnaturelles semblaient avoir des limites et, surtout, elles comportaient des risques. Et il n'oublierait jamais comment Aya avait mis en danger les spectateurs en ressuscitant la Corriveau.

L'arrivée de Véronika interrompit les pensées d'Emerson :

— La file était super longue aux micro-ondes, mais j'ai pu tout faire réchauffer !

Véronika tenait un grand plat de brioches qui libéraient une merveilleuse odeur de cannelle dans le repaire. Pendant l'été, ils avaient discuté de cette tension qui régnait dans leur groupe. Ils craignaient que les différends ne les empêchent d'atteindre leur but : fermer le portail. Ils avaient donc eu l'idée de recréer les fameuses brioches de Mlle Irma, l'ancienne cheffe de la cafétéria, qui, en réalité, était une fée exilée du monde obscur. Ces pâtisseries magiques, adaptables en version végétalienne et sans sucre, avaient le pouvoir de calmer n'importe qui.

Les autres arrivèrent enfin. Alexie entra en silence et s'installa sur le divan. Comme toujours, Jordan choisit l'un des fauteuils rouges près des tables à café hexagonales. Willem se présenta le dernier en traînant des pieds. Contrairement à ses habitudes, il s'assit sur l'un des tabourets de l'îlot, où se trouvaient les armoires, les éviers et les étagères remplis de vieux instruments.

Emerson était excité de les revoir, mais ce sentiment ne semblait pas partagé. Alexie détournait les yeux. Jordan avait les bras croisés. Willem regardait le sol. Véronika afficha son plus beau sourire nerveux et leur distribua des brioches :

— On a réussi à recréer la recette de mademoiselle Irma !

— C'est juste pour ça, la réunion ? demanda sèchement Willem.

— C'est correct, dit Alexie, la première à goûter.

— Il manque quelque chose, dit Jordan. Elles sont pas comme celles d'Irma…

Emerson en savoura une à son tour. Les autres avaient raison. Il ne ressentit aucun effet magique de calme.

— Emerson a terminé de transcrire le *Guide du Nouvel Élu*, dit Véronika pour changer de sujet. J'ai imprimé des exemplaires pour vous ! Cette fois, on a un fichier électronique, mais faites attention de pas les perdre quand même !

Elle déposa des paquets de feuilles brochées sur la grande table, mais personne ne paraissait aussi ravi qu'elle. Elle échangea un regard déçu avec Emerson. Que pouvaient-ils faire pour les motiver ?

— On a noté un serment magique intéressant, tenta à son tour Emerson. Pour se repérer entre nous. Un peu comme ce que faisaient les sorcières l'an passé : elles pouvaient s'appeler, pour se rejoindre...

— Les téléphones servent à ça, le coupa Willem en brandissant son appareil.

Jordan soupira alors bruyamment :

— Il y a un but à cette réunion, ou c'est juste pour lancer des idées en l'air ?

— Le portail est toujours ouvert, répondit Véronika, sur la défensive. Il faut le fermer !

— Comment ? insista Jordan.

Emerson évoqua sur un ton hésitant :

— Zellane et Irma disaient tout le temps que les Élus connaissaient tout et qu'ils étaient les plus forts. Je pense qu'il faut en trouver un pour fermer le portail.

— Aussi bien abandonner tout de suite, soupira Willem, agacé. Monsieur Chevalier se surnommait le DER-NI-ER Élu !

— Le sortilège dans la chapelle, rappela à son tour Véronika. Celui qui a stoppé l'hypnose et fait oublier la magie à tout le monde ? C'était pas de nous. Quelqu'un d'autre avait des pouvoirs magiques. Ça pourrait être un Élu !

— Caché dans l'école ? dit Jordan en levant un sourcil.

— Ce serait pas la première chose cachée dans le collège ! s'impatienta Véronika.

Celle-ci chercha du soutien chez Alexie, mais la grande avait perdu sa fougue légendaire.

— Je commence à trouver ça risqué, dit Jordan. Zellane est morte !

— Justement ! Il faut continuer, insista Véronika.

— Vous allez encore imposer des corvées de recherche de solutions à Emerson ? dit Willem, en pointant Jordan et Véronika.

— Tu vas en revenir ou quoi ? se plaignit Jordan.

— Personne a jamais obligé Emerson, coupa Véronika.

— T'es exaspérant, ajouta Jordan en se levant.

— C'est toi qui es exaspérant ! fulmina Willem. Tu nous as caché des choses !

— Ah ouais, lesquelles ?

— La crypte, par exemple !

L'année dernière, Jordan avait réussi à ouvrir la grande porte dissimulée dans le deuxième sous-sol du collège. Il était seul lors de la découverte de cette nouvelle pièce secrète. Jordan ne leur en avait parlé qu'à la fin de l'année, bien après l'incendie de la chapelle.

— Il a pas tort, admit tout bas Véronika.

— C'est pas moi qui me suis allié aux sorcières! se défendit Jordan.

Emerson assistait à la chicane, désolé. Mais peu importe les conflits, lui, il allait persévérer. Il ferait le nécessaire pour trouver des solutions et protéger leur monde. Il annonça très fort:

— Mes parents étaient des Élus!

Les autres stoppèrent aussitôt leur débat. Ils dévisageaient Emerson, qui résuma sa rencontre avec Ti-Jean. À la fin de son récit, Alexie sortit de sa torpeur et demanda:

— Ça prouve pas qu'ils étaient des Élus.

— C'est assez flou, ajouta Jordan en pouffant.

— Et ta tante? l'interrogea Véronika, étonnée aussi par cette annonce. Elle est au courant?

— J'ai souvent essayé de lui en parler, mais chaque fois, je subis le serment du serpent.

Ce serment était imprégné dans chacune des reliques. Il empêchait les porteurs de révéler l'existence de la magie aux non-initiés. Les Premiers Élus avaient ajouté ce sortilège dans le but de la garder secrète. Lorsqu'ils mentionnaient la magie à une personne qui l'ignorait, ils ressentaient des douleurs si atroces qu'elles pouvaient les tuer.

— Je cherche justement à découvrir la vérité, dit Emerson, qui ne se laissa pas abattre par les doutes des autres. Vous avez peut-être lu un de leurs journaux, en deuxième secondaire, quand on faisait des recherches. Ils s'appelaient Evelyne Miron et Charles Tousignant.

Ces noms ne leur disaient rien.

— Désolée, ajouta Véronika. Si on trouve quelque chose, c'est certain qu'on va t'en parler.

— Te fais pas trop d'espoir, l'avertit Alexie.

Mais Emerson ne vivait que d'espérances ! Celles de mieux connaître ses parents, de fermer le portail et d'accomplir l'impossible pour sauver leur monde !

La rencontre prit fin abruptement, dès que Jordan promit de leur montrer la crypte.

Après la rencontre pleine de négativité, Emerson décida d'aller directement à son cours d'univers social, sans passer à son casier, où il croiserait à nouveau ses voisins. Il monta au deuxième étage, traversa la passerelle vitrée et retrouva le pavillon A, où se trouvaient les locaux des élèves du deuxième cycle. Il entra dans la salle tout au bout du couloir au plancher en damier noir et blanc.

Dans la classe, le bureau de l'enseignant était juché sur un piédestal, devant un tableau blanc et un vieux tableau à craie. M. Miron accueillait les élèves en vérifiant leurs noms sur la feuille de présence. Malgré son nouveau titre de directeur, il avait conservé ses charges de cours et son poste d'entraîneur de l'équipe de Génies en herbe.

L'enseignant analysa Emerson de la tête aux pieds :

— Bonjour, Monsieur Tousignant, dit-il avec un sourire en coin.

Gêné, Emerson prit sa place préférée, un bureau dans la rangée sur le côté, près de la porte.

C'était la première fois qu'il avait M. Miron comme enseignant. Celui-ci ne présentait les cours d'univers social qu'aux plus vieux du collège. La rumeur disait que ses leçons de géographie et d'histoire étaient amusantes.

Il restait peu de temps avant le début du cours. Emerson se hâta de sortir son coffre à crayons, dans lequel il avait glissé une photo de ses parents devant le rocher Percé en Gaspésie. Ils souriaient en exposant des tatouages identiques sur leurs bras.

Emerson désirait tout savoir d'eux ! Il était déçu de la réaction de ses voisins concernant sa découverte. Il était conscient de la tension entre eux, mais il ne comprenait pas réellement les enjeux. Pourquoi Willem en voulait-il autant aux autres ? Pourquoi Jordan était-il si pessimiste ? Pourquoi Alexie se faisait-elle distante, alors que sa force était justement d'être leur leader ?

Pendant le cours au complet, Emerson regarda la photo, comme si elle allait lui révéler chaque mystère de la vie ! Lorsque la cloche sonna, il sursauta. Il n'avait pas suivi une seconde ! Il fut soulagé d'apercevoir Alexie dans sa classe. Il se leva pour aller lui demander ses notes, quand M. Miron l'interpella :

— Emerson ! J'aimerais discuter de quelque chose avec toi. Tu peux rester une minute ?

Le sang d'Emerson se glaça. Son enseignant avait sans aucun doute remarqué qu'il n'avait pas porté attention au cours. Allait-il déjà avoir une retenue ?

M. Miron attendit que tout le monde soit parti et ferma la porte du local.

— Ce ne sera pas long. J'ai juste quelque chose à… t'annoncer.

L'enseignant semblait nerveux. L'inquiétude traversa le corps d'Emerson. Il était rarement seul en présence d'un adulte autre que sa tante. La situation devenait étrange.

— Cela va devoir rester entre nous, d'accord ? ajouta le directeur.

Emerson acquiesça. Que pouvait-il faire d'autre !

— Je suis au courant. Je sais ce que tu as dans ton œil droit !

Il pointa l'endroit exact où se trouvait la relique d'Emerson.

— Tu dégages tellement de magie ! murmura M. Miron.

— Vous… vous êtes au courant ?

— Bien sûr !

— Vous êtes un Élu ? demanda Emerson, rempli d'espoir.

— Oui. Mes parents l'étaient aussi…

Il prit un moment de pause avant de révéler :

— Mes parents étaient Evelyne Miron et Charles Tousignant. Emerson… je suis ton frère !

— Pardon ?

L'esprit d'Emerson semblait gelé. Comment était-ce possible ?

— Moi-même, j'étais surpris quand j'ai vu les noms de tes parents dans ton dossier scolaire. Je n'étais pas au courant !

— Mais… Marie-Claude… elle a jamais dit que j'avais un frère !

En entendant le prénom de sa tante, Francis eut un sourire en coin :

— Peut-être qu'on a effacé sa mémoire…

— Pourquoi ?

— Je ne sais pas… Mais pour l'instant, je suis vraiment content de te rencontrer !

Malgré les mille et une questions qui jaillissaient dans sa tête, Emerson devait l'admettre : un sentiment de bonheur immense le remplissait lui aussi. Il serra la main de son frère, heureux d'avoir trouvé la preuve que ses parents étaient des Élus.

2
Jordan

Les vacances étaient finies. Finies, les soirées au parc à jouer au basketball avec ses amis. Finies, les nuits à visionner des films et à écouter de la musique. L'étude, les devoirs et les corvées pour fermer le portail étaient de retour !

La première semaine d'école se terminait et Jordan soupira en entrant dans son cours d'anglais. Il avait encore les yeux lourds de sommeil. Il s'affala sur une chaise, mais l'enseignante, Mme Tanaka, l'informa que le directeur voulait le voir :

— Il t'attend au local A-102. Dépêche-toi, pour ne pas rater trop de matière.

Jordan alla au rendez-vous en se traînant les pieds. La salle en question ne se trouvait que trois portes plus loin. Avant d'entrer, il releva ses pantalons pour éviter une sanction, mais il ne pouvait rien faire pour ses espadrilles, qu'il n'avait pas le droit de porter en dehors du gymnase.

À l'intérieur, les jeunes du lycée Sainte-Périne de Paris et leurs accompagnateurs formaient un cercle d'un côté. De l'autre, des élèves de Sainte-Hubertine attendaient. Jordan rejoignit Louis-Philippe, Rosalie, Aya, Angélina, Jacob, Marie-Lune et Arielle, son ex-blonde maintenant en cinquième secondaire.

M. Miron arriva enfin, essoufflé comme s'il courait depuis longtemps.

— Parfait, tout le monde est là ! On vous a choisis pour être jumelés aux élèves du lycée Sainte-Périne. Ils auront le même horaire que vous et ils vous suivront dans vos cours…

— Pourquoi nous autres ? grogna Jordan en croisant les bras.

Jordan ne voyait pas l'intérêt de s'impliquer. Il se doutait que son père, qui avait de l'influence au conseil d'administration du collège, était derrière sa nomination.

— Ce sera une belle expérience à joindre à votre demande d'admission pour le cégep, lui expliqua Mme Proulx.

Jordan remarqua alors qu'un des élèves français, aux cheveux rose pâle, avait un sourire amusé depuis qu'il avait parlé. Malgré le malaise dans la pièce, Jordan continua :

— Et si j'ai pas envie d'avoir un chien de poche toute l'année ?

M. Miron s'avança vers Jordan :

— Je comprends que c'est dernière minute, admit-il. Le conseil d'administration a insisté pour que tu fasses partie des jumelés. Ce sera un bel ajout à ton dossier scolaire…

— Qu'est-ce qu'il a, mon dossier ? s'inquiéta Jordan.

— Ta moyenne est assez faible. Une implication comme celle-là va te servir l'année prochaine, si tu veux aller au cégep. Fais-moi confiance.

Jordan respira bruyamment par le nez. Il détestait se faire imposer des choses. Mais il voyait bien que M. Miron désirait l'aider. Il hocha la tête, pour confirmer qu'il acceptait.

Mme Proulx annonça alors les jumelages :

— Jordan, tu seras avec Esteban.

Le grand garçon aux cheveux colorés s'avança. Il avait un visage rieur et la peau dorée. Un collier de coquillages cauris entourait son cou. Angélina accueillit avec joie le charmant blond prénommé Arthur. Jacob, l'ami de Jordan, fut couplé avec Milo, un jeune ténébreux. Rudy, Inès et Clémence furent respectivement jumelés avec Louis-Philippe, Aya et Rosalie, la sœur de Jacob. Les élèves du niveau supérieur furent jumelés ensemble : Arielle avec Corentin, et Marie-Lune avec Keiko.

Jordan regarda du coin de l'œil l'élève sous sa responsabilité en soupirant ! Les études étaient assez difficiles pour lui… Pourquoi lui ajouter une tâche d'ambassadeur ?

À partir de ce moment, Jordan ne fut plus jamais seul. Il traîna Esteban dans ses cours, à la cafétéria et dans l'aire des élèves de quatrième secondaire. Il devait tout lui montrer et tout lui expliquer. Esteban écoutait, les yeux grands, comme un enfant découvrant un autre monde.

À l'heure du dîner, Jordan invita Esteban dans la cour du collège pour le présenter à ses amis. Depuis la rentrée, ses deux *gangs* avaient fusionné. Il se tenait avec Wilhem, Logan et Jacob, mais aussi avec Marin et Mehdi, qui étaient en cinquième secondaire.

Parce que Jordan avait doublé sa première année du secondaire, il était le plus vieux de son niveau. La directrice d'alors, Mme Roy, avait voulu le renvoyer, mais le conseil d'administration lui avait offert une autre chance. Jordan savait que c'était grâce aux généreux dons de sa famille !

Dans la cour pavée de pierres grises et blanches, ses amis se tenaient près des deux paniers de basketball. Les pavillons du collège les entouraient, formant la lettre L. Une passerelle vitrée les reliait au deuxième étage. À l'est, il ne restait que des débris de la chapelle de briques brunes.

Jordan tourna le dos aux résidus de l'incendie. Ils lui rappelaient trop Zellane, la lutine du monde obscur, qui avait péri en protégeant Romy. Celle-ci n'étudiait plus au collège Sainte-Hubertine et avait déménagé avec sa famille en Angleterre. Comme Romy savait qu'elle quittait le Québec, elle avait assumé la responsabilité du feu, alors que le vrai coupable était le diable. Son geste avait permis de cacher la cause magique du désastre.

Présenter ses amis à Esteban s'avéra une merveilleuse stratégie pour Jordan ! Pendant que les autres faisaient sa connaissance et le divertissaient en lui apprenant tous les jurons québécois, Jordan monopolisa le ballon de basketball et se changea les idées en travaillant ses lancers.

Certaines parties du collège Saint-Hubertine étaient aussi vieilles que la Nouvelle-France, mais le gymnase, lui, était très moderne. Jordan arriva le premier pour les qualifications de basketball. Il se réchauffait lorsque les autres aspirants se présentèrent pour relever le défi.

Plusieurs garçons de troisième secondaire tentaient leur chance pour intégrer l'équipe de niveau juvénile. Il y avait peu de places à pourvoir, car les joueurs plus âgés étaient très forts. L'entraîneur allait sans doute recruter Jordan, Mehdi et Marin. Rien n'était aussi sûr pour Willem, son voisin de casier. Il avait tenté de faire partie de l'équipe chaque année, sans succès. Et, comme les élèves de Paris passaient toute l'année scolaire à Sainte-Hubertine, ils avaient le droit de concourir. Esteban et Arthur participaient donc aux qualifications.

Dans les estrades, des jeunes s'installèrent pour les observer. Il y avait Angélina et Véronika, des étudiants de Paris et des élèves de cinquième secondaire, dont Arielle et Marie-Lune. Ces deux amies, desquelles Jordan s'était éloigné avec le temps, avaient fait partie du Cercle des sorcières. Comme les autres, elles avaient oublié la magie. Jordan se bomba le torse, heureux de pouvoir démontrer ses talents sportifs.

M. Bellehumeur, l'enseignant d'éducation physique, dirigeait les qualifications. L'homme baraqué était intraitable. Même si l'on avait déjà été dans l'équipe, il fallait tout donner pour prouver sa valeur. Jordan géra son énergie pour tenir toute la durée du programme. Après des courses et des lancers, l'entraîneur sépara les concurrents en deux groupes pour faire une courte partie.

Jordan faisait équipe avec ses amis Wilhem, Mehdi et Logan, ainsi qu'avec Esteban. À sa surprise, il avait l'impression que son collègue français pouvait lire dans ses pensées. Celui-ci devinait ses feintes et se plaçait toujours au bon endroit pour attraper ses passes. Leurs habiletés synchronisées trompèrent facilement Willem, ce qui plut à Jordan. Il continuait de se méfier de lui, depuis qu'il avait rejoint les sorcières l'année dernière.

Jordan ne lui avait pas pardonné, même s'il avait mis en place un contre-plan. Pour Jordan, la loyauté était primordiale. Il remarqua toutefois que Willem s'était amélioré au basketball. Il ne courait pas aussi vite que les autres, mais il comprenait et appliquait facilement les stratégies d'équipe.

Jordan et Esteban jouèrent en harmonie pendant plusieurs minutes avant que l'entraîneur ne les échange. Sur le banc, Jordan tendit une gourde à Esteban :

— Bien joué !

— Tu es pas mal aussi.

Esteban avait un accent joyeux et des fossettes amusées. De plus près, sa peau avait une teinte rosée, comme un coucher de soleil. Flatté par le compliment, Jordan sentit la chaleur envahir son visage. Il but son eau calmement, tandis qu'il avait l'impression que des êtres hyperactifs s'énervaient dans sa tête, le suppliant de retourner courir. Il bouillait d'énergie et de confiance en lui !

Les qualifications se terminèrent une vingtaine de minutes plus tard, alors que les jeunes étaient épuisés.

Après l'entraînement, Jordan était sûr de faire partie de l'équipe. Il retrouva M. Bellehumeur, qui s'était éclipsé dans son bureau pour analyser ses notes :

— Je me demandais si vous avez choisi un capitaine.

— Hum... Je dois d'abord confirmer les joueurs !

— Je sais, mais je voudrais me proposer, Monsieur. Je pense que je serais bon. Je suis ami avec les quatrième et les cinquième secondaire, et...

— Je suis content que ce genre de responsabilité t'intéresse, mais n'oublie pas que ton attitude a déjà remué l'équipe. Tu as frappé Mehdi dans le vestiaire !

L'incident remontait à deux ans. Jordan était énervé, mais il n'y avait aucune chance que l'entraîneur change d'avis s'il insistait trop. Il aurait aimé être aussi doué qu'Alexie pour convaincre les gens !

— Je vais y penser, promit quand même M. Bellehumeur. Laisse-moi, maintenant, j'ai du travail par-dessus la tête ! Madame Lambert est partie et je dois former son remplaçant…

La semaine suivante, M. Bellehumeur afficha la sélection des joueurs sur le babillard à proximité des portes du gymnase. Jordan consulta la liste avec attention dès qu'il mit les pieds au collège. Il trouva son nom parmi ceux de ses amis. Deux élèves de troisième secondaire avaient réussi à se qualifier : Isaac et Malik. Les élèves français Esteban et Arthur faisaient aussi partie de l'équipe. Jordan sentit alors son estomac se serrer en voyant que c'était Wilhem qui avait été nommé capitaine. Il s'écarta des autres élèves, la tête baissée. Il était déçu. Être le capitaine était prestigieux ! Jordan aurait aimé le devenir, car ses parents accordaient de l'importance aux distinctions. Il remarqua alors une chose surprenante, tout en bas de la liste… le nom de Willem Vachon ! Son voisin de casier et acolyte dans ses aventures magiques ! En plus de le voir aux rencontres dans le repaire, il aurait maintenant à l'endurer pendant son activité préférée !

Jordan n'en pouvait plus de devoir constamment tout montrer à Esteban. Un jour, en fin d'avant-midi, il quitta tôt le cours de sciences, prétextant un mal de cœur.

Avant qu'il ne double sa première année du secondaire, Jordan s'adonnait régulièrement à ce petit jeu avec Arielle. Les deux se retrouvaient à la cafétéria pour acheter toutes les délicieuses brioches de Mlle Irma avant le début de la pause. Mais Arielle ne l'accompagnait plus dans ses escapades, et Mlle Irma était partie.

L'année dernière, Romy avait découvert la véritable identité de Mlle Irma : elle était une fée du monde obscur, qui avait trouvé refuge dans l'univers des humains. Celle-ci avait préféré s'éloigner du collège en apprenant que le portail était rouvert. Avant de partir, elle avait légué à Emerson ses livres, qui contenaient des recettes de potions magiques.

Jordan traversait le couloir vers la passerelle vitrée, lorsqu'il entendit :

— *Psst !*

Un bras remuait près du local A-100. C'était Esteban. Il l'avait suivi !

— Qu'est-ce que tu fais là ? demanda Jordan en s'approchant du jeune aux cheveux roses.

— Tu es mon mentor, je te suis ! répliqua-t-il en souriant gaiement. Tu fabriques quoi ?

Jordan hésita à lui confier qu'il séchait le cours. Mais Esteban ne semblait pas souhaiter le coincer. Il attendait sa réponse avec son air candide.

— Tu veux que je te montre un truc ? proposa Jordan.

— Certainement !

Jordan lui fit signe de le suivre. Ils marchèrent en silence jusqu'au pavillon B, puis descendirent à la cafétéria, où flottait une odeur de sauce tomate et de légumes bouillis. Le comptoir débordait de collations, de muffins aux fruits, de chocolatines et de biscuits moelleux.

— Des *cookies* américains ! s'exclama Esteban. J'adore !

Devant le comptoir de gâteries, Jordan se souvint des brioches magiques de Mlle Irma et regretta le départ de la fée.

— On prend tout ! décida Jordan en empoignant une pile de galettes.

Les deux vidèrent l'étalage puis se déplacèrent jusqu'à la caisse, leurs plateaux chargés de montagnes de pâtisseries.

— Allô ? Il y a quelqu'un ? lança Jordan à la recherche d'un membre du personnel.

— Tant pis ! conclut Esteban.

Il attrapa son plateau et partit sans avoir payé. Jordan était heureux d'avoir trouvé un compagnon de jeu plus effronté que lui ! Cela chassa son ennui.

Les deux se réfugièrent dans la cour pour déguster leur butin tout en se racontant des blagues idiotes. Jordan éprouva un calme qui lui rappelait la légèreté de l'enfance, cette époque où la vie était plus simple et où ses actions avaient moins de conséquences.

Les jours passèrent et Jordan accepta enfin de montrer la crypte aux autres. Il avait refusé de leur prêter la clé. Comme il s'agissait de son héritage, il s'en proclamait le protecteur.

Le grand-père de Jordan était mort l'année dernière. Il lui avait légué un cahier de notes de recherche sur l'existence de la magie. Mais le père de son père n'avait jamais trouvé de preuves irréfutables attestant d'un monde magique. Dans le cahier, Jordan avait reconnu un symbole identique à celui sur un meuble dans le bureau de la direction, dans lequel il avait découvert la clé de la crypte.

Jordan arriva au repaire avec un air maussade. À l'école, pendant ses pauses, il préférait être avec ses amis et jouer au basketball. Il rêvait d'une vie normale, où il n'aurait plus à rejoindre ses voisins de casier dans les souterrains. Par ailleurs, depuis l'année dernière, il trouvait Véronika stressante et Willem désespérant. Il n'avait pas envie de les voir.

Les quatre autres étaient déjà arrivés. Ils s'engagèrent aussitôt dans le corridor principal, qui menait à l'escalier s'enfonçant dans les profondeurs du deuxième sous-sol.

Tout le monde connaissait le chemin vers la porte de la crypte. En deuxième secondaire, ils avaient parcouru cette route ensemble. Emerson l'avait d'abord découverte en compagnie de M. Chevalier, le dernier Élu.

Si creux sous terre, l'air était froid et humide, et le passage, de moins d'un mètre de large, ne laissait paraître aucune lumière. Jordan alluma son téléphone au même moment où quelque chose craqua sous leurs pieds. Les jeunes se trouvaient dans la section du corridor où, trois ans plus tôt, M. Chevalier avait incinéré les œufs d'araignée. Avec le temps, ceux-ci avaient séché au sol. Les voisins de casier avaient récupéré une partie des cendres pour concocter une potion.

Le couloir couvert de mousse se poursuivait au loin. Jordan reprit son chemin, puis atteignit l'échelle qui traversait les étages du collège avant de tourner à gauche.

De l'autre côté du virage, une porte en bronze monumentale, large de quatre mètres et haute de six, se dressait face à eux. Des sculptures d'humains en ornaient le devant et le pourtour. Les personnages avaient la tête baissée, d'autres formaient des demi-cercles en réunissant leurs mains fermées, et certains étaient à genoux, semblant implorer le pardon, ou s'empoignaient dans une étreinte amoureuse. Certains, moins chanceux, pendaient des corniches, s'agrippant avec désespoir pour éviter la chute. D'autres ressemblaient à des guerriers. Ils se protégeaient le visage, comme si une bourrasque tentait de les emporter. Les scènes tragiques étaient déroutantes de réalisme. Jordan avait longtemps médité sur la signification de cette œuvre. Il devait s'agir de souvenirs des premiers ayant lutté contre les créatures du monde obscur.

Jordan sortit enfin la fameuse clé en bronze tout usée et l'inséra dans la serrure. Lorsqu'il compléta un tour, un mécanisme se déclencha et les êtres sculptés dans la porte s'animèrent. Dans un doux concert de cliquetis, les personnages se relevèrent, se placèrent en position défensive, prêts à combattre. De nouveaux éléments de décor émergèrent à l'arrière-plan : un soleil, des éclairs, des spirales de vent soufflées par un nuage souriant…

— C'est… extraordinaire ! lança Alexie.

Tout le monde était estomaqué. Jordan avait lui aussi été stupéfait la première fois. Il poussa la porte, épaisse de plusieurs centimètres, et invita les autres à entrer :

— On y va ou pas ?

Il passa dans l'ouverture le premier. Alexie et Willem s'armèrent de leur téléphone pour éclairer l'intérieur de la crypte. Des colonnes divisaient la pièce au plafond voûté. Sur le côté trônait une énorme boîte rectangulaire en pierre.

— On dirait un tombeau, déclara Véronika.

— Alors il y a quelqu'un qui est enterré là ! s'exclama Willem.

Leurs voix résonnaient comme dans une grotte, ce qui incita Jordan à poursuivre en chuchotant :

— Ça indique « Le Jeune », dit-il en pointant une inscription sur le monument. Le même nom que le premier esclave noir en Nouvelle-France. Ce serait mon ancêtre, je pense.

Jordan l'avait déduit en parcourant des documents laissés par son grand-père. Son ancêtre connaissait la magie, comme lui. Il avait sans doute été un Élu.

Les autres gardaient les yeux rivés sur Jordan, attendant la suite. Mais il n'avait rien à ajouter. Il croisa les bras et recula dans l'ombre.

— Si Emerson a des parents Élus et toi, un ancêtre Élu, est-ce que ça voudrait dire qu'on est tous des héritiers d'Élus ? demanda alors Véronika.

La théorie était intéressante, mais comment le prouver ?

Le groupe continua d'explorer la crypte sous l'œil attentif de Jordan. Il y avait un coffre en bois, grand comme une boîte à chaussures, à l'opposé du comptoir couvert de poussière.

— C'est là-dedans que j'ai trouvé ma deuxième relique, expliqua Jordan.

— Tu l'as avec toi ? s'informa Emerson.

— Je la garde dans mon casier. C'est pas vraiment un *look* de tous les jours…

La tuque usée était verte, épaisse et allongée, comme celles des colons français de la Nouvelle-France. Elle permettait à Jordan de résister aux attaques magiques, que ce soit des sortilèges ou des potions. Le *Guide du Nouvel Élu* ne donnait pas beaucoup de détails la concernant. Il n'y avait qu'un titre, un dessin schématisé de la relique et une phrase : « Une coiffe modeste, pour contrer toutes les magies. »

En plus de la tuque, Jordan possédait aussi un couteau argenté, qu'il gardait toujours sur lui. Une sensation de réconfort le submergeait quand il le tenait. Un loquet en forme de flèche sur le côté du canif permettait de déplier une lame magique, pouvant se transformer en épée.

— Et si on se fait attaquer par surprise ? le prévint Véronika. Qu'est-ce que tu vas faire ?

Willem se mit alors à faire le pitre :

— « Scusez, m'sieur le diable, je dois aller chercher ma tuque dans ma case ! »

La blague fit rire tout le monde, sauf Jordan.

— Si ça arrive, je vais m'arranger !

Devant l'air grognon de Jordan, les sourires s'envolèrent.

— Et ça, désigna Emerson, c'est quoi ?

Il pointait des appuis-livres en forme de statuettes sans visage.

— Il y avait des livres, là, répondit Jordan, surpris de constater qu'ils avaient disparu.

— Ils sont peut-être tombés, proposa Alexie.

Les cinq cherchèrent derrière les colonnes, par terre… Aucune trace des livres.

— Tu disais avoir fait ça vite quand t'es venu, rappela Alexie. Tu les as peut-être juste imaginés.

— Peut-être, se résigna Jordan, perdu dans ses pensées.

Il sortit le dernier de la crypte et s'assura de bien en refermer la porte. Il resta un moment figé, une main tenant la clé dans la serrure. Un souvenir lui revint en tête… Trois mois plus tôt, quand il avait récupéré la relique. Il s'était dépêché, car il devait retrouver les autres pour contrer les sorcières. Il s'était emparé de la tuque sans trop réfléchir, et il se rappelait avoir ensuite couru jusqu'à la chapelle… mais il n'était pas certain d'avoir fermé la porte cette fois-là.

— Ça va ? lui demanda Alexie.

Jordan constata avec frayeur que s'il l'avait laissée ouverte… cela voulait dire que quelqu'un avait pu entrer et voler les livres qui s'y trouvaient.

3
ALEXIE

Le mois de septembre était normalement le préféré d'Alexie. La rentrée scolaire et ses promesses de nouveaux projets l'emballaient. Pourtant, cette année, Alexie mangeait sa salade à la cafétéria en rêvant d'être ailleurs. Elle dévisageait les élèves québécois jumelés aux collègues français. Ils étaient rassemblés à la plus grande table, que leurs rires envahissaient. Angélina et Arthur rejoignirent alors le groupe.

— Ah oui ! se plaignit Alexie. Il manquait la fille du ministre !

— Qui ça ?

Alexie réalisa qu'elle avait partagé sa pensée à voix haute. Emerson dînait deux bancs plus loin, vers la gauche. Il la fixait avec des points d'interrogation dans les yeux.

— Ils ont choisi que des élèves riches pour être jumelés aux élèves français !

— Tu crois ? demanda Emerson.

— Aya ! Ses parents sont millionnaires ! La mère de Rosalie et Jacob a créé une mégacompagnie en nouvelles technologies. Jordan, lui, il vient d'une famille hyper prestigieuse. Son père et son grand-père sont de grands avocats, ma mère me l'a dit. Et le grand-père d'Arielle, il possède l'entreprise mondiale des fromages Frogi. Tu connais ?

Emerson hocha la tête pour confirmer. Pourquoi était-elle la seule à s'indigner que les élèves les plus nantis aient tous les privilèges ?

À la table de prestige se trouvaient également Louis-Philippe, Louka, Madeline et Lou-Anne. Tous d'anciens membres du Cercle des sorcières ! Alexie frissonna en repensant au rituel qu'ils avaient mis en place. Par chance, ils avaient oublié la magie et repris leur vie normale. Aya, qui avait été leur cheffe, avait retrouvé son air joyeux. Elle était radieuse avec sa coiffure courte qui lui donnait une allure masculine.

Alexie eut alors un pincement au cœur en observant Willem parmi eux. Son voisin de casier avait maintenant un groupe d'amis de différents niveaux. Il avait grandi pendant l'été. Sa peau claire était si bronzée qu'il était méconnaissable. Willem en voulait encore à Alexie de l'avoir insulté et humilié publiquement l'année dernière. Elle regrettait son geste, mais elle n'avait pas su faire autrement. Elle n'avait pas les mêmes sentiments que lui. Ils s'étaient embrassés avant le spectacle en deuxième secondaire, mais, pour elle, il s'agissait d'une pulsion momentanée. Elle gardait donc ses distances et espérait qu'il lui pardonne.

Alexie décida de quitter la cafétéria pour se changer les idées. Elle marcha à toute vitesse pour calmer son mécontentement. Il lui semblait que son long et désolant été se poursuivait.

Pendant la saison estivale, Alexie était retournée travailler au camp de jour. Les nouveaux responsables étaient antipathiques et une atmosphère tendue régnait. Même les rires des enfants ne l'avaient pas amusée. Aussi, sa mère avait perdu son poste dans son cabinet d'avocats. L'apport financier de leur père n'était plus suffisant. Alexie craignait de devoir déménager et changer d'école, même si sa mère lui avait assuré que son père pouvait encore s'occuper de payer les droits de scolarité.

Alexie aurait aimé que ses amis Mai et Tomas soient là pour se confier à eux, mais ils étaient plus vieux et ils avaient obtenu leur diplôme du secondaire l'année précédente. Quant à Romy, de laquelle elle s'était rapprochée la même année, elle vivait dorénavant en Angleterre.

Alexie préféra donc se cacher en attendant la reprise des cours. Comme elle ne voulait voir personne, elle se dirigea vers la salle du portail. Depuis son arrivée au collège, plusieurs créatures l'avaient traversé : des mouches au sang bleu, une araignée géante, des fantômes, des feux follets, des jacks mistigris… et le diable ! La vie sans magie semblait lointaine !

Au sous-sol, près des casiers, Alexie ouvrit la porte de la salle électrique. Elle était fermée à clé, sauf pour les personnes initiées à la magie. Le local de l'autre côté, rempli de machinerie bruyante, cachait un mur ensorcelé. Au premier coup d'œil, celui-ci n'était pas visible. Alexie avança lentement et traversa l'illusion.

Elle se retrouva dans un tunnel métallique blanc qui lui donnait l'impression d'être dans un œsophage. Elle parcourut le court chemin menant à une pièce creusée sous terre. Une boule sombre et opaque comme un trou noir flottait à un demi-mètre du sol. Le portail ! La sphère souple était si large qu'elle aurait pu engloutir six adolescents. Ses contours remuaient telle une lente respiration. Dans la lueur des lampes électriques au-dessus de l'entrée, le portail avait l'air vivant. Il dégageait une énergie terriblement inquiétante.

L'année dernière, Zellane avait obligé ses amis à faire le serment de ne pas l'emprunter pour traverser vers le monde obscur. Maintenant que la lutine était décédée, la promesse magique n'existait plus. Alexie pourrait visiter ce monde inconnu, mais elle préférait s'abstenir : Zellane les avait prévenus qu'ils se retrouveraient dans un univers effrayant rempli de créatures féroces !

Des amas de pierres variées, hauts de moins d'un mètre, formaient un hexagone autour de la boule noire. Il y avait aussi cinq portes massives, couvertes de métal. Alexie les regarda une à une, se demandant où elles menaient. Elle leva alors ses mains vers la sphère pour faire briller ses gants fins aux doigts coupés.

Depuis qu'elle les possédait, Alexie était plus agile et plus forte. La matière des gants épousait parfaitement ses mains, comme une deuxième peau. Alexie les gardait en tout temps, sauf pour jouer au basketball.

L'année dernière, elle avait trouvé l'Arc de la Chasseresse, « un outil fier et précis, pour atteindre toutes les cibles », indiquait le *Guide du Nouvel Élu*. Elle l'avait découvert au Musée wendat à Wendake, où travaillait son oncle. Il était rangé avec un carquois de flèches à bouts blanc ivoire. Elle le gardait dans son casier, au cas où une créature du monde obscur les attaquerait.

Alexie resta dans la salle du portail pendant toute la pause, en se demandant si de nouvelles créatures étaient en route vers leur monde.

— C'est injuste !

Alexie détestait les iniquités. Elles l'incitaient à protester jusqu'à ce qu'il y ait réparation ! Ce fut sa réaction lorsqu'elle apprit qu'il n'y aurait pas d'équipe de basketball de filles cette année.

M. Bellehumeur venait de lui annoncer la nouvelle. Mme Lambert, l'enseignante d'éducation physique et entraîneuse des groupes sportifs féminins, avait quitté le collège pour des raisons floues.

— Il faut un entraîneur pour avoir une équipe, expliqua-t-il. Ni moi ni le nouveau n'avons le temps avec notre charge de travail qui augmente. Je ne suis plus jeune !

Il ne lui restait que quelques années avant de prendre sa retraite. Néanmoins, Alexie n'avait pas l'intention d'abandonner. Elle poursuivit son argumentaire :

— L'an passé, l'équipe des filles a gagné le tournoi provincial ! Et les gars, eux, ils perdent tout le temps. Pourquoi ils ont une équipe et pas nous ? Ça devrait être le contraire !

— Il n'y a presque plus de filles de niveau juvénile. Elles sont toutes parties…

— Il reste moi, Marie-Lune et…

Alexie peinait à trouver d'autres coéquipières. M. Bellehumeur semblait sincèrement désolé, mais il ne pouvait rien accomplir de plus. Alexie claqua la porte en sortant. Jouer au basketball n'était pas un caprice. C'était une passion ! Elle fonça vers le bureau du directeur pour corriger cette erreur.

Alexie choisissait toujours plusieurs projets parascolaires. On l'avait élue, pour une quatrième année consécutive, pour représenter son niveau au conseil étudiant. Elle avait aussi décidé de s'impliquer dans le comité environnemental pour faire changement. Mais son activité la plus importante restait le sport !

Alexie ouvrit la porte dès qu'une voix l'invita à entrer dans le local au fond du couloir. L'endroit avait retrouvé son ambiance rustique des premiers jours. M. Miron, le nouveau directeur, n'avait pas décoré la pièce. Aucune photo de famille. Aucun accessoire dévoilant sa personnalité. Il s'était acclimaté aux meubles et à la poussière de cet endroit, comme s'il y vivait depuis toujours.

— C'est une aberration ! lança Alexie en donnant un coup de poing sur le bureau.

M. Miron fronça les sourcils, cherchant à comprendre.

— Les gars ont une équipe de basketball, pourquoi pas nous ? demanda Alexie.

— Monsieur Bellehumeur m'a informé qu'il n'y avait pas assez de filles et...

— Personne a fait de recrutement. Comment pouvez-vous savoir ?

— On a déjà coupé dans le budget. Il y a eu trop de dépenses par le passé...

— Le collège paye bien la grosse bâtisse du Vieux-Québec où habitent les élèves de Paris !

— Je suis désolé, dit M. Miron. Et je comprends ta frustration. Ce sont des décisions du conseil d'administration. Je ne peux pas faire apparaître des sommes supplémentaires pour engager un entraîneur et payer les déplacements d'une autre équipe.

Une idée se mit à germer dans la tête d'Alexie. Un nouveau défi à relever...

— Et si on s'entraînait soi-même ? demanda-t-elle. On en est capables !

— Hum… mais je ne pourrai pas vous fournir d'autobus nolisé pour les parties à l'extérieur.

— On peut s'organiser, dit Alexie en balayant de la main cette question.

— Il y a aussi des procédures administratives obligatoires. Il faut qu'un membre du personnel chapeaute l'activité pour des raisons de sécurité. Même la ligue refusera de vous prendre s'il n'y a pas un adulte avec vous.

— Ça veut dire quoi ?

— Tu dois trouver un enseignant qui va vous accompagner aux entraînements et aux parties. Tu dois remplir un formulaire, fournir des documents, dont la liste des joueuses inscrites, et tout remettre d'ici deux semaines. Tu penses pouvoir y arriver à temps ?

Alexie attrapa la feuille tendue par le directeur :

— On était les championnes l'année dernière ! On va l'être encore cette année !

Dès le lendemain matin, Alexie s'attarda à la suite de son plan. Les « détails administratifs » se révélèrent compliqués. Elle décoda les exigences de la ligue, remplit les documents requis. Il ne lui manquait que la signature d'un enseignant !

— Vous aurez pas à *coacher*, insistait Alexie auprès de M. Nadeau. J'ai seulement besoin d'un prof qui signe et qui se présente aux entraînements et aux parties. Mais vous pouvez faire des mots croisés pendant qu'on joue. Je vous le promets, rien à faire !

L'enseignant d'arts plastiques refusa malgré tout. Alexie soupira. C'était le quatrième qu'elle rencontrait. Elle avait d'abord demandé à Desmond Neptune, le nouvel enseignant d'éducation physique, par principe. Mais celui-ci avait répété la cassette de M. Bellehumeur : manque de temps, manque de disponibilité, blablabla... Elle s'était alors tournée vers Mme Neptune, la sœur aînée du précédent, qui avait tout simplement répondu : « Je ne fais pas de parascolaire. » M. Crépeau avait donné la même raison. Ils semblaient tous préoccupés par leurs charges de travail exigeantes.

Il était hors de question de demander le soutien de Mme Tanaka, la rigide enseignante d'anglais, ni à M. Gingras, l'enseignant de mathématiques vieux comme le monde. Alexie avait pensé à Mme Gomez, l'enseignante d'espagnol, mais au cours de ses recherches, elle avait découvert qu'elle n'avait pas le statut « permanent » d'enseignante, ce qui la rendait inadmissible.

Elle se traîna donc les pieds jusqu'au local d'Estelle Robidoux, l'enseignante de français des première et cinquième secondaire, qui avait l'air d'une sorcière.

Celle qui avait remplacé la directrice l'année dernière analysa le document avec attention. Convaincue qu'elle allait refuser, Alexie préparait déjà dans sa tête un discours pour persuader la prochaine sur sa liste, Mme Paradis.

— Je n'y connais rien en basketball, admit l'enseignante.

— Vous aurez rien à faire. Je m'occupe des entraînements.

— Vous vous en mettez beaucoup sur les épaules…

— J'ai pas le choix ! Vous trouvez pas ça scandaleux que le conseil d'administration retire le financement d'une équipe sportive pour les filles ?

Alexie ne pouvait pas faire autrement que de s'emporter chaque fois qu'un adulte la questionnait. Il lui semblait si évident qu'il fallait la soutenir !

Mme Robidoux avait toutefois réagi lorsqu'elle avait mentionné le conseil d'administration. Elle prit son stylo et apposa sa signature de lettres élégantes.

— Faites-nous honneur, Mademoiselle Tsawenhohi ! dit-elle en lui tendant le formulaire signé.

— Merci beaucoup, Madame !

De peur que Mme Robidoux ne change d'avis, Alexie quitta la classe en courant. Il ne lui manquait que des joueuses motivées !

Quelques jours après avoir obtenu le soutien de Mme Robidoux, Alexie avait dressé une liste de candidates potentielles pour créer une équipe. La tâche était ardue, car la plupart des joueuses n'étudiaient plus au collège. Elle profita d'une sortie scolaire au début d'octobre pour commencer le recrutement.

Les élèves de Paris, et ceux de quatrième et de cinquième secondaire partirent à bord de luxueux autobus. Alexie ragea devant cette dépense inutile ! Ils visitaient l'île d'Orléans ; ils auraient pu faire ce court trajet dans de simples autobus jaunes !

Alors que les véhicules traversaient le fleuve sur le pont de l'Île, Alexie bondit vers le siège de Véronika et d'Angélina :

— J'ai une bonne nouvelle : j'ai des places pour vous dans l'équipe de basketball !

Les deux amies s'esclaffèrent.

— C'est pas une blague ! insista Alexie. On était les championnes régionales et on n'a plus d'équipe ! C'est pas juste !

— C'est vrai que c'est plate, admit Véronika.

— C'est quoi ton plan ? demanda Angélina.

— On va s'entraîner toutes seules et on va leur prouver qu'ils ont eu tort !

Angélina leva son poing dans les airs :

— J'embarque !

Véronika sursauta :

— Toi ? Tu hais le sport, encore plus que moi !

— C'est pour la cause, dit Angélina.

— T'embarques aussi ? insista Alexie.

— J'ai vraiment horreur du basketball, s'excusa Véronika.

— Et Sara ? soupira Alexie. Vous pensez qu'elle accepterait de faire partie de l'équipe ?

— Mets son nom sur ta liste, répondit Angélina. Je suis certaine qu'elle va vouloir. On sait juste pas quand elle reviendra au Québec…

Sara s'entraînait dans un centre de gymnastique spécialisé en planche à neige, un sport dont elle était experte. Comme le programme se déroulait bien, l'équipe avait prolongé le voyage. Son rêve olympique était en train de devenir une réalité.

Les autobus arrivèrent à destination et tout le monde en sortit pour admirer les couleurs extraordinaires que leur offrait la vue à partir de l'île d'Orléans. Les jeunes exhibaient de beaux vêtements d'extérieur aux tons automnaux : vestes à carreaux, foulards, molletons à capuchon, coupe-vents griffés, casquettes et lunettes fumées hors de prix.

Mme Marchal semblait avoir horreur des activités de plein air. Elle préféra rester dans le véhicule garé devant une immense ferme. De son côté, M. Barthelemy, l'enseignant de lettres, marchait lentement tout en discutant avec Mme Robidoux, et Mme Neptune indiquait les limites du terrain à respecter.

Dans le verger, les pommiers débordaient de fruits appétissants. Les jeunes prirent d'assaut les sentiers pour dévorer des fruits et remplir leurs sacs, comme s'il s'agissait d'une course contre la montre. Certains grimpaient aux arbres, d'autres jonglaient avec des pommes. Un vrai cirque!

Aussitôt descendue de l'autobus, Alexie partit à la recherche de Marie-Lune. Elle était la seule autre fille ayant fait partie de l'équipe l'année précédente. Elle la localisa près du kiosque à crème glacée, en compagnie d'amis de cinquième secondaire:

— Marie-Lune! cria Alexie. J'ai une bonne nouvelle! On va ravoir notre équipe de basketball, finalement. Faut juste trouver assez de joueuses…

Marie-Lune fronça les sourcils, sceptique:

— Le directeur a dit que c'était pas possible.

— J'ai seulement besoin de trouver assez de joueuses, répéta rapidement Alexie, qui se tournait déjà vers Arielle: Tu pourrais revenir dans l'équipe…

— Ça m'intéresse plus!

— Moi, je veux jouer! lança Marie-Lune.

— T'es sûre, Arielle? la questionna à nouveau Alexie. On a VRAIMENT besoin de toi.

Arielle soupira. Elle prit une léchée de crème molle au chocolat avant d'accepter:

— Tu peux donner mon nom, mais si tu as assez de monde, je me retire. OK?

— Parfait!

Alexie trépignait. Son plan allait fonctionner ! Il ne lui fallait que cinq autres volontaires. Elle se promena dans le verger, mais ne trouva pas de candidates. Même les élèves de Paris montraient peu d'intérêt. Elle décida de continuer son chemin seule pour réfléchir aux prochaines étapes de son plan. Elle pensa à Solène, une élève de troisième secondaire qui jouait, avant, dans l'équipe des plus jeunes. Elle pourrait convaincre des amies de son niveau…

Tout en savourant une pomme, Alexie se rendit au fond du terrain. Le verger s'étendait vers l'horizon, jusqu'à la plage. Elle emprunta un sentier de cailloux blancs et atteignit l'eau, bleue comme le ciel. La marée s'était retirée, laissant paraître la grève rocailleuse. Alexie se recroquevilla pour toucher l'eau froide. Elle attrapa un galet et se mit à le réchauffer au creux de sa main. Elle allait poursuivre sa promenade solitaire lorsque des voix étouffées attirèrent son attention.

Deux des élèves français avançaient sur la plage. Elle reconnut d'abord Esteban, avec ses cheveux roses, puis Keiko, la fille à la chevelure bleue avec un style gothique. À la surprise d'Alexie, ils se tenaient par la main. Étaient-ils en couple ? Elle en doutait. Esteban avait clairement exprimé sa préférence pour les garçons au cours de leurs échanges. Leurs lèvres bougeaient, mais la brise empêcha Alexie de comprendre. Soudain, Esteban tourna la tête vers elle. Aussitôt, Alexie s'enfuit et retourna au verger, comme si elle avait découvert un secret…

Une semaine plus tard, Alexie traversait l'école avec une boule dans le ventre. Elle craignait que les autres filles ne se présentent pas au premier entraînement malgré leurs promesses… Elle fut donc soulagée lorsqu'elle trouva ses collègues qui l'attendaient près des portes du gymnase. Arielle et Marie-Lune discutaient ensemble, leur sac de sport sur l'épaule. Angélina bavardait avec Tara, une nouvelle élève de leur niveau qui jouait au soccer. Solène, en troisième secondaire, avait réussi sa mission de recruter Maëlle et Lou-Anne. Huit volontaires, en comptant Sara, qui s'ajouterait à son retour au collège.

Huit filles… en majorité débutantes au basketball !

Alexie força un sourire confiant et énergique :

— Prêtes pour notre premier entraînement ?

Arielle lui bloqua le chemin en croisant les bras :

— Depuis quand on s'entraîne le midi ? D'habitude, c'est tout de suite après les cours…

— C'est de ma faute ! dit Mme Robidoux, qui arrivait dans un bruissement de jupe.

L'enseignante déverrouilla la porte du gymnase, alors qu'Alexie expliquait :

— Madame Robidoux est notre… responsable. Elle était pas disponible à un autre moment.

Pendant que les joueuses se dépêchaient de se changer au vestiaire, Alexie alluma les néons. Elle attrapa un sac de ballons, qu'elle laissa tomber près de la ligne extérieure de jeu. Mme Robidoux, elle, se trouva un coin dans les estrades pour corriger des devoirs.

— Il est où, notre *coach* ? demanda Arielle.

— Il est… ici !

Alexie pointait son index vers elle-même.

— Tu veux rire ! se moqua Marie-Lune.

— Je suis sérieuse.

— Moi, dit Arielle, je m'en vais…

— Attends ! Écoute, deux secondes !

La grande reprit sa place près de Marie-Lune. Alexie sentait qu'elle avait une dernière chance de la convaincre. Elle devait réussir. Si Arielle partait, elle risquait d'en influencer d'autres.

— Je sais que c'est pas idéal sans *coach*, admit Alexie. Mais pour le moment, on peut rien y changer. Madame Lambert est partie. Monsieur Bellehumeur et le nouveau prof de gym sont trop occupés. L'école a pas l'argent ou, en tout cas, le conseil d'administration a préféré le mettre sur la visite des élèves de Paris.

— Pour vrai ? s'offusqua Angélina.

— C'est tellement injuste ! ajouta Lou-Anne.

Motivée par les commentaires, Alexie continua avec passion :

— Vous vous souvenez, quand on a commencé au collège Sainte-Hubertine ? Ils ont dit qu'on était les meilleurs, qu'on devait se surpasser, qu'on est les futurs leaders de la société...

— Ils nous mettent sans cesse la pression ! se plaignit Angélina.

— Exactement ! poursuivit Alexie. Et vous savez ce que je dis, moi ? Tant pis ! On a pas besoin d'eux. On va la faire, notre équipe. C'est pas parce qu'on est des ados qu'on est pas capables de s'organiser. On va s'entraîner, on va jouer ! On va GAGNER !

— OUAIS ! cria Angélina en tapant des mains.

Elle était toutefois la seule qui avait osé démontrer son enthousiasme. Un court silence suivit, pendant lequel toutes les filles se tournèrent vers Arielle.

— Beau discours, Alexie, fit cette dernière. Mais il faut s'inscrire pour rentrer dans la ligue. Tu penses vraiment que les organisateurs vont nous laisser faire ça ?

— J'ai déjà réglé les détails administratifs, confirma Alexie. Le reste nous appartient. S'entraîner. Apprendre à jouer ensemble. Triompher !

— Moi, j'embarque, approuva Angélina.

— Moi aussi, dit Tara.

— Et les déplacements à l'extérieur ? demanda Marie-Lune. Tu vas louer un autobus ?

— Les parents peuvent faire des lifts, proposa Tara. On fait ça avec mon équipe de soccer.

— Alors on embarque, conclut Lou-Anne tout en pointant ses amies.

— OK ! soupira Arielle. Je vais pas vous laisser tomber !

— On s'échauffe ! cria Marie-Lune en tapant dans ses mains. Au pas de course !

Elle se mit à jogger en suivant la ligne du terrain, ses cheveux bouclés noirs rebondissant à chacun de ses pas. Les autres filles lui emboîtèrent le pas. Alexie était ravie de la tournure des événements.

Après cinq tours, Alexie proposa de s'entraîner avec les ballons. Plusieurs joueuses partaient de zéro. Il fallut leur apprendre les bonnes techniques pour dribler et lancer au panier.

En fin de compte, le niveau de l'équipe n'était pas si catastrophique. Marie-Lune et Arielle étaient douées. Tara excellait en matière de condition cardiovasculaire. Toutefois, comme elle jouait au soccer, elle avait le réflexe d'attraper le ballon avec ses pieds plutôt qu'avec ses mains. Lou-Anne et Solène se débrouillaient bien, car elles avaient fait partie de l'équipe benjamine l'année d'avant. Leur amie Maëlle était moins talentueuse, mais elle était grande et elle avait un physique robuste. Il restait Angélina qui était... vraiment pourrie ! Elle courait en sautillant telle une fillette jouant à la corde à danser. Ses mains molles laissaient toujours tomber le ballon.

À la fin de l'entraînement, Alexie se força pour l'encourager :

— Bravo, Angélina, c'était...

— Arrête, Alexie. C'est pas ton genre de mentir.

Alexie eut un sourire en coin. Elle avait été à l'école primaire avec Angélina et, bien qu'elles n'aient jamais été amies, elles se connaissaient assez bien.

— C'était vraiment poche. Mais tu peux t'améliorer.

— Tu crois ?

— Eh bien... tu joueras pas beaucoup pendant les parties... mais on aura besoin de toi pour garder l'équipe motivée !

— Tu peux compter sur moi !

Alexie se dépêcha de ranger les ballons et d'arriver à temps au local de mathématiques. À peine le cours avait-il commencé que la voix de la secrétaire résonna dans l'interphone :

— Les élèves suivants sont priés de se présenter immédiatement au bureau du directeur : Alexie Tsawenhohi, Willem Vachon, Véronika Voulgaris, Jordan Olivier Walker...

Alexie se questionna sur la raison de cette convocation. Pourquoi ses voisins de casier et elle étaient-ils appelés ensemble ?

En chemin vers le bureau de la direction, Alexie retrouva son calme : Emerson n'avait pas été convoqué ! Cela n'avait donc rien à voir avec les histoires de magie ! Elle se sentit libérée en descendant l'escalier du pavillon A. La rampe et les marches profondes étaient en bois foncé, tandis que les moulures et la rambarde étaient turquoise. Elle atteignit le plancher du grand hall, une immense pièce ouverte sur deux étages, et zigzagua entre les colonnes en bois de chêne. Elle pénétra dans le couloir où les autres étaient déjà arrivés et faisaient les cent pas.

— Sais-tu pourquoi on nous a appelés ? l'interrogea aussitôt Véronika.

— Non…

— Vous avez fait un plan qui a échoué sans m'en parler ? demanda sèchement Willem, qui restait en retrait, les bras croisés.

— T'es tellement pénible ! dit Jordan.

— Personne a rien fait dans le dos de personne, coupa Véronika. De toute manière, on se parle presque plus. Je vois pas comment on pourrait faire des plans…

La porte du directeur s'ouvrit, interrompant leur dispute. M. Miron les invita à s'asseoir. Le cœur d'Alexie stoppa un instant en constatant qu'Emerson était dans le bureau !

Le directeur ferma la porte lorsque tout le monde fut entré.

— Qu'est-ce qui se passe ? demanda Jordan, debout près de la sortie.

Willem et Véronika prirent une chaise près d'Emerson, mais Alexie préféra rester debout face au directeur, les bras croisés. M. Miron gratta son menton pointu tout en leur souriant :

— Alors, comme ça, vous faites toutes et tous de la magie ?

4
Emerson

La surprise était palpable chez les voisins de casier. M. Miron venait d'annoncer qu'il connaissait l'existence de la magie. Les quatre élèves sous le choc restaient muets. Sans doute ne voulaient-ils rien dire, de crainte de déclencher le serment du serpent.

Emerson décida de briser la glace pour les rassurer :

— Il est au courant !

— Comment avez-vous su, Monsieur Francis ? demanda Alexie.

— À la fin de l'année dernière, raconta-t-il, j'étais dans ma classe à corriger les examens et j'ai senti une odeur de brûlé. J'ai fait ce que j'ai pu, mais je suis arrivé tard dans la chapelle… C'est vrai que j'avais éprouvé des trucs étranges toute l'année…

— C'est donc vous qui avez lancé le sortilège pour réveiller les gens et tout leur faire oublier ? demanda Willem, subjugué.

— Oui…

— Alors, vous savez que le diable est de retour ! enchaîna Alexie.

— Bien sûr. Mais je l'ai vu s'enfuir vers le monde obscur. Il ne reviendra pas pour le moment.

M. Miron plissa le nez, comme si parler du diable le répugnait.

— Comment êtes-vous au courant ? insista Alexie.

— J'ai découvert la magie par hasard, expliqua le directeur. Mes parents étaient des Élus et je les ai surpris à en parler. J'ai ensuite appris par moi-même, de façon autodidacte, en voyageant à travers le monde, en dénichant des livres et en analysant chaque piste pour mieux comprendre la pratique. J'ai trouvé des fabrications magiques, ici et là.

— C'est quoi ? demanda Willem.

— Des objets et des lieux, qui peuvent devenir des sources…

— Pour faire de la magie simple ?

— Exactement ! En combinant une source et des techniques précises, c'est la seule manière pour qu'un humain puisse faire de la magie.

— Ou avoir une relique ! indiqua Emerson.

— Vous en avez une ? voulut savoir Véronika.

Le directeur releva la manche gauche de sa chemise pour montrer un large bracelet de cuir pourpre qui entourait son poignet.

— J'utilise ce bracelet et différentes techniques difficiles à apprendre.

— Dommage ! dit alors Jordan. Pendant un instant, je pensais qu'on avait trouvé un Élu !

— Mais ne pas avoir de relique ne m'empêche pas d'être un Élu !

Cette révélation donna la chair de poule à Emerson, même si son frère lui avait déjà dit. Il sentit la frénésie de ses collègues.

— Comment… est-ce possible ? murmura Véronika.

— Je me suis formé seul. Et j'ai réalisé l'Épreuve, le seul moyen pour devenir un Élu.

M. Miron prit un trousseau de clés dans le tiroir de son bureau et s'en servit pour déverrouiller une armoire en bois. Il saisit un livre vert foncé dont la couverture et la tranche étaient décorées d'ornements dorés.

— Tout était bien expliqué dans ce livre.

Emerson voulait lui aussi poser des questions, mais il préféra laisser les autres parler.

— Alors, vous êtes au courant que le portail est ouvert ! s'exclama Jordan.

— Bien sûr… Un seul est ouvert. Ce n'est pas une catastrophe.

— Il y en a d'autres ?

— À ma connaissance, six. Mais comme je vous le disais, j'ai tout appris par moi-même. Je peux me tromper sur certains éléments.

— Si vous êtes un Élu, vous pouvez fermer le portail ? le questionna Willem.

— Pas tout à fait…

M. Miron se renfonça dans son siège, comme s'il allait annoncer une mauvaise nouvelle.

— Les Premiers Élus, qui ont créé les reliques et fermé les portails, n'ont pas laissé beaucoup de traces de leur travail. Mais j'ai récemment trouvé un moyen.

— Comment on fait ? demanda Véronika, sur le bout de sa chaise.

— Il faut six Élus pour fermer un portail, ainsi qu'un verrou composé de Fragments.

— On est fichus ! lança Willem.

— Pas si vite ! coupa Emerson, avec un sourire en coin. Vous avez pas remarqué ?

Ils se regardèrent tous, incrédules. Seule Véronika comprit :

— Avec monsieur Miron, on est six !

— Mais nous, on est pas des Élus ! rappela Jordan.

— Et si vous le deveniez ? proposa le directeur.

— Sans blague ? dit Willem.

— On pourrait vraiment ? s'informa Jordan.

— Il faut passer l'Épreuve pour devenir un Élu. J'ai mis la main sur un ouvrage bien spécialisé et j'ai moi-même réussi !

M. Miron ouvrit son livre et lut à voix haute :

— « L'Épreuve sollicite l'énergie du corps et de l'esprit. Elle offre aux humains une chance de débloquer pendant un instant la faculté innée que possèdent les créatures du monde obscur, soit celle de générer de la magie. Lors de cette expérience, les humains obtiennent des Fragments… »

— Que faut-il faire exactement ? demanda Alexie.

— Il faut se mettre dans une « magitranse », un état méditatif où la magie traverse tout notre corps. Ensuite, on boit une potion qui lui permet de prendre possession de notre esprit. On est alors dans un état de demi-sommeil, comme dans un rêve. Quand on se réveille, si on a réussi l'Épreuve, on recueille un Fragment.

— C'est tout ? s'enquit Jordan.

— C'est une technique difficile à réaliser. Et elle est différente pour chaque personne. La magie nous plonge dans notre tête, nous révèle les failles qu'on doit surpasser pour devenir plus fort.

— Et il ne faut pas de relique pour faire l'Épreuve ? demanda Alexie.

— Il faut seulement une source magique, confirma M. Miron. Vous savez, il y a longtemps, il y avait beaucoup plus d'Élus que de reliques !

— Et le Fragment ? ajouta Véronika.

M. Miron fouilla à nouveau dans l'armoire et en sortit un bocal en cristal, fermé par un couvercle en acier, décoré de pierres précieuses. Une bille dorée y flottait.

— Une parcelle de magie pure. Le Fragment possède une puissance inouïe ! Il en faut six pour créer le verrou qui fermera le portail.

Un silence empreint d'espoir remplit la pièce. Ils avaient tous du mal à y croire, mais ils avaient enfin une vraie solution !

— L'Épreuve doit toutefois se dérouler à un moment de l'année où la magie voyage facilement, comme pendant le jour des Morts ou les solstices.

M. Miron déposa son livre et prit un ton grave :

— Je sais que vous avez vécu des choses difficiles depuis que vous avez trouvé des reliques. Vous n'avez pas eu le choix d'être mêlés à ces histoires. Mais vous avez maintenant une chance de choisir, de développer votre plein potentiel. Nous devons à tout prix être six Élus, si on veut éviter un autre événement terrible !

— On ferait comment ? interrogea Alexie.

— En s'entraînant ! Encore et encore. Ce sera facile, car vous avez des reliques. Je suis sûr que vous pourrez atteindre la magitranse d'ici le 21 décembre, juste à temps pour le solstice d'hiver.

Véronika soupira longuement avant de partager ses réflexions :

— Le diable pourrait revenir n'importe quand et s'attaquer à quelqu'un…

— Des gens malintentionnés souhaitent aussi s'emparer de la magie, ajouta M. Miron. Ce n'est pas parce qu'il n'y a plus d'Élus que personne n'est au courant de la magie. Plusieurs regroupements agissent dans l'ombre et cherchent les portails.

— Vous pensez que c'est un groupe comme ça qui a ouvert le portail du collège ? demanda Jordan.

— Peut-être, répondit tout bas Francis.

— On doit le faire, murmura alors Willem. On est les seuls à pouvoir réussir.

Emerson trépignait sur sa chaise. Il sentait que les autres étaient de plus en plus convaincus. Jordan fut le premier à accepter :

— Je suis prêt à tout pour me libérer de ces histoires-là !

— Il faut ce qu'il faut, ajouta Véronika.

— Si c'est la seule manière, répondit Willem en haussant les épaules.

— Finissons-en ! dit enfin Alexie.

Ils s'entendirent pour se rencontrer prochainement et commencer l'entraînement. Pour l'instant, ils devaient maintenant retourner à leurs cours.

Ils sortirent du bureau. Emerson retrouva les autres à l'entrée du grand hall, près des vitrines de trophées.

— C'est génial, non ? lança-t-il en sautillant. Pour une fois qu'on a une vraie piste !

— Oublie pas que monsieur Miron pourrait être possédé par le diable ! le prévint Alexie.

— Je crois qu'on le sentirait, dit Willem en reniflant.

— Tu lui fais confiance, toi ? s'informa Véronika.

Emerson ne pouvait plus garder le secret qui le hantait depuis des semaines :

— C'est que… monsieur Miron… Francis… c'est mon frère !

— Quoi ?! cria Alexie.

— J'ai été adopté, rappela Emerson.

— Je le sais, continua la jeune fille. Mais savais-tu que tu avais un frère ? Et ta tante, elle l'a déjà mentionné ?

— Francis dit que notre mère a sûrement ensorcelé Marie-Claude. Que ça la protège.

— C'est quand même étrange, ajouta Willem. Tu lui as raconté quoi sur nous, au directeur ?

— Pas grand-chose. Juste comment on a trouvé nos reliques. J'ai parlé du portail, de la crypte…

— Tu as parlé du repaire ?

— J'ai dit qu'on a une place où on se réunit, mais c'est tout.

Alexie soupira :

— On devrait pas trop en dire. On le connaît pas beaucoup. Ça te dérange pas, Em ?

— Non…

Emerson nageait dans le bonheur depuis la rentrée scolaire : il avait un frère ! Ensemble, ils avaient pu discuter de magie et de leurs parents. Francis partageait avec lui des anecdotes sur leur famille. Il lui avait raconté les projets de grandeur de leur père, qui adorait Noël, et lui avait parlé des délicieux laits frappés à la banane et au chocolat de leur mère. Pour Emerson, qui avait à peine connu ses parents, ces histoires anodines valaient tout l'or du monde.

Déçu que ses amis doutent de cette histoire, Emerson feuilleta les albums photos laissés par ses parents. Aucun ne montrait Francis. Emerson fit exprès de dire ce prénom plusieurs fois en présence de Marie-Claude, mais celle-ci n'avait jamais de réaction.

Un soir, Emerson était sur le point de s'endormir lorsqu'il eut une idée pour prouver aux autres et à lui-même que Francis était bien son frère. Il récupéra d'abord un album de photos, puis il prit sa Canne enchantée, la relique héritée de M. Chevalier. Elle était ornée d'un pommeau d'or. La tige légère était torsadée de deux teintes de bois, à la manière d'une canne de bonbon de Noël. Emerson respira lentement, tendit la canne vers une photo et… un enfant apparut sur la balançoire vide à côté de celle d'Evelyne, sa mère. L'enfant ne devait pas avoir plus de cinq ans. Il avait d'épais cheveux noir charbon et un air amusé. C'était Francis ! Un sortilège l'avait effacé des photographies de famille !

Le lendemain matin, Emerson traîna sa relique et des photos au collège. Plusieurs personnes dans la rue dévisagèrent ce jeune homme avec une vieille canne, mais à l'école, les élèves avaient l'habitude des excentricités d'Emerson.

Le midi, il réussit à convaincre Alexie de venir au repaire, où il lui montra sa découverte. Il fit la même démonstration à Willem et Véronika pendant le laboratoire du cours de sciences.

— Je vous l'avais dit ! insista Emerson.

— C'est fascinant ! avoua Véronika.

— Donc, t'as jamais vécu avec lui ? demanda Willem.

— Francis a quitté la maison à dix-huit ans, avant que mes parents m'adoptent.

— Il est parti jeune, souligna Véronika.

— Je crois qu'ils s'entendaient pas super bien, dit Emerson en baissant les yeux.

Après les cours, Emerson alla au bureau du directeur, qui le laissa entrer malgré la pile de travail qu'il accumulait. Il utilisa à nouveau sa canne pour révéler la silhouette sur la photo. Francis la prit, et se reconnut à l'âge de huit ans avec ses parents :

— Je ne pensais jamais revoir cette photo !

— Tu peux la garder, offrit Emerson.

Francis renifla et se tourna pour cacher son émotion. Il sortit son trousseau de clés et récupéra le livre vert foncé dans son armoire.

— Je suis content que tu sois passé, car je me disais qu'on pourrait s'occuper ensemble de la Potion du valeureux, nécessaire pour l'Épreuve. Si cela ne te dérange pas.

— J'adore faire des potions !

— J'ai fait la liste des ingrédients...

Emerson inspecta le bout de papier :

— Je crois qu'on a tout ça dans le repaire.

— Le quoi ?

Emerson se sentit mal. Il avait promis de ne plus en parler. Il essaya d'effacer sa gaffe :

— C'est... l'endroit secret avec les autres. On y garde des ingrédients...

— Intéressant !

Emerson se mit à jouer nerveusement avec ses doigts :

— Francis ? Pourquoi t'as pas dit plus tôt que tu connaissais la magie ? Les autres se demandent...

— Comment je pouvais savoir que vous aviez des reliques ? Vous vous êtes bien cachés ! Je ne vous ai vus avec vos pouvoirs qu'en arrivant dans la chapelle.

— C'est ce que je pensais !

Emerson soupira dans son siège.

— Quelque chose ne va pas ?

— Ce sont... les autres... Ils sont pas aussi motivés à fermer le portail, alors que, pour moi, c'est tellement plus important que tout le reste !

Francis posa une main rassurante sur son épaule :

— Laisse-leur le temps. Je te promets qu'on va réussir. Je ne t'abandonnerai pas.

Une bouffée de bonheur réchauffa le cœur d'Emerson.

— Qu'est-ce que tu as découvert lors de tes voyages ? demanda-t-il à son frère.

— On m'a raconté plusieurs légendes sur les Premiers Élus. Ce sont eux qui ont construit les reliques.

— Et qui ont fermé les portails ?

— Exactement ! Mais on ne sait pas comment ils ont fait. Avant, il y avait un Conseil des Élus, une organisation qui s'assurait que la magie reste secrète. Je crois qu'il gérait l'école des Élus, qui entraînait des guerriers magiques, mais je ne suis pas certain. Les Élus avaient pour mission de repousser les créatures qui entraient dans notre monde et d'empêcher les gens malintentionnés de s'emparer de la magie…

Emerson imagina une école splendide où les élèves apprenaient à utiliser la magie, accompagnés par des experts dans un cadre sécuritaire. Ce rêve lui semblait extraordinaire !

— Elle était où, cette école ?

— Certains disent à Paris, mais je n'ai pas trouvé de preuves. Elle a disparu il y a une centaine d'années. On y enseignait des techniques de combat et la magie simple.

— Mais comment nos parents ont été formés si l'école existe plus ?

— La formation des derniers Élus a continué grâce à des mentors. Mais comme les portails étaient fermés et qu'il n'y avait plus de menaces, autant des créatures que des humains, le Conseil des Élus n'était plus pertinent.

Emerson était heureux d'avoir trouvé son mentor et espérait réussir à devenir un Élu comme lui et leurs parents.

5
VÉRONIKA

Des nuages gris foncé couvraient le ciel et le tonnerre grondait au loin. Alors que la classe s'assombrissait, Mme Tanaka, l'enseignante d'anglais, se dépêcha de fermer les fenêtres avant que l'averse ne commence.

Véronika jeta un œil vers la vitre. Le mauvais temps la rendait nostalgique. Elle était désespérée. Elle avait si hâte de revoir Sara !

Tout l'été, elle avait pensé à cette soirée, après sa dernière partie de Génies en herbe, pendant laquelle elle et Sara s'étaient embrassées. Les deux s'étaient écrit et avaient parlé pendant les vacances, mais leurs conversations à travers un écran n'abordaient jamais ce sujet et avaient souvent lieu dans un groupe de discussion partagé avec Angélina.

Une fois seulement, Sara lui avait écrit un mot en privé, disant qu'elle espérait que les choses ne soient pas étranges entre elles, qu'elle serait d'accord pour qu'elles restent simplement amies. Cette idée avait d'abord rassuré Véronika. Mais la pause des vacances lui avait permis de réfléchir. Véronika voulait autre chose. Elle craignait maintenant que l'intérêt de Sara diminue.

Depuis le baiser, Véronika pensait sans cesse à Sara. Elle se levait en se rappelant son sourire. Elle dînait en souhaitant son retour. Elle se couchait en rêvant de l'embrasser à nouveau. Être avec Sara était simple. Elle pouvait être elle-même et faire face à tout. Il y avait entre elles un lien intime qui lui donnait des papillons dans le ventre.

Véronika comprenait maintenant le sens de l'expression « être en amour ». Cet état enivrant s'était emparé de son corps et de sa tête. Il lui était impossible de s'en libérer. Il n'y avait que les mathématiques et les sciences qui lui changeaient parfois les idées.

Dès l'école primaire, Véronika avait su qu'elle était différente de la majorité des filles de son âge. Néanmoins, elle n'avait jamais saisi pourquoi. Elle commençait à mettre des mots sur cette distinction, à comprendre pourquoi, l'année dernière, embrasser Clovis avait été si décevant. Elle avait voulu se convaincre qu'elle trouvait la vedette de l'école attirante, mais, en réalité, elle n'aimait pas les garçons. Cette évidence était à la fois déstabilisante et libératrice !

Bien sûr, Véronika craignait la réaction des autres. Elle n'avait pas envie qu'ils la jugent, qu'ils se moquent d'elle. D'un autre côté, en tardant à exprimer ses sentiments, Véronika avait peur que Sara rencontre une fille en Europe. Enfin, elle redoutait qu'Angélina n'accepte pas que ses deux amies deviennent des amoureuses.

À cette idée de potentiel couple, Véronika esquissa un sourire.

— *Did I say something funny, Miss Voulgaris?* dit alors Mme Tanaka.

Véronika sursauta comme si on venait de lire dans son esprit. L'enseignante d'anglais avait interrompu sa présentation des temps de verbe pour la jauger sévèrement.

— *Sorry!* s'excusa Véronika, en redressant le dos comme une élève modèle.

Mme Tanaka reprit sa craie et poursuivit la leçon. L'enseignante refusait d'utiliser les tableaux numériques, qu'elle jugeait froids et sans âme.

Après le cours, Véronika rejoignit Angélina à la bibliothèque. Les deux étaient inséparables, même en l'absence de Sara.

Son amie était particulièrement de bonne humeur depuis la rentrée scolaire. Elle adorait ses responsabilités de jumelage avec Arthur, l'élève de Paris, et affichait clairement son attirance pour lui. Logan, l'ex-chum d'Angélina, était furieux. Elle l'avait laissé pendant l'été pour un garçon rencontré au centre d'achat. C'était fini avec lui aussi.

Leïa et Rosalie, des filles de leur niveau, avaient intégré leur groupe. Rosalie était jumelée à Clémence, une autre élève de France qui se tenait avec elles. Véronika s'était vite liée d'amitié avec cette dernière, une championne de natation aux cheveux roux, qui avait des broches sur ses petites dents pointues, et avec laquelle Véronika partageait un grand intérêt pour les cours de sciences. Ce jour-là, elles firent visiter la bibliothèque du collège à Clémence, qui emprunta tous les livres traitant du fleuve Saint-Laurent. Elle questionnait les jeunes Québécoises tout en consultant un ouvrage sur les mammifères marins :

— Avez-vous déjà vu des baleines dans le fleuve ?

— Jamais, avoua Véronika.

— Moi, j'ai fait une expédition avec mes parents sur la Côte-Nord, dit Angélina, qui voyageait beaucoup. On a fait une croisière.

— Lesquelles as-tu vues ? Un rorqual à bosse ? Un rorqual bleu ? Une baleine noire ?

Clémence avait les yeux brillants ! Angélina, elle, sembla déroutée :

— Je ne sais pas, mais c'était… gros ! Il y avait des bélugas et aussi des phoques…

— WOW !

— Tu as l'air de connaître pas mal de choses ! pouffa Angélina. Tu devrais participer à Génies en herbe avec Véro.

— Qu'est-ce que c'est ? demanda Clémence.

Véronika lui expliqua qu'elle faisait partie d'une équipe pour une compétition de culture générale les opposant à d'autres écoles de la région. Il fallait répondre rapidement aux questions de l'animateur en appuyant sur un avertisseur sonore. Véronika concourait depuis sa première année du secondaire. M. Miron était leur entraîneur. Il avait gardé ce rôle malgré sa nouvelle fonction de directeur. Les membres de l'équipe, Arielle, Lucien et Véronika, avaient toutefois pris la responsabilité de former Madeline, la recrue de l'année.

Clémence lui posa de nombreuses questions, et Angélina soupira de soulagement lorsque la cloche l'interrompit. Elles allèrent dans le cours d'arts plastiques de M. Nadeau, qui avait coupé sa barbe, mais qui avait toujours ses anneaux aux oreilles. Celui-ci profitait de la présence des Parisiens pour mettre de l'avant des artistes français.

Dès qu'elle entra dans le local, Véronika alla s'asseoir avec Emerson. Ils avaient passé beaucoup de temps ensemble pendant l'été, à retranscrire le *Guide du Nouvel Élu* et des livres de recettes légués par Mlle Irma. Les exemplaires imprimés n'avaient pas intéressé leurs voisins de casier, tandis que Véronika était ravie d'avoir enfin accès à ces précieuses informations. Elle se désolait toutefois de ne pas avoir retrouvé les livres absents du repaire.

L'année dernière, avec Emerson, Véronika avait fait l'inventaire de la collection, grâce à un catalogue disponible dans le repaire. Il manquait huit ouvrages, dont *Histoire des portails et du monde obscur*, dans lequel Véronika était convaincue de dénicher la solution pour fermer le portail. Elle avait espéré les trouver dans la crypte, comme Jordan avait dit y avoir vu des livres. En fin de compte, il n'y en avait pas. Était-ce vraiment une erreur de Jordan ? Ou bien quelqu'un s'était-il infiltré dans la crypte ? Cette idée la fit frissonner de peur.

Véronika rêvait du jour où ils fermeraient enfin le portail. Elle ne ressentirait plus cette crainte constante de se faire attaquer par une créature du monde obscur. Et elle aurait la tête plus libre pour étudier et pour affronter les défis de la vie ordinaire.

Véronika n'aurait jamais cru qu'elle pourrait détester autant un cours. L'éducation physique avec M. Neptune était une torture. Le nouvel enseignant, le frère cadet de leur enseignante de français, avait décidé que tout le monde devait courir hors de l'enceinte de l'école. Il était déjà pénible de s'époumoner dans le gymnase, pourquoi devait-elle le faire dans la ville et non pas dans le gymnase ?

Malgré la grisaille de la journée, M. Neptune amena les élèves de quatrième secondaire au port, en Basse-Ville. Il leur expliqua le trajet à suivre, puis les jeunes partirent à la course. À peine Angélina et Véronika avaient-elles commencé à courir que M. Neptune les encouragea en tapant dans ses mains :

— Allons, les filles ! Vous êtes capables d'en donner un peu plus !

Les deux amies joggèrent à contrecœur en fusillant l'enseignant du regard.

La sélection naturelle s'imposa dans le peloton. Les élèves qui pratiquaient régulièrement des sports prirent les devants. Si Sara avait été là, elle aurait été la première. Suivaient ceux avec une endurance innée, qui, malgré leur sédentarité, détenaient une enviable forme physique. Willem, qui avait intégré l'équipe de basketball, arrivait maintenant à suivre leur rythme.

Willem ne parlait presque plus à Véronika. Il lui en voulait encore d'avoir joué le jeu de la popularité. Pendant longtemps, Véronika avait eu peur d'être vue en public en compagnie d'Emerson et de Willem, parce qu'ils n'étaient pas aussi populaires qu'elle. Pire : elle s'était rangée derrière Clovis, alors que Willem avait dit s'être fait attaquer par lui. Véronika ne pouvait pas modifier le passé. Elle préférait avancer plutôt que regretter. Désormais, elle se sentait libre de parler en public avec qui elle le souhaitait.

Le reste du peloton était composé de trois élèves motivés par la peur de couler le cours, suivis de ceux qui détestaient le sport. À la fin, les asthmatiques et les blessés, qui possédaient une dérogation du médecin, pouvaient marcher au lieu de courir.

Après une dizaine de minutes à courir, Véronika donna un coup de coude à son amie :

— Je crois qu'on est correctes ici…

Angélina constata aussi que l'enseignant ne pouvait plus les voir. Elles ralentirent.

— J'espère qu'on va pas faire de la course toute l'année, grogna Angélina en faisant aller vigoureusement ses bras, suivant la cadence de sa marche rapide. Sinon, je vais demander un billet de médecin !

— Pour quel problème de santé ?

— Je vais trouver. Ça doit pas être compliqué. Je demanderai des idées à Sara.

Véronika soupira en attendant ce nom.

— Au fait… tu as des nouvelles de quand elle revient ?

— Pas encore. Elle va avoir manqué tellement de cours ! J'espère que ça l'empêchera pas de revenir !

Une sensation de lourdeur se logea dans le ventre de Véronika. Était-ce probable que Sara ne revienne jamais ? Allait-elle s'installer dans les Alpes ou dans un autre pays pour faire de la planche à neige et quitter le Québec pour toujours ? Véronika sentit sa tête tourner et son cœur fondre. Elle s'arrêta près d'une bâtisse :

— Je dois me reposer une seconde, dit-elle à son amie, qui s'était précipitée pour l'aider.

Les filles remarquèrent alors Jordan et Esteban, qui se dirigeaient vers une bâtisse à proximité.

— Hé ! Qu'est-ce que vous faites ? leur lança Angélina.

— On coupe par là, annonça Jordan. Ça rejoint le trajet de course de l'autre côté.

— Vous venez avec nous ? proposa Esteban, sourire en coin.

— Non merci ! répondit Véronika en tirant le bras de son amie.

— Ça semblait un bon plan, se plaignit Angélina.

— Un plan pour se faire prendre et couler, tu veux dire ! En plus, ils sont super sportifs. Ils pourraient courir la distance au complet et arriver les premiers. C'est vraiment niaiseux de faire ça !

Véronika n'aimait pas la paresse et elle aurait préféré que Jordan ne risque pas de se mettre dans le pétrin. Ils avaient besoin de tout le monde pour fermer le portail.

Les deux filles tentèrent à nouveau le rythme de course, mais bien vite, Angélina ordonna une autre pause au tournant du chemin. Elle avait le visage rouge comme un coquelicot.

En s'accoudant au garde-fou, Véronika inspira profondément en admirant le fleuve. L'air du large lui chatouilla les narines et lui rappela les doux moments avec sa grand-mère, en Grèce. Les vastes étendues d'eau avaient un effet apaisant. Elle aperçut alors des élèves qui descendaient vers la plage. Véronika se mit sur la pointe des pieds et identifia deux des Français. Il y avait Corentin, celui avec une apparence mature, des traits latins et de fines cicatrices blanches dans le cou, puis Rudy, l'élève au teint sable qui portait toujours un chapeau de feutre beige et une veste à manches longues. Ils enjambaient les rochers pour s'approcher de l'eau.

Rudy déplaçait lentement son bras devant lui, comme s'il tentait de cartographier les lieux.

— Tu viens ? demanda alors Angélina. Sinon, on va encore se faire sermonner…

Véronika repartit au pas de course avec son amie, juste avant que M. Neptune apparaisse. Il leur envoya un pouce en l'air de satisfaction. Les filles alternèrent entre la marche et le jogging, et réussirent à parcourir le chemin en entier. Elles avaient terminé l'atroce épreuve avec honnêteté, au contraire de Jordan et d'Esteban, et pouvaient se féliciter de leurs efforts.

À la mi-octobre, la quantité de matière présentée dans les cours doubla. Il fallait vite intégrer le nouveau contenu, car les quatrième et les cinquième secondaire partaient en voyage scolaire avec les élèves de Paris. Même Véronika trouva difficile de suivre ce rythme expéditif.

Un matin, dispersés dans trois autobus luxueux, les jeunes et leurs accompagnateurs partirent pour un voyage de neuf jours dans le Bas-Saint-Laurent et la Gaspésie. Véronika adorait scruter le fleuve par la fenêtre lorsque la route le longeait. Le cours d'eau s'élargissait et, bientôt, il fut impossible de voir la rive nord de l'autre côté. L'estuaire du golfe lui parut magnifique comme une mer. Elle n'avait jamais voyagé aussi loin au Québec, car sa famille gardait toutes ses économies pour voyager en Grèce, où sa grand-mère vivait.

Les autobus se rendirent jusqu'à la pointe de la Gaspésie. Le groupe s'était arrêté à trois reprises en chemin pour dormir, pour faire une randonnée et pour visiter un musée.

Un matin, Véronika se leva la première, comme d'habitude, dans la chambre qu'elle partageait avec Angélina, Rosalie et Leïa. Elle descendit à la salle à manger, au rez-de-chaussée de l'Hôtel de Percé, et se servit un petit-déjeuner au buffet.

Alors qu'elle terminait son bol de céréales, elle remarqua par la fenêtre Clémence, qui faisait le piquet dans le stationnement. Véronika eut l'idée de la rejoindre avec des chocolats chauds, mais elle vit Rudy et Corentin traverser le hall et la retrouver. Les trois s'éloignèrent sur le chemin menant à la plage.

Que faisaient-ils ? Pourquoi aller à la plage si tôt ? Véronika trouva étrange que les deux garçons se cachent à nouveau pour aller vers le fleuve. Quand la bague de Véronika se mit à diffuser une chaleur à son doigt, elle eut la conviction qu'elle devait agir. Elle sortit de l'hôtel à la hâte.

L'anneau au doigt de Véronika se nommait « l'Alliance de la créature ». Une fabuleuse pierre rouge sertissait l'anneau doré. Elle lui procurait une sensation de bien-être, comme une armure de coton, et le pouvoir de se transformer en une géante musclée, capable de terrasser des monstres. Le bijou avait aussi le don de l'avertir quand il y avait des phénomènes étranges autour d'elle. Cette fois-ci, Véronika n'eut pas besoin de chercher bien loin. Les trois jeunes se trouvaient à droite, sur la berge. Malgré le froid, Clémence avait retiré ses souliers et avait les pieds dans l'eau. Corentin, lui, leva les mains vers la brume qui cachait l'horizon.

Au travers du brouillard, non loin du rocher Percé, Véronika vit une forme apparaître. Elle était immense et noire… Un navire approchait ! Ce n'était pas un bateau de croisière, de pêche ou une navette pour l'île Bonaventure. Il s'agissait d'un vieux navire du 18e siècle, avec de grandes voiles trouées et une coque abîmée. Des êtres arpentaient le pont… des cadavres squelettiques ! Des spectres ! Véronika avait devant les yeux un vaisseau fantôme ! D'autres embarcations translucides et endommagées apparurent dans la brume. Rapidement, elles furent une dizaine à voguer sur l'eau.

Parmi les rayons du soleil qui commençaient à percer les nuages, le premier navire, le plus grand, accosta devant les jeunes. Un corps fantomatique, qui revêtait un chapeau digne des légendes de pirates, vola jusqu'à la grève. Un deuxième être effrayant le rejoignit, mais celui-ci n'avait pas de tête.

Le pirate fantôme discuta avec les jeunes et pointa une direction. Véronika était trop loin pour les entendre, mais elle remarqua que Rudy prenait des notes dans un calepin. Corentin remit alors à son interlocuteur quelque chose qui ressemblait à un coquillage. Le fantôme était satisfait.

Véronika décida qu'elle en avait assez vu. Toutefois, en revenant sur ses pas, quelque chose roula jusqu'à ses pieds… la tête manquante du deuxième fantôme ! Des larves visqueuses sortaient de sa bouche aux dents pourries. Ses yeux, qui n'étaient que deux trous sombres, semblaient vouloir l'aspirer. Emportée par la peur, Véronika botta la tête et courut à toute vitesse.

À l'hôtel, elle fut soulagée de voir tous les autres élèves dans la salle à manger. Elle fit des signes à ses voisins de casier. Rapidement, tous se dirigèrent vers la salle de bain des hommes, de laquelle Lucien sortait :

— Qu'est-ce que vous faites ? demanda-t-il. C'est la toilette des gars…

— Ouais, on le sait ! dit simplement Alexie.

Les cinq se hâtèrent d'entrer et Jordan verrouilla derrière eux. Véronika raconta son aventure, puis termina :

— … ils parlaient avec le fantôme ! J'avais déjà vu Rudy et Corentin sur le bord du fleuve, à Québec.

— Moi, c'est Keiko et Esteban que j'ai vus faire des trucs étranges sur la plage de l'île d'Orléans, ajouta alors Alexie.

— Les élèves de Paris feraient de la magie ? demanda Willem, incrédule.

— Mais ils avaient pas l'air d'avoir de relique ou d'objet magique, précisa Véronika.

— Ça voudrait dire qu'ils sont des créatures du monde obscur, murmura Emerson.

— C'est possible ? ajouta Alexie, déroutée.

— Emerson ! Tu crois pas que c'est ça ? chercha à se rassurer Véronika, soudainement saisie par la peur.

En ayant participé à la transcription du *Guide du Nouvel Élu*, elle connaissait l'existence des plus effrayantes créatures. Emerson ouvrit vite le livre en question, caché dans son sac, et y trouva la section sur les démons. Plusieurs illustrations montraient ces êtres ignobles qui avaient des têtes cabossées, d'énormes yeux globuleux et de longues griffes.

— Je confirme qu'aucun des élèves de Paris ne ressemble à ça ! se moqua Jordan.

— Ça, c'est leur vraie forme, expliqua Véronika. Mais les démons peuvent prendre une apparence humaine. Vous le sauriez, si vous aviez lu la transcription du *Guide* !

— Ils sont donc difficiles à repérer, s'énerva Alexie, qui n'aimait pas se faire réprimander. On a compris !

Emerson lut à voix haute les indications près des illustrations :

— « Peuvent adopter l'apparence d'êtres humains. Veulent manger des humains. Sans pitié. »

— Génial ! ironisa Willem.

— Mais je connais bien Esteban, dit Jordan. C'est pas un démon.

— Comment tu peux le savoir ? demanda Véronika.

— Je le sais, c'est tout ! trancha-t-il.

— Et s'ils faisaient partie d'une de ces organisations secrètes, proposa alors Emerson. Vous vous souvenez ? Ces gens dont parlait Francis, qui veulent s'emparer de la magie ?

— Ce sont juste des ados ! rétorqua Willem.

La réunion se termina encore dans la dispute. Jordan partit le premier, refusant la théorie des démons. Willem grogna en précisant qu'il avait mieux à faire, et Alexie soupira de fatigue. Rapidement, il ne resta que Véronika et Emerson dans la salle de bain.

— La bonne entente va finir par revenir, dit Véronika.

— Tu crois ?

— Je garde espoir !

— Si Francis était venu au voyage, on aurait pu lui en parler ! se plaignit Emerson.

— On lui dira à notre retour ! promit Véronika.

Ils quittèrent à leur tour leur cachette, au même moment où la clochette de la porte de l'hôtel retentit. Les trois élèves louches du lycée Sainte-Périne étaient de retour. Le pouls de Véronika s'accéléra. Il battait au rythme de sa bague magique, qui vibrait autour de son doigt. Un grand frisson la parcourut lorsqu'elle croisa le regard de Clémence.

Véronika aurait préféré devoir chasser de puants jacks mistigris plutôt que de rencontrer des démons !

6
WILLEM

Des filets de lumière transperçaient l'eau du fleuve et faisaient briller les particules en suspension. Willem traversait les flots profonds avec l'agilité d'un dauphin. Son instinct lui dictait où aller. Il savait où il se dirigeait, sans vraiment savoir. Ses bras et ses jambes étaient souples. Il aurait pu nager pendant des jours sans s'affaiblir.

Plus il nageait vers les profondeurs, plus la noirceur devenait opaque. Encore une brasse, puis une autre forte poussée de jambes… Willem atteignit le fond marin brouillé. Il avait retrouvé les ruines d'un bateau du 18e siècle. Son immense coque en bois était trouée et ses mâts avaient perdu leurs voiles. Willem s'approcha du vieux navire. Il se glissa à travers une ouverture circulaire dans la carcasse, creusée par un boulet de canon.

Des poissons remuaient dans l'épave. Les végétaux aquatiques et les coraux poussaient sur toutes les surfaces submergées. Willem déchirait les plantes qui bloquaient son avancée dans l'embarcation. Il cherchait quelque chose… Il avait des souvenirs de ce navire. Des souvenirs qui ne lui appartenaient pas…

Alors qu'il franchissait un autre trou, quelque chose bougea devant lui… un squelette ! L'ossature avait une forme humaine et semblait animée par magie. Malgré son dégoût, Willem donna un coup pour le repousser. Les os se cassèrent et se dispersèrent, révélant un passage. Willem s'y précipita, craignant que le squelette ne le pourchasse.

Il entra dans une pièce où flottaient une table et des chaises. Il y repéra un coffre tout en or, caché parmi les algues sur le plancher. Un cri déchira alors les profondeurs. Willem avait trouvé. Il s'approcha de la boîte dorée, puis l'ouvrit…

Soudain, Willem se retourna. Il était convaincu de sentir une présence. Était-ce le squelette ? S'agissait-il d'un banc de poissons ou d'un requin ? Une chose bleutée se déplaçait… puis, quelque chose de rose… de noir, d'orange et de vert…

Un réveil se mit à sonner. Willem, tout raide, s'assit dans le lit de l'hôtel. Les yeux encore chiffonnés par le sommeil, il lança son oreiller en direction de l'alarme assourdissante afin d'éteindre son réveil.

Ces rêves récurrents qui se déroulaient dans les profondeurs du fleuve étaient si intenses ! Il avait mal aux bras, comme s'il avait véritablement nagé pendant des heures. Il se frotta le visage à deux mains pour retrouver ses sens. C'était sa relique, le Médaillon des profondeurs, qui causait ces rêves étranges. Bizarrement, cette fois-ci, il n'avait pas rencontré la sirène.

Willem saisit le médaillon, caché dans son sac de voyage. Il était rond avec une étoile soudée sur le dessus, et pendait à une chaînette. De fins motifs étaient gravés dans le métal doré. Au centre, une pierre noire reluisait comme un miroir. Une douce énergie se propagea dans son corps, car le bijou magique avait le pouvoir de le calmer. Il le rangea et commença à se préparer pour une autre journée bien remplie.

Un des aspects que Willem aimait de la présence des élèves français au collège était les sorties scolaires auxquelles les niveaux de quatrième et de cinquième secondaire devaient participer. Willem adorait voyager... et avoir moins de cours théoriques ! Il était donc ravi d'avoir quitté la ville. Il partageait sa chambre avec ses amis Louis-Philippe et Louka, ainsi qu'avec Lucien, malheureusement.

Pendant le trajet vers le prochain musée à visiter, Willem observa le paysage avec un sourire accroché aux lèvres. Le mois d'octobre filait à toute allure et les feuilles des arbres commençaient à tomber. Willem réalisait à peine toutes les choses qui lui arrivaient.

D'abord, M. Bellehumeur l'avait choisi pour faire partie de l'équipe de basketball ! Il ne s'était pourtant pas entraîné pendant l'été. Son travail comme sauveteur à la piscine municipale l'avait bien occupé. Grâce aux formations de nage et de sauvetage pour son emploi, il avait acquis un bon tonus physique.

La motivation de Willem était toujours au maximum lors des entraînements de basketball. Il n'était pas le meilleur ni le plus rapide, mais il était capable de distraire l'adversaire et de faire des passes correctes. Il était le premier à comprendre les stratégies de jeu enseignées par M. Bellehumeur. Malgré tout, Jordan refusait de lui envoyer le ballon, préférant le lancer à Logan ou Mehdi. Comment pouvait-il progresser s'il ne lui laissait pas sa chance ?

Mais Willem n'essayait plus d'être ami avec Jordan. Il avait maintenant son groupe à lui. C'était Aya qui avait fait les premiers pas. À la rentrée, elle avait insisté pour organiser une soirée en l'honneur de Willem, qui l'avait portée à l'extérieur de la chapelle en flammes. Il était allé fêter au restaurant avec d'anciennes sorcières : Louis-Philippe, Louka, Madeline et Lou-Anne. Aucun d'eux ne se souvenait de la magie. Ils discutaient seulement des anecdotes au sujet de la Brigade des anges gardiens, l'ancien groupe parascolaire anti-intimidation créé par Aya.

Willem se tenait maintenant avec eux et apprenait à mieux les connaître. Il avait découvert qu'il partageait la passion de Louis-Philippe pour les histoires médiévales et celle de Lou-Anne pour les constructions en LEGO. Des élèves du lycée Sainte-Périne bonifiaient leur groupe. Willem s'était lié d'amitié avec Inès, une fille réservée au regard bleu mer, qui aimait comme lui les jeux vidéo. Il s'entendait particulièrement bien aussi avec Rudy, qui adorait la cartographie. Bien que Willem voulait croire Véronika, il doutait que des élèves français puissent être des démons ! Pourquoi s'obliger à suivre des cours au secondaire et à voyager avec des étudiants s'ils étaient des créatures du monde obscur ?

Le moral de Willem était complètement différent de celui de l'année précédente. Lorsqu'Alexie l'avait insulté publiquement, il avait perdu toute confiance en lui. Il était encore embrouillé dans ses émotions envers elle. Il ne savait pas s'il l'aimait. Il avait toutefois la certitude qu'il lui en voulait de ne pas avoir été claire sur ses sentiments. Il essayait de l'oublier, mais c'était difficile, puisqu'ils allaient à la même école, qu'ils étaient voisins de casier et qu'ils partageaient les secrets de la magie.

Willem doutait qu'ils réussissent à refermer le portail, et il gardait ses distances avec ses collègues pour éviter d'en débattre. Il était encore irrité par le fait que Véronika ait dénoncé son agresseur sans lui en parler avant. Il reprochait aussi à Jordan de manquer de solidarité. Il ne restait qu'Emerson, mais Willem trouvait désespérant qu'il se laisse influencer par les autres et, maintenant, par son frère.

Willem était heureux dans sa « nouvelle » vie. Il avait de nouveaux projets. Il désirait s'améliorer au basketball. Il voulait visiter sa mère, qui avait déménagé au Japon, l'été dernier, avec son nouveau chum. Il rêvait d'être architecte.

La vie « normale » appelait Willem. Plus le temps passait, moins les histoires de magie l'intéressaient. Même l'idée de devenir un Élu l'ennuyait.

Le voyage scolaire continua alors que le temps refroidissait. Une neige fondante tomba un après-midi, pendant une randonnée en forêt. Ils s'arrêtèrent dans un bel hôtel de Rimouski, leur étape finale avant le retour à Québec, prévu pour le lendemain.

Après leur dernier souper, les élèves retrouvèrent leurs chambres. Willem reçut un message d'Inès sur son téléphone. Elle l'invitait à la rejoindre. Sans plus tarder, il se prépara à quitter la chambre :

— Je vais me chercher des collations à la machine distributrice, prétexta-t-il en sortant.

— Ouais, on sait bien : Inès t'attend ! se moqua Louis-Philippe.

— T'as pas le droit, rappela Lucien, il y a un couvre-feu…

Mais Willem les ignora et ferma rapidement la porte derrière lui.

Il traversa le couloir au tapis épais, chaussé de bas dans ses sandales de douche. Il était presque arrivé dans le hall d'entrée lorsqu'une sensation bizarre le stoppa. Un bruit à peine perceptible retentit alors, comme un cri diffusé dans l'eau. Willem secoua la tête, mais le gémissement résonnait toujours à ses oreilles. Il décida de suivre le bourdonnement étrange…

Il se retrouva alors au sous-sol de l'hôtel, où se trouvaient la salle de sport et la piscine. Les élèves n'avaient pas le droit d'y être à cette heure. Pourtant, en approchant de la porte du vestiaire, Willem entendit des éclats de rire d'adolescents. Le son intrigant venait aussi de là. Il tira doucement la poignée et entra sans faire de bruit.

La chaleur humide l'enveloppa. Sur la pointe des pieds, il continua droit devant, passa la porte des toilettes et arriva devant la piscine et une baignoire à remous. Willem eut à peine le temps de reconnaître les élèves sur place que quelqu'un derrière lui agrippa son bras :

— Qu'est-ce que tu fais ici ? cracha Corentin, dont les iris turquoise brillaient si intensément qu'ils aveuglèrent Willem.

PARTIE 2

7
Alexie

Un cri réveilla Alexie. La jeune fille était couchée dans sa chambre d'hôtel. Ses grands yeux examinèrent les alentours, alors que le son strident s'évanouissait.

Alexie s'était endormie tout habillée tandis que ses camarades de chambre discutaient à voix basse :

— On ne voulait pas te réveiller, s'excusa Aya, qui venait de remarquer qu'Alexie se levait.

— Ça va, mentit-elle.

Alors qu'elle dormait profondément, elle avait ressenti un choc, comme si une vague d'eau de mer s'était cassée sur sa tête…

Toc. Toc. Toc.

Quelqu'un frappait à la porte. Pourtant, le couvre-feu était passé. Chaque élève était censé rester dans sa chambre. C'était la dernière nuit du voyage scolaire et Alexie avait hâte de retourner à la maison. Il était difficile de dormir avec les filles qui ronflaient !

— Alexie ? interpella Olive, qui avait ouvert. C'est Véronika, pour toi.

Alexie attrapa ses chaussures, puis retrouva Véronika dans le couloir. La jeune fille n'était pas seule. Emerson et Jordan l'accompagnaient. Alexie ferma délicatement la porte et chuchota :

— Ça va ?

— J'ai eu une drôle de sensation, révéla Véronika.

— Nous aussi, dit Jordan. Et toi ?

— Je dormais… Mais oui, j'ai entendu comme un cri.

— Je crois que c'est Willem, déclara Emerson. Il est en danger.

— Tu penses ? demanda Alexie, soudainement apeurée.

— Je sais pas comment l'expliquer, ajouta Emerson. Mais c'est ce que je ressens.

À bien y repenser, l'instinct d'Alexie lui dictait la même chose. Elle se rendit à la chambre de Willem et s'informa auprès de Louis-Philippe. Lorsqu'elle revint, elle avait l'air mal à l'aise :

— Il est… heu… parti à un rendez-vous avec Inès.

— Ouf ! C'est juste une fausse alerte, soupira Véronika.

— Je préfère enquêter un peu, admit Emerson.

— Quinze minutes d'enquête, ça me va, dit Jordan.

— Mais faut pas qu'on se fasse prendre dans les couloirs, chuchota Véronika.

— Attendez…

Emerson alla chercher sa Canne enchantée dans sa chambre.

— Tu as réussi à apporter ça dans tes valises ? s'étonna Jordan.

— Ça se cachait facilement au travers des bâtons de marche !

Les quatre quittèrent le couloir sur la pointe des pieds. Emerson balayait le chemin avec sa canne pour tenter de trouver des indices. Ils empruntèrent l'escalier pour éviter les mauvaises rencontres dans l'ascenseur. Au rez-de-chaussée, ils firent un détour, car des enseignants étaient rassemblés au bar.

— Il est nulle part, s'inquiéta Alexie.

— Il reste le sous-sol, dit Emerson.

— Après, on retourne à nos chambres, conclut Véronika.

Dès que les quatre arrivèrent tout en bas de l'hôtel, les motifs creusés dans la canne d'Emerson scintillèrent d'un vert pâle.

— On est près de quelque chose ! chuchota ce dernier.

La brillance de la canne s'intensifia près de la porte de la piscine. Alexie l'ouvrit. Des gens parlaient au loin.

Elle fit signe à ses amis de se taire. Jordan resta à ses côtés tandis que les autres se placèrent derrière. Alexie et Jordan découvrirent avec stupeur Keiko, Corentin, Rudy, Clémence et Esteban, tous en maillot sur le bord de la piscine, alors que Willem gisait sur une chaise longue, ligoté avec la corde d'une bouée de sauvetage.

Les cinq élèves français n'avaient pas l'apparence de démons, mais kidnapper l'un des voisins de casier ressemblait fortement à un plan démoniaque ! Alexie serrait ses poings gantés tandis que Jordan enfilait sa tuque et sortait son couteau magique. Une fois dans sa main, sa relique se transforma en épée.

Alexie hésita. Le serment du serpent l'empêchait de parler de magie, mais pas d'en exécuter devant les autres. Que diraient les élèves français en les voyant faire ? Il faudrait leur expliquer… À moins qu'ils soient véritablement des démons !

Craignant pour la vie de Willem, Alexie décida de se lancer :

— Qu'est-ce qui se passe ici ?! hurla-t-elle en s'élançant pour tirer Willem du danger.

Corentin s'avança aussitôt vers elle, mais Alexie le repoussa de toutes ses forces. Il percuta le mur de béton. Jordan voulut rejoindre Willem, mais Clémence s'avança vers lui. Jordan la bouscula et la fit tomber dans la piscine. Esteban, lui, leva les mains en signe de capitulation tandis que Keiko fronçait les sourcils en observant la scène. Véronika en profita pour retrouver Willem et défaire les liens qui le retenaient. Une fois qu'il fut libéré, elle le tira vers la porte, où Emerson attendait. Mais Rudy tenta de bloquer sa route. Grâce au pouvoir de sa relique, Alexie l'attrapa par les poignets :

— Pourquoi avez-vous kidnappé Willem ? hurla-t-elle en serrant Rudy, qui tomba à genoux.

Les élèves français semblèrent surpris par sa force et certains reculèrent.

— Kidnappé ? pouffa Esteban. Franchement…

Lorsque Keiko s'approcha, Alexie resserra Rudy, dont les yeux étaient mouillés de larmes, comme s'il subissait la pire des souffrances.

— Quelle est cette magie ? demanda Keiko, le regard rivé sur l'épée de Jordan.

La magie ! Elle avait repéré leurs pouvoirs. Ils pouvaient donc en parler sans subir le serment du serpent. Véronika avait compris la même chose et exigea d'une voix forte :

— Êtes-vous des démons ? Qu'est-ce que vous échangez avec les pirates fantômes ?

Esteban perdit son sourire. La question les rendit tous nerveux. Sauf Keiko. Elle fit un autre pas devant en fixant Alexie dans les yeux.

— Nous cherchons Sedna, expliqua-t-elle d'une voix neutre.

— Keiko ! cria Clémence, qui sortait de la piscine en essorant ses cheveux.

— Tais-toi donc ! tonna Corentin, qui se relevait péniblement en se tenant le dos.

— As-tu une autre solution ? dit-elle en fusillant Corentin du regard. Elle est en train de tuer Rudy !

— Elle lui bloque les branchies ! s'exclama Clémence, horrifiée.

La peau de Rudy virait au vert.

— Willem est en sécurité, confirma Jordan. Tu peux le lâcher.

Une fois libéré, Rudy tira les manches de sa veste, révélant ses bras couverts d'ecchymoses. Des tissus organiques sortaient de fentes étranges à l'intérieur de ses poignets.

— C'est comme un poisson, souffla Véronika en analysant les ouvertures qui bougeaient.

Rudy se coucha sur le dos pour respirer. Son chapeau tomba, ce qui révéla une couronne de coquillages pointus, incrustée dans sa tête.

Willem, maintenant libéré, reprenait lui aussi ses esprits. Il s'approcha et murmura :

— Sedna, comme dans la légende ?

Les jeunes Français le dévisagèrent, surtout Corentin.

— Tu la connais ? demanda Clémence, les yeux brillants.

— J'ai lu beaucoup d'histoires sur le fleuve, la mer et les sirènes…

Les élèves français figèrent lorsque Willem pointa la pierre noire au centre de son médaillon.

— Il paraît qu'il y a du sang de sirène dedans, dit Willem.

— Où as-tu trouvé ça ? grogna Corentin.

Les cicatrices blanches dans son cou s'ouvraient frénétiquement : des branchies ! Clémence, dont la bouche s'était transformée et révélait désormais des dents de requin, saisit son camarade en colère pour l'empêcher d'attaquer Willem. Pendant ce temps, la chevelure de Keiko s'allongea et s'entortilla autour de Corentin. Les voisins de casier étaient immobiles devant tous ces phénomènes magiques. Jordan se tourna vers Esteban, celui qu'il pensait être son ami. Ce dernier se mit à rire :

— Par chance, on avait bien établi que personne devait se transformer devant les humains !

— Qu'est-ce qui se passe ? murmura Jordan.

— Je crois que ce sont des sirènes ! dit Véronika.

— Et vous autres ? les coupa Keiko. Qu'est-ce que vous êtes ?

— Des humains, indiqua simplement Alexie.

— Nous sommes effectivement des sirènes, avoua la jeune Française. Nous sommes venus au Québec, car nous avons repéré Sedna dans cette région du monde.

Corentin soupira en se pinçant l'arête du nez :

— Pourquoi racontes-tu tout, Keiko ? On perd notre temps...

— Arrête de remettre en question mon autorité ! C'est moi qui décide !

— Attends que je dise aux Chefs des familles que tu as tout révélé aux humains !

— Tu vas encore aller pleurnicher à ton père ?

Soudain, Clémence hurla si fort que les humains bouchèrent leurs oreilles avec leurs mains.

— On peut garder les chicanes de famille pour un autre moment ? proposa-t-elle après avoir crié.

— Alors, tous les élèves de votre lycée sont des sirènes ? demanda Jordan.

— Non, seulement nous cinq, avoua Esteban. Nous devions rester cachés, mais nous avons pas pu résister à la piscine !

— Et vous direz rien non plus, ordonna Keiko.

La sirène claqua des doigts. Aussitôt, Rudy, qui avait repris des forces, plaça ses mains dans la piscine et en tira cinq filets d'eau qui attrapèrent les poignets des humains. Les jeunes Québécois tentèrent de s'enfuir, mais Corentin, doté de fins ongles tranchants comme des couteaux, fit apparaître une bourrasque mêlée d'averses qui les emprisonna. Même la force d'Alexie n'était pas suffisante pour s'en défaire. Esteban et Clémence voulurent s'interposer, mais Keiko leur lança un regard rigide qui les stoppa.

— Lançons le sortilège d'amnésie de longue durée, grogna-t-elle. Je veux qu'ils oublient tout !

Aussitôt, elle se mit à chanter d'une voix envoûtante. Sa chevelure bleue formait maintenant une auréole autour de sa tête. Corentin ferma les yeux pour se concentrer. Lorsqu'il les rouvrit, ses iris brillaient d'un turquoise surnaturel. Corentin murmura des mots inaudibles. Alexie sentit son corps se figer. La magie essayait de prendre possession de son esprit. Tout à coup, Keiko leva les bras et ses cheveux fouettèrent l'air. Au bruit sec, Alexie sombra dans le sommeil…

Le lendemain de l'affrontement à la piscine, Alexie se réveilla avec un mal de tête. Elle ne se souvenait plus de quelle manière elle avait retrouvé sa chambre. Elle n'avait toutefois rien oublié de l'apparence surprenante des sirènes. Elle descendit rapidement à la salle à manger et constata avec soulagement que les autres aussi avaient pu regagner leurs chambres sains et saufs. Par contre, les voisins de casier durent attendre la semaine suivante pour se parler de cette aventure.

Le dernier jour d'octobre, à l'occasion de l'Halloween, les élèves du collège se costumaient au lieu de revêtir l'uniforme obligatoire.

Willem entra dans sa classe d'espagnol vêtu d'un élégant habit de chevalier, conçu par une costumière de films, une amie de sa mère. Alexie le savait, car il l'expliquait à qui voulait l'entendre pendant la période libre du cours :

— … j'avais aussi mon épée, mais madame Robidoux me l'a confisquée ce matin. Elle était trop réaliste !

Alexie jeta un coup d'œil subtil vers son camarade. Il était vrai que sa tunique rouge, ornée d'un écusson royal, était impressionnante. De son côté, elle avait manqué d'inspiration cette année. Elle portait un costume de Wonder Woman.

Pendant la pause, les éloges sur l'accoutrement de Willem continuèrent :

— Tu es super ! le complimenta Lou-Anne, qui portait elle-même un habit de chevalière.

— Comme tu es beau ! lui dit Inès.

Cette dernière portait une simple cape sombre, avec la doublure en satin rouge, fournie par d'autres élèves. Elle avait aussi des cornes en plastique sur la tête, qui lui donnaient un air diabolique. Rudy et Arthur, eux, s'étaient déguisés en mimes maléfiques, avec des chandails lignés tachés de faux sang et leurs visages noir et blanc présentant d'horrifiantes blessures en latex. Ils semaient la terreur en surprenant les gens aux détours des couloirs.

Alexie s'éloigna vers son casier. Elle fut vite rattrapée par Emerson, qui arrivait en trombe. Encore cette année, il n'était pas déguisé pour l'Halloween. Il était le seul élève de l'école à porter son uniforme obligatoire.

— On… doit… se réunir ! dit-il en tentant de reprendre son souffle.

Deux heures plus tard au repaire, à l'heure du dîner, ils purent parler librement :

— Vous vous souvenez de ce qui s'est passé à la piscine ? leur demanda Emerson.

— Bien sûr ! répondit Véronika, déguisée en élégant vampire. Le sortilège d'amnésie a pas fonctionné sur nous.

— C'est sans doute grâce à la potion de l'année dernière. On est immunisés contre l'amnésie !

— Et moi j'ai ma relique, expliqua Jordan en montrant sa tuque qui le protégeait des sortilèges.

— Ils ont dit qu'ils cherchaient Sedna, rappela alors Véronika.

— C'est qui ça ? interrogea Jordan, costumé en capitaine de bateau, comme chaque année.

Emerson montra l'image dans le *Guide* :

— C'est une créature marine !

— Vous connaissez pas la légende ? se surprit Willem.

— J'en ai entendu parler, dit Alexie. Mais c'est une légende autochtone des nations au nord, pas de ma communauté.

— J'en ai lu différentes versions, expliqua Willem. En gros, la plupart racontent l'histoire d'une fille forcée de se marier à un gars qui la maltraite. Son père tente de la sauver, mais, tandis qu'il s'échappe avec elle par la mer, le mari en colère les rattrape. Le père sacrifie sa fille en la jetant à l'eau pour pouvoir s'enfuir. Sedna s'agrippe au bateau, et alors, son père lui coupe les doigts. Ces derniers deviennent des poissons, des phoques, des morses et des baleines. Sedna coule et se transforme en déesse de la mer.

— Quelle histoire tragique ! s'exclama Véronika.

— C'est une légende liée à la chasse et à la pêche, conclut Alexie. Si la mer est agitée, certains attribuent cela à la colère de Sedna.

— Ce serait une autre de ces légendes qui cachent en réalité la magie ? demanda Jordan.

— Je crois, oui, confirma Emerson.

En première secondaire, les jeunes avaient appris que les contes et légendes dissimulaient l'existence de la magie. Les Élus avaient propagé des histoires en y ajoutant des éléments saugrenus qui semblaient impossibles, formant les plus populaires récits du folklore. M. Chevalier l'avait résumé ainsi : « Les demi-vérités sont plus faciles à croire que les mensonges. »

Avec le temps, Alexie comprenait mieux l'importance de cacher la magie. Il fallait s'assurer que personne avec de mauvaises intentions ne s'en empare. L'appât du gain était autant une faiblesse chez les humains que du côté du monde obscur.

— Mais pourquoi les sirènes la cherchent ? interrogea Alexie.

Les cinq amis se retrouvaient à nouveau coincés dans une énigme.

— Francis sait peut-être quelque chose, dit Emerson.

Alexie se remémora alors le chant de Keiko. Le son strident résonnait dans sa tête, tel un avertissement mystérieux.

— Gardons cette histoire pour nous, proposa-t-elle, guidée par son instinct. Monsieur Miron en a déjà assez sur les épaules.

— S'il était au courant, il nous en aurait parlé, non ? dit Véronika.

— Ce serait pas *cool* de révéler leur vraie identité, ajouta Jordan.

— T'en penses quoi, Willem ? demanda Emerson, à la recherche d'un allié.

— Je pense que j'en ai assez pour aujourd'hui, dit ce dernier en se levant. J'ai un rendez-vous…

Emerson tenta de protester, mais Willem était déjà de l'autre côté de la grosse porte.

Après plusieurs séances d'entraînement, la ligue de basketball avait confirmé le retour de l'équipe juvénile féminine de Sainte-Hubertine. Alexie était nerveuse et avait peu dormi la veille de la première partie.

L'excitation et l'adrénaline l'empêchèrent toutefois de ressentir la fatigue.

Après le dernier cours, elle attendit devant la porte principale du collège, comme le lui avait demandé Angélina. Elle fut surprise d'y trouver Véronika :

— Qu'est-ce que tu fais ici ?

— Angélina m'a suppliée de l'aider, mais je sais pas pourquoi. Ça va, toi ? T'as l'air stressée comme si le diable rôdait dans les parages !

— C'est rien…

Une voiture noire s'arrêta à leur hauteur. Véronika reconnut la mère d'Angélina au volant, une ancienne animatrice de télévision. Angélina sortit du véhicule en tendant des sacs de toile :

— Il y en a beaucoup à transporter !

Les trois filles portèrent les sacs jusqu'au gymnase. Sur place, Mme Robidoux demanda à Alexie de la suivre.

— Je vous rejoins dans pas long !

Alexie retrouva l'enseignante de français dans le bureau de M. Bellehumeur. Elle avait un air déplaisant, mais pas contre elle, plutôt envers les deux autres personnes en sa compagnie :

— Mademoiselle Tsawenhohi, voici le vice-président et la présidente du conseil d'administration du collège…

— C'est donc vous, l'instigatrice…, jaugea la femme au corps allongé.

La présidente devait avoir dans la soixantaine. Elle était boudinée dans un chandail à col roulé brun. Ses yeux renfoncés aux contours sombres et son nez pointu lui donnaient l'air d'un suricate. Alexie reconnut l'homme aux lunettes rouges. Il avait pris la parole lors du premier jour d'école. Celui-ci avait un ton doux :

— Les parents sont inquiets qu'une élève s'occupe d'une équipe de sport. Vous n'avez pas de formation pour entraîner l'équipe et…

— Quels parents ? coupa Alexie.

— Eh bien, des parents ! Et…

— Combien ? insista Alexie. Un ? Deux parents ? Ça fait pas beaucoup sur l'ensemble !

— C'est au conseil d'administration de prendre les décisions pour le collège, trancha la dame, pas à une élève ! Si nous voulons que cette équipe cesse ses activités, nous le ferons.

— Elle n'est pas seule, trancha alors Mme Robidoux. J'ai signé le formulaire, je soutiens cette équipe ! Et cette équipe ne va pas seulement jouer : elle va gagner ! Allez préparer votre équipe, Mademoiselle !

Alexie ne se fit pas prier. Elle sprinta jusqu'au vestiaire. Son stress avait quadruplé. Le conseil d'administration pouvait-il vraiment annuler l'équipe ? Annuler tous ses efforts ?

Dans le vestiaire, les joueuses se préparaient tout en parlant et en riant à tue-tête. Alexie n'eut pas le cœur de partager la rencontre qu'elle venait d'avoir.

Angélina monta alors sur un banc et siffla avec deux doigts pour faire taire les joueuses :

— OK ! Du calme ! C'est le temps de découvrir nos nouveaux uniformes !

— On en a déjà un, rappela Marie-Lune en montrant les chandails vert forêt.

— Pff ! Ces vieilles affaires là ? On mérite mieux que ça !

Angélina brandit une scintillante camisole vert et turquoise. Au lieu des simples bois du logo classique du collège, elle présentait un buste de cerf au regard confiant et féroce, sans bois, comme les biches. Les joueuses se ruèrent sur les sacs. Angélina leur montra des vestes de survêtement turquoise à paillettes, des bas et des bandeaux assortis. C'était encore mieux que de déballer des cadeaux d'anniversaire !

— Comment as-tu eu ça ? demanda Alexie, alors que les filles s'emparaient des uniformes.

— Ma mère a tout payé. J'ai aussi apporté des collations et du lait au chocolat. Faut pas manquer d'énergie pendant la partie !

Alexie aurait aimé pouvoir, comme Angélina, offrir des présents pour remercier les joueuses de s'être jointes à son projet insensé !

Comme la partie allait bientôt commencer, Alexie se changea, puis rassembla l'équipe :

— C'est maintenant le temps de montrer à tout le monde de quoi on est capables ! lança-t-elle avec aplomb. On s'est entraînées, on va jouer et on va… GAGNER !

— *GO! GO!* HUBERTINES ! crièrent en chœur les joueuses.

Elles quittèrent le vestiaire au pas de course et furent surprises de découvrir l'ampleur de la foule venue assister à la rencontre sportive. Une ambiance joyeuse et chaotique régnait dans les estrades. Les amis des joueuses, les élèves français, les joueurs des équipes de basketball masculines et toutes les filles de l'école étaient solidaires. Alexie n'en revenait pas. L'énergie des gens qui tapaient dans leurs mains et qui criaient leurs noms lui donna la chair de poule.

Dans les estrades, Angélina remit à Mme Robidoux un foulard turquoise. L'enseignante le porta avec fierté. Elle utilisa un sifflet pour les encourager, ce qui fit rire M. Barthelemy, l'enseignant de Paris. Le directeur était présent aussi. Il était coincé entre les deux représentants du conseil d'administration. Malgré son malaise, il applaudissait avec la foule.

Alexie était prête à jouer. Elle remarqua alors que Véronika s'éloignait :

— Où tu vas ?

— Dans les estrades. Pour regarder la partie…

— Tu voudrais pas rester au banc ?

— Pour quoi faire ? pouffa Véronika. Je connais rien au basketball !

— J'ai juste besoin que quelqu'un soit toujours là, pendant que je joue. Pour s'assurer qu'il y a des bouteilles d'eau, que les filles sont correctes...

Véronika hésita. Le gymnase n'était pas du tout son élément. Malgré tout, elle accepta.

Pour cette première partie, l'équipe affrontait le collège Saint-Pierre-Denis. Leurs rivales n'étaient pas trop grandes, ce qui donnerait une chance aux joueuses moins expérimentées.

La partie commença. L'équipe de Sainte-Hubertine manquait souvent ses lancers. Alexie révisa leur stratégie : elle demanda aux autres de lui faire la passe dès qu'elle était bien placée. Ce plan leur permit de devancer leurs adversaires. Pendant ce temps, Véronika accueillait les joueuses au banc, en prenant soin de leur tendre une bouteille d'eau. Angélina criait en continu :

— Allez, les filles ! On donne tout ce qu'on a !

Les cris de la foule se poursuivirent aussi pendant toute la partie. À la fin, le collège Sainte-Hubertine remporta avec une avance de dix points. Elles avaient gagné ! Alexie se figea de surprise, alors que les joueuses s'exclamaient de joie autour d'elle, comme si elles venaient de gagner un championnat. Alexie espérait que cette première victoire allait convaincre les parents réfractaires et le conseil d'administration de les laisser jouer.

8
VÉRONIKA

Véronika arriva au collège sous un mélange de verglas et de neige qui fondait avant d'avoir touché le sol. Les jours s'écoulèrent après le voyage en Gaspésie et les sirènes ne reparlèrent pas aux voisins de casier. Depuis son retour, Véronika avait fouillé la collection de livres du repaire, mais aussi celle de la bibliothèque. Elle cherchait des histoires de fantômes, avec ou sans tête, de navires et de sirènes pour tenter de percer la double identité des élèves français.

Elle avait trouvé des anecdotes locales concernant des vaisseaux fantômes et des pirates. Il existait une légende du rocher Percé, qui racontait une malheureuse histoire d'amour. Il y avait aussi *Les marsouins de Rivière-Ouelle*, une histoire dans laquelle des dépouilles de bélugas revenaient à la vie. Dans une revue, elle prit conscience d'un naufrage important, celui de la flotte Walker en 1711. Des dizaines de bateaux avaient disparu et il y avait eu des milliers de morts à l'ouest de Sept-Îles.

Malheureusement, ces récits marins ne l'aidaient pas à répondre à ses questions.

Elle poursuivait ses recherches avec la même ardeur qu'elle mettait dans ses études. Elle se consacrait aussi pleinement à l'équipe de Génies en herbe du collège, avec laquelle elle gagnait toutes les parties depuis le début de l'année. Véronika devenait sans conteste la meilleure joueuse. Sa nervosité à répondre aux questions avait disparu. En réalité, ces projets l'aidaient surtout à ne pas penser à Sara, qui n'était toujours pas de retour.

Un midi de novembre, Véronika récupérait son sac de sport à son casier, lorsqu'Emerson l'interpella :

— Ça y est ! On est prêts pour la première pratique pour l'Épreuve.

— Génial ! Quand ?

— Ce soir. Tu dois apporter ta relique…

— AAAHHH !

Angélina venait de crier dans l'aire des quatrième secondaire et tout le monde la dévisageait. Elle se leva et courut vers quelqu'un… Sara ! Elle était là, pour vrai. Véronika reconnut avec joie ses cheveux blonds coupés courts, ses yeux bleu clair et son visage pâle et sérieux, comme celui de la reine des neiges. Elle constata aussi que son amie était plus musclée.

— Tu as repéré une créature ? demanda alors discrètement Emerson, comme s'il n'avait pas conscience de l'arrivée de Sara.

— Hein ?

— Ta bague ! expliqua Emerson en pointant le bijou magique.

Véronika remarqua enfin la lumière bleutée qui jaillissait de sa relique. Son visage devint écarlate. Elle cacha sa main portant l'anneau doré.

— On se voit plus tard, Emerson. Bye !

Véronika laissa Emerson en plan pour se diriger vers ses deux amies :

— Salut, Sara…

Les deux filles se fixaient sans rien dire, la gêne les ayant rendues muettes. Elles se prirent timidement dans leurs bras, alors qu'Angélina sautillait autour d'elles :

— Les trois meilleures amies du monde enfin réunies ! chantait-elle.

Le bonheur de Véronika était si grand qu'elle riait sans arrêt.

— On s'est mises à se tenir avec Leïa et Rosalie, l'informa Angélina. Mais elles t'arrivent pas à la cheville !

— Elles sont super gentilles ! précisa Véronika.

— Je suis irremplaçable ! répliqua Sara pour blaguer.

— Exactement ! dit Angélina. Aussi, tu fais partie de l'équipe de basketball.

— Ah bon ?

— Avec moi…

— Tu joues au basket ?

Les trois amies s'installèrent dans un coin calme pour se retrouver. Véronika avait mal aux joues à force de sourire. Elle avait si longtemps appréhendé le retour de Sara ! Jamais elle n'aurait pu s'imaginer avoir autant de joyeux papillons dans le ventre.

Sara était de retour… Sara était de retour !

Véronika était si surexcitée qu'elle avait hésité à annuler sa présence au premier entraînement pour l'Épreuve. Elle refusait toutefois de décevoir Emerson et M. Francis.

Quand arriva la fin de la journée, Emerson amena tout le groupe vers un lieu secret. Ils traversèrent la discrète ouverture dissimulée dans le mur, au bout du couloir du pavillon A. Dans l'escalier, une odeur persistante de brûlé chatouilla le nez de Véronika. Ils étaient tout près d'où se trouvait jadis la chapelle incendiée. Ils montèrent lentement l'étroit escalier métallique en colimaçon, dont les marches inclinées étaient instables.

Véronika découvrit pour la première fois ce qui se trouvait tout en haut : une porte pour accéder au grenier. Elle était située dans une cage grillagée. Emerson la déverrouilla à l'aide d'une petite clé dorée et elle s'ouvrit sur un espace sombre qui sentait le bois et le renfermé. Alexie, Willem, Véronika et Jordan avancèrent à petits pas sur le plancher douteux et mou d'un large couloir. Les fenêtres encrassées de poussière laissaient à peine filtrer la lumière. Au loin, un escalier montait vers une trappe menant au toit. À gauche et à droite se trouvaient de lugubres salles aux murs de briques et sans porte. Divers objets étaient abandonnés là : une chaise tordue, des canettes de boisson gazeuse vides, un chandail en laine orné des armoiries du collège…

— C'est là-bas, dit Emerson, en pointant la pièce tout au fond.

Alexie fut la première à lui emboîter le pas, suivie de Véronika. L'intérieur du local avait des airs de laboratoire de sorcière. Un gros chaudron tenait en équilibre sur un poêle au propane. Des lampions éteints étaient disposés sur des chaises usées et d'anciens pupitres ; des cahiers, des crayons et des livres couvraient la longue table. Par terre se trouvaient des tapis de yoga et des coussins de toutes les grosseurs. Contrairement au reste du grenier, l'espace mystérieux avait un plafond haut décoré de poutres de bois. La seule fenêtre était peinte en noir, ce qui empêchait toute lumière naturelle d'entrer. L'unique source d'éclairage venait d'une antique lampe sur pied dotée d'une énorme ampoule électrique. La pièce était couverte d'une couche de poussière collante et une odeur de moisissure l'empestait.

— Bienvenue ! annonça le directeur, qui était déjà là.

— C'est… très intime comme endroit, dit Willem.

Les autres retinrent leur fou rire. Willem avait le don de les amuser avec ses commentaires ironiques. Ce grenier était totalement glauque ! Véronika se demandait comment M. Miron pouvait y travailler. Les jeunes regardaient tous le laboratoire avec le même dédain.

— C'est le meilleur endroit pour ne pas être dérangé, déclara simplement M. Miron.

Il fit un geste pour inviter Emerson à prendre la parole. Celui-ci semblait honoré :

— Comme première étape, nous allons essayer de nous mettre en magitranse.

Francis les convia à se placer confortablement sur les tapis. Lui-même s'assit en tailleur.

— Vous allez vous concentrer sur votre source magique… en fait, sur vos reliques.

— Et si on en a plusieurs ? s'informa Jordan.

— Une seule devrait suffire.

— Pourquoi on utilise nos reliques ? dit Véronika.

— Elles contiennent une quantité infinie de magie.

— Comment c'est possible ? demanda Jordan.

— Personne ne le sait. Les Premiers Élus n'ont laissé aucune trace concernant la création des reliques. La « fabrication » permet de créer des objets ou des lieux avec des pouvoirs, mais jamais aussi exceptionnels que les reliques !

M. Miron alla récupérer son livre vert sur la table et leur récita :

— « Chefs-d'œuvre alliant magie simple et magie obscure, les reliques créées par les Premiers Élus ont été fabriquées grâce à des techniques avancées et étranges. Chacune des reliques est unique. Chacune possède un assemblage extraordinaire de forces, d'ingrédients et de sources magiques. »

— Romy disait que sa relique avait été conçue après le meurtre d'une fée, partagea Alexie.

— Ça m'étonnerait, affirma M. Miron.

— Il y en a combien, des reliques ? s'enquit Willem.

— Dix-huit. À vous cinq, vous en avez huit ! C'est épatant !

— Juste dix-huit à travers le monde ? s'étonna Véronika. Ça me semble peu…

— Il y avait seulement dix-huit Élus à la fois ? dit Jordan.

— Les Élus n'ont pas tous des reliques, rappela le directeur.

— À un moment donné, raconta Jordan, le diable a fait un drôle de commentaire, comme s'il connaissait celui qui a créé mon épée.

— C'est concevable, admit M. Miron. Les reliques existent depuis longtemps. Le diable sait à quel point elles sont puissantes…

Il se tourna alors vers Véronika :

— Par exemple, ta bague. Si tu laisses son pouvoir t'emplir, rien ne pourra jamais te vaincre !

La jeune fille admira son bijou, à la fois surprise et fascinée. Elle avait toujours ressenti que sa bague était spéciale, mais jamais n'avait-elle pensé que c'était une des fabrications les plus puissantes.

— Et comment on sait si on réussit la magitranse ? demanda-t-elle, fascinée.

— Votre peau devrait briller. Comme ceci…

M. Miron ferma les yeux. Il mit la main sur son bracelet à son poignet gauche. Il respirait profondément, comme si plus rien n'existait autour. Et soudain, sa peau se mit à briller. Une lumière dorée sortait de tous les pores de sa peau. Elle disparut dès qu'il rouvrit les yeux.

M. Miron les fixa un à un :

— Alors, vous êtes prêts ?

La démonstration avait motivé les jeunes. Ils s'installèrent en imitant la posture du directeur.

— Commencez par fermer les yeux, leur dit-il. Videz votre esprit de toutes autres pensées et concentrez-vous uniquement sur votre source magique… sur votre relique…

Sous ses paupières closes, Véronika imagina sa bague tout en la sentant autour de son doigt.

— Laissez-vous porter par la magie. Laissez-la s'infiltrer en vous. Dans votre tête… dans vos mains… dans vos jambes…

La voix du directeur était plus grave, plus lente. Malgré ce ton envoûtant, Véronika avait du mal à calmer son esprit. Dans chaque recoin de ses pensées, une préoccupation surgissait : le sourire de Sara, une règle de mathématiques, une question de Génies en herbe…

Au bout d'une vingtaine de minutes, aucun des jeunes n'avait réussi à briller comme M. Miron.

— Est-ce qu'on y était presque ? demanda Emerson, inquiet.

— Je ne suis pas certain. Mais ne vous découragez pas. La bonne nouvelle, c'est que vous pouvez vous exercer chez vous. Il n'y a pas de danger…

— Sauf de se faire prendre en train de briller de magie ! plaisanta Willem.

— Tout à fait ! Préférez un lieu sûr. On se retrouvera bientôt. Je ferai des recherches sur les autres méthodes pour atteindre la magitranse. Vous y arriverez, j'en suis convaincu !

Les examens de mi-année venaient de commencer. Véronika termina rapidement celui de mathématiques. Elle révisa deux fois ses réponses, alors que les élèves autour avaient la tête penchée sur les premières pages. Véronika détestait compléter ses examens avant tout le monde. N'ayant plus rien à faire, elle se résigna à remettre sa copie. Elle quitta ensuite le local sous les regards désespérés et envieux de ses collègues.

Les jours passaient et Véronika ne réussissait pas à parler à Sara. Soit elles n'étaient jamais seules, soit la timidité la rendait muette. Elle avait finalement pris son courage à deux mains et avait invité Sara chez elle, le samedi suivant.

Le jour du rendez-vous arriva. Véronika travailla toute la journée à la pharmacie, dans un état entre peur et impatience. Elle avait cet emploi depuis l'été d'avant, en plus de garder les chiens des Wilson, ce qui lui permettait d'obtenir des sous pour se faire plaisir et épargner en vue du futur.

Après de longues heures derrière sa caisse, Véronika retourna chez elle, fébrile à l'idée de la visite de son amie. Un bon mijoté, préparé par ses parents, était prêt lorsque Sara arriva. Véronika l'accueillit à la porte du logement modeste. Elle devina que Sara avait choisi avec soin sa tenue décontractée : son plus beau jean et son chandail bleu qui mettait en valeur ses magnifiques yeux. Sara avait un visage ovale au teint pâle, presque aussi blanc que ses cheveux. Sous son air sérieux se dissimulait un sourire doux et gentil, qu'elle ne réservait qu'à ses proches.

C'était la première fois que Véronika invitait quelqu'un chez elle. Depuis sa première année au secondaire, elle cachait la situation précaire de sa famille. Convier quelqu'un du collège était donc hors de question. Seule Sara connaissait la vérité. Les parents de Véronika essayaient de paraître détendus, mais leur enthousiasme vis-à-vis du fait que Véronika avait invité quelqu'un à la maison les trahissait :

— Tu veux une autre part de gâteau, Sara ? demanda la mère de Véronika.

— Raconte-nous comment tu as gagné ta première médaille ! insista son père.

Sara mangea et raconta avec joie ses voyages et ses performances. Après le repas, Véronika l'invita à visiter sa chambre. C'était une pièce minuscule, comme tout le reste de l'appartement. Son lit simple était coincé entre les murs couverts de photos des plages en Grèce.

— C'est vraiment petit, s'excusa Véronika, gênée.

— C'est chaleureux, corrigea Sara.

Elle s'était assise sur le lit et observait les clichés :

— C'est là que vit ta grand-mère ? C'est magnifique !

— J'ai tellement hâte d'y retourner ! soupira Véronika en se plaçant près de son amie.

— Je pourrais venir avec toi ! proposa Sara.

— Ce serait super !

Les filles se fixèrent sans rien dire, comme si l'univers autour d'elles n'existait plus.

— C'était bien, en Suisse ? dit Véronika. Ça doit être chouette de voyager autant !

— J'ai pas vraiment eu l'occasion de visiter, se désola Sara. Surtout quand mes parents étaient là. Mais avec les autres athlètes, on sortait parfois.

— Tu étais avec d'autres jeunes ?

Véronika imaginait facilement de riches et sublimes jeunes filles, dans l'équipe olympique, que Sara pourrait préférer à elle.

— Ils sont *cool*. Mais pas autant que toi !

Soulagée, Véronika s'approcha de Sara :

— Je me suis ennuyée de toi !

Le teint clair de Sara s'empourpra. Véronika n'en pouvait plus d'attendre. Elle affronta les derniers centimètres vers la bouche de Sara et l'embrassa. Il n'y eut pas de surprise, comme la première fois lors de cette nuit de juin. Il n'y eut que de la douceur. Sara déposa sa main sur la joue de Véronika, alors que leurs lèvres se touchaient. C'était encore mieux que tout ce qu'avait espéré Véronika. Soudain, ses craintes refirent surface. Elle recula pour poser toutes les questions qui la stressaient depuis des mois :

— T'as pas rencontré quelqu'un d'autre en Suisse ?

— Mais non !

— Et tu crois que ça va mettre en péril notre amitié ? Qu'est-ce qu'Angie va dire ?

Sara s'esclaffa. Elle serra la main de Véronika et lui promit :

— Une chose à la fois et tout ira bien !

Véronika s'apaisa aussitôt.

— … *Iliachtída mou?* cria au loin la mère de Véronika. Le père de Sara est arrivé !

— On arrive ! répondit Véronika assez fort pour que sa mère entende.

Avant de quitter la chambre, Sara ajouta :

— J'ai trop hâte que tu rencontres mes amis du snowboard. Je leur ai *full* parlé de toi !

— Ah oui ?

— C'est sûr ! Je m'inquiétais depuis… le soir, en juin. Ça te dérange ?

— Eh bien… On peut attendre avant de le dire ?

Une courte déception passa dans les yeux de Sara.

— Faut juste me laisser un peu de temps, insista Véronika.

— Je comprends, répondit Sara. Mes parents sont pas au courant que j'aime les filles.

— Tu l'as toujours su ?

— Je pense que oui, admit Sara. Mais je l'ai pas dit à Angélina. J'espère que ça changera pas notre relation quand on va lui annoncer : c'est mon amie depuis toujours !

Véronika réalisa qu'elle n'était vraiment pas pressée de crier leur relation sur tous les toits. Elle espérait que Sara aurait la patience de suivre son rythme.

9
Willem

Willem avala une rôtie couverte de la plus sublime des confitures de son grand-père, puis courut attraper le premier autobus de la journée. Il devait arriver tôt au collège pour son entraînement de basketball. C'était plus important que tout, même plus que sa préparation pour l'Épreuve.

Après une heure et demie de course effrénée et de multiples lancers au panier, il entra épuisé dans le local de son cours de sciences. Il préféra s'asseoir seul dans un coin de la salle, afin de compléter calmement ses exercices. Il tentait de se concentrer, mais, ce jour-là, des fantômes particulièrement insistants tournaient autour de lui. Willem en déduit qu'il s'agissait surtout de « gobeurs », ce groupe de fantômes qui se délectaient des émotions fortes, comme le stress et la peur, deux états courants pendant la période des examens.

En levant la tête, il vit Véronika, qui gambadait vers lui.

— T'as l'air de bonne humeur !

— Je commence à comprendre la magitranse ! confia-t-elle. T'es-tu exercé ?

Le mois de décembre approchait et, conséquemment, le délai prévu jusqu'au solstice se réduisait.

— Je le ferai bientôt.

— Willem ! C'est important ! Il faut fermer le portail. Le diable pourrait revenir, ou des démons pourraient s'infiltrer, et…

Il s'apprêtait à rétorquer qu'un Élu était maintenant présent dans le collège, que les risques étaient minimes, mais un des fantômes se mêla de leur discussion :

— En général, les démons se tiennent tranquilles l'hiver…

Le fantôme en question avait des rayons étranges dans ses yeux, comme ceux d'un chat sauvage furieux. Malgré l'allure sinistre du spectre, Willem était heureux d'avoir un allié :

— Tu vois ! Rien à craindre !

— Oublie pas le 21 décembre, insista Véronika.

— Qu'est-ce qu'il y a, le 21 ?

Sara s'était approchée sans qu'ils ne s'en rendent compte. Véronika était figée, comme si elle venait de se faire prendre à voler. Willem vint à sa rescousse :

— La fête de mon grand-père, inventa-t-il.

— Comment ça tu connais la date de fête de son grand-père ? demanda Sara, en fronçant les sourcils vers Véronika.

— Il me l'a dit une fois. Et tu sais, moi, je retiens tout !

Cette justification ne sembla pas satisfaire totalement Sara. Willem l'entendit même murmurer, alors que les filles s'éloignaient :

— Depuis quand tu te tiens avec Willem ?

— Je me tiens pas avec lui, rétorqua Véronika. Franchement !

Plus tard, dans l'aire des quatrième secondaire, Willem retrouva ses amies Madeline et Lou-Anne, qui tentaient d'expliquer à Inès et Rudy, leurs collègues français, le fonctionnement de Génies en herbe.

— Il faut y assister pour comprendre, conclut Madeline, une des membres de l'équipe.

— Il y a une partie, ce soir. Vous voulez venir ?

— Oh oui ! s'exclama Inès.

Ainsi, à la fin de la journée, Willem et ses amis allèrent au casse-croûte, puis revinrent au collège assister à la compétition de Génies en herbe.

Ils montèrent à l'étage du pavillon A, dans une salle de classe, où les spectateurs commençaient à se rassembler.

Alors que Willem et ses amis attendaient le début de la partie, Madeline arriva en trombe :

— Notre blanchissage est foutu ! dit-elle au groupe. Arielle est malade.

— Vous avez personne pour la remplacer ? demanda Louis-Philippe.

— Pas cette année. Personne ne s'est proposé.

— Si je comprends bien, résuma Inès, il suffit qu'un élève se porte volontaire ?

— Oui, mais il faut vraiment quelqu'un avec d'excellentes connaissances, précisa Madeline.

— Willem peut le faire ! lança Lou-Anne. Il est super bon à l'école. Il sait plein de choses !

Gêné par les compliments, Willem sentit une chaleur monter à son visage.

— Tu voudrais, Will ? l'interrogea Madeline. Au moins, si on perd, ce sera pas par défaut !

— Heu… d'accord !

Aussitôt, Madeline tira Willem vers le devant de la classe, sous les applaudissements de ses amis. Lou-Anne lui fit un clin d'œil qui le fit rougir à nouveau.

— Je dois faire quoi ? chuchota Willem à Madeline.

— Tu t'assois et…

— Qu'est-ce qui se passe, là ?

Véronika et Lucien, les autres membres de l'équipe, venaient d'arriver.

— Je m'arrange pour qu'on gagne encore ! répondit Madeline à Lucien. Willem remplace.

— On devrait peut-être attendre monsieur Francis pour décider, dit Véronika.

— On a pas le temps. Faut expliquer à Will comment jouer !

— Il a pas fait d'audition, grogna Lucien. C'est injuste ! En vertu du…

M. Miron arriva à ce moment. Il avait la chevelure en bataille et la peau rougie, comme s'il venait de faire une activité physique intense :

— Désolé du retard ! On est prêts ? Où est Arielle ?

— Elle est malade, et je propose de la remplacer par Willem, déclara fièrement Madeline.

— Bravo, Madeline ! la félicita M. Miron en tapant dans ses mains pour les presser de s'installer.

— Je peux prendre le rôle de capitaine ? demanda Madeline.

— Heu… Non, ce sera Véronika, annonça M. Miron. La partie va commencer !

À la surprise de tous, et de lui-même, Willem activa à plusieurs reprises le bouton-témoin qui lui donnait la parole. Chaque fois, il avait la bonne réponse. Il était aussi très malin pour éviter les pièges lors des questions de groupe. L'équipe élimina facilement ses adversaires.

— Je savais que tu serais bon ! lui dit Lou-Anne après la partie.

— Tu avais bien raison !

— Tu as été le meilleur ! ajouta Inès, en le prenant par le cou.

Devant tout le monde, la jeune Française l'embrassa sur la bouche. Son long baiser débordait de joie et de tendresse, et il se termina sous les gloussements de leurs amis.

Willem n'entendait plus rien. Il savourait ce précieux moment.

Dans les jours qui suivirent, toute l'école fut mise au courant que Willem sortait avec Inès. Les deux marchaient dans les couloirs en se tenant par la main, même devant Corentin, qui était jaloux. Il n'y avait aucune limite à la bonne humeur de Willem. Il avait une blonde et des amis. Les cours étaient faciles et il avait d'excellentes notes. Il avait tout ce qu'il avait toujours espéré !

Le nouvel entraînement pour l'Épreuve arriva et Willem cacha difficilement son manque de motivation. Comme la fois précédente, les cinq jeunes s'installèrent avec leurs reliques en rond sur les tapis. Cette fois, M. Miron présenta un petit tableau à craie, sur lequel il avait inscrit des mots étranges : « *Que las mexgabra ke-ma. Sore eryè.* »

— Je sais que « *eryè* » fait référence au calme, à l'intérieur de soi. Je crois que cette formule vous aidera à atteindre la magitranse.

Le texte n'avait aucun sens, mais Willem avait déjà entendu Emerson réciter des choses similaires et, en première secondaire, il avait lui-même prononcé une formule pour tuer la hère devenue géante.

— Tu veux essayer, Emerson ? demanda M. Miron.

Celui-ci devint stressé comme lors de ses présentations orales. Il replaça ses lunettes et dit la phrase étrange à voix haute. Aussitôt, il frissonna. Il ferma les yeux et se concentra. Les autres le fixaient, impatients de le voir briller comme le directeur quelques semaines plus tôt.

— Ça fait rien, se désola Emerson en ouvrant les yeux.

Les jeunes essayèrent, mais ils obtinrent le même constat décevant.

— Ne baissez pas les bras ! lança M. Miron. C'est un exercice difficile. Vous y arriverez. Il existe sans doute d'autres moyens pour atteindre la magitranse. En attendant, on peut pratiquer autre chose. On va s'entraîner à déplacer une source magique !

— Pour quoi faire ? voulut savoir Alexie.

— Quand vous aurez réussi l'Épreuve, vous recueillerez un Fragment. Mais ils sont très sensibles. Il ne faut pas les toucher. Vous devrez les déplacer avec votre esprit.

— On pourra faire ça ? souffla Jordan, épaté.

— J'ai une autre formule pour ça, annonça M. Miron en ajoutant quelque chose sur son tableau. Essayez de bouger vos reliques en les guidant dans votre tête.

— Qui commence ? demanda Alexie.

— Vous pouvez le faire tous en même temps, répondit M. Miron en présentant sa formule, qu'ils récitèrent d'une même voix :

— *At labta Risulik...*

Aussitôt, toutes les reliques se mirent à briller.

— Wow ! souffla Emerson.

— Restez concentrés ! Maintenant, tentez de dicter un mouvement à votre relique.

Du coin de l'œil, Willem vit la lumière du couteau de Jordan s'éteindre.

— Tu es allé un peu trop vite, expliqua Francis. Tu as perdu ton lien avec la source.

La tâche était ardue. Normalement, Willem ordonnait l'utilisation d'un pouvoir à sa relique, pas un mouvement. Il avait l'impression que le médaillon s'opposait. Il expira fort par le nez pour calmer son esprit, agité par de multiples pensées : examens, basketball, Inès, Alexie...

Une lumière étrange jaillit de son médaillon. Elle était turquoise et aveuglante. La relique de Willem monta dans les airs ! Il avait réussi ! Il la contrôlait par la pensée !

— Excellent ! Dirige-la vers le milieu du cercle, l'encouragea le directeur.

Le médaillon se mit alors à trembler. M. Miron l'avertit :

— Attention, Willem, sinon...

Trop tard ! Willem perdit le contrôle. Le médaillon fila en ligne droite et frappa Véronika au visage.

— AH ! cria-t-elle.

Toutes les lumières magiques disparurent d'un coup. Véronika était étendue sur le dos, une main sur la joue.

— Ça va ? s'enquit Alexie, qui était tout près d'elle.

— J'ai pas fait exprès ! jura Willem.

— Enlève ta main, la pressa M. Miron après s'être accroupi à ses côtés avec une trousse de premiers soins.

L'adolescente obéit. Le directeur analysa son visage :

— Tu n'as rien de cassé.

— Ça m'a surtout surprise, confia Véronika en se relevant.

— C'est très rouge, ajouta M. Miron. Tiens, prends ça.

Véronika accepta la compresse froide qu'il lui offrait. Willem resta près d'elle, désolé. Il n'avait pas voulu l'atteindre avec sa relique.

M. Miron semblait heureux malgré le bête accident :

— Bravo Willem ! C'est vraiment exceptionnel ! Je savais que tu pouvais réussir. Bientôt, vous pourrez tous le faire. Continuez de pratiquer la magitranse, hein ?

Les louanges du directeur encouragèrent Willem. Il eut alors un regain d'intérêt pour les histoires de magie. Il leur restait toutefois peu de temps pour apprendre à se mettre en état de magitranse ! Willem soupira en se demandant comment ils allaient réussir.

10
JORDAN

La partie à domicile contre l'académie Morency de Sillery allait se terminer. Le duo formé de Jordan et Esteban avait marqué les rares points de l'équipe de Sainte-Hubertine. Jordan avait le ballon. Il refusait d'abandonner malgré la défaite inévitable. Il se dévouait toujours totalement à son sport favori.

Jordan décida de dribler vers le panier. Il se retrouva bloqué par un adversaire rapide. Willem s'était démarqué, mais Jordan doutait qu'il puisse attraper sa passe. Il préféra lancer vers Marin. Le ballon disparut dans les mains d'un rival qui s'élança vers l'autre panier et qui marqua deux points supplémentaires en même temps que retentit le sifflet.

Le match était terminé. Une autre défaite pour l'équipe des garçons. Jordan se serra la tête, abattu par son équipe-fiasco. Wilhem avec un *h* vint le voir pour le réconforter :

— T'as bien joué !

— Merci, toi aussi…

Jordan cachait mal son découragement. L'année dernière, ils avaient failli se rendre à la compétition régionale, mais une attaque de sorcières leur avait fait perdre la partie qualifiante. Cette année, l'équipe était trop faible comparée aux autres de la même division. En parallèle, les filles gagnaient toujours, même sans entraîneur. Que faisaient-elles de plus qu'eux?

Dans le vestiaire, Willem l'attendait près de la porte:

— Pourquoi tu m'as pas fait de passe?

— T'étais pas bien placé, répondit Jordan en croisant les bras.

— Je l'étais, mais t'as hésité, alors je l'étais plus!

— Ça aurait rien changé. On perdait déjà…

— Ça te dérange tant que ça que je sois dans l'équipe?

Jordan continua son chemin en l'ignorant. Il n'avait aucunement l'intention de se justifier.

Le lendemain, un mélange de neige et de pluie tombait tristement sur la ville. Jordan arriva tôt avant les cours. Il secoua ses vêtements mouillés avant de s'installer dans l'aire des quatrième secondaire pour réviser en vue des examens.

Plus l'heure avançait, plus il était convaincu de couler son année. Il ne restait jamais assez de temps pour étudier. En plus, il ne s'était pas entraîné à atteindre la magitranse et il doutait d'y parvenir d'ici le 21 décembre.

Sa nervosité avait atteint un sommet lorsque Mme Neptune avait énuméré les éléments à mémoriser pour l'examen de fin d'étape. Il s'en était plaint abondamment à ses amis. L'enseignante de français en demandait trop ! Jordan n'avait même pas terminé la lecture obligatoire du premier roman au programme. Esteban était venu à son secours en proposant de lui résumer le livre.

Depuis la rencontre avec les sirènes à la piscine de l'hôtel, Jordan avait une étrange impression, comme si son nouvel ami faisait semblant que rien ne s'était passé.

Esteban était une sirène ! Ou plutôt, un homme-sirène ? Un triton ? C'était le mot qu'avait suggéré Véronika. Mais Jordan ne voyait pas l'intérêt d'apposer une étiquette à ces créatures. Bien qu'Esteban soit d'un autre monde, Jordan avait la sensation de le connaître depuis toujours.

Depuis le début de l'année, les deux garçons avaient passé beaucoup de temps ensemble. Ils avaient les mêmes intérêts et la même désinvolture. Trouver quelqu'un de semblable à lui était précieux pour Jordan, d'autant plus que, parfois, ses amis l'ennuyaient. Ceux-ci ne parlaient que de résultats scolaires et craignaient de se voir refuser les plus prestigieux programmes au cégep et à l'université. Quand les discussions ne tournaient pas autour des études, elles concernaient les affaires de cœur. Mehdi courtisait une élève du pensionnat Sainte-Hélène, une école de filles de l'autre côté du fleuve. Il voyageait constamment entre les deux rives. Logan essayait de reconquérir Angélina. Marin fréquentait un garçon de son équipe de football et Jacob flirtait avec deux filles. Même Wilhem parlait plus souvent des filles que de travaux scolaires !

Avec Esteban, Jordan discutait de musique et de basketball. Les deux aimaient les sensations fortes et cherchaient à se pousser au maximum. Jordan n'avait pas envie que les choses changent. Sa présence l'aidait à passer au travers des jours plus difficiles à l'école.

Dans le cours de sciences, Jordan fut ravi de revoir Esteban. Ce dernier l'accueillit avec son sourire envoûtant et le taquina aussitôt :

— Alors, pourquoi t'as pas fait de passe à Willem ?

— Comment tu sais ça ?

— C'est ce qu'il t'a demandé, non ?

Jordan plissa les yeux. Comment Esteban pouvait-il savoir ?

— Ah ! C'est grâce à tes pouvoirs que t'as pu entendre ?

Esteban figea. Son teint doré devint blême.

— De quoi parles-tu ? murmura-t-il, inquiet.

Les deux garçons se jaugeaient comme des cowboys en duel. Lequel des deux allait parler en premier ? Jordan s'impatienta :

— Je sais que tu es une sirène !

Jordan avait chuchoté, mais Esteban lui mit une main sur la bouche.

Mme Paradis commença le cours, et Esteban regagna sa place.

À la fin de la leçon, Esteban se rua vers Jordan. Celui-ci voulut parler, mais son ami le coupa et ordonna :

— Allons dans un endroit discret.

Jordan hésita. Était-ce un piège ?

Sans réfléchir plus longuement, il proposa :

— Le toit du collège, c'est assez discret pour toi ?

Esteban lui sourit, creusant ainsi ses mignonnes fossettes. Ils allèrent récupérer leurs manteaux et leurs mitaines, puis ils empruntèrent l'escalier noirci. Les marches grinçaient comme le plancher d'une vieille maison. En arrivant au grillage de fer, Jordan sortit son couteau argenté, mais ne réussit pas à forcer le cadenas. Seuls M. Miron et Véronika avaient la clé. Esteban fit alors apparaître un ongle rose et pointu au bout de son index. Il crocheta le verrou sans problème et la grille s'ouvrit en couinant.

Les deux garçons entrèrent dans le grenier et avancèrent tout en restant aux aguets. Jordan espérait que M. Miron n'avait pas prévu de travailler dans son laboratoire secret.

— Là-bas ! chuchota Jordan en désignant l'escalier de briques.

Celui-ci montait vers la trappe. Esteban grimpa le premier. Une magnifique lumière les éblouit lorsqu'il ouvrit la porte au plafond.

Dehors, Jordan sollicita son équilibre pour éviter de glisser sur la pellicule glacée qui recouvrait le toit en pente. Agile comme un capucin, Esteban atteignit la corniche en trois enjambées. Jordan prit son temps. Il soupira en s'assoyant enfin et admira le panorama tout autour. Les deux jeunes faisaient face au nord, à la Basse-Ville et aux lointaines montagnes blanches.

— C'est pas si mal comme vue, plaisanta Esteban.

Jordan s'esclaffa. Près de lui, il se sentait léger et en paix. Il lui semblait que plus rien n'existait autour, pas même l'immensité du ciel. C'était à la fois enivrant et effrayant.

Esteban sortit un sac de biscuits moelleux de sa poche et en partagea le contenu avec Jordan.

Le visage d'Esteban luisait au soleil, comme si sa peau était recouverte de miroirs.

— Comment est-ce possible que tu te souviennes ? demanda-t-il.

— Le sortilège d'amnésie a pas fonctionné, expliqua Jordan.

— Corentin et Keiko vont être furieux !

— Il a l'air susceptible, Corentin, se moqua Jordan.

— C'est pas le plus zen ! admit Esteban. Mais, dis-moi : comment connaissez-vous la magie et comment avez-vous empêché le sortilège d'amnésie ?

Jordan lui dévoila que ses voisins de casier et lui possédaient des reliques magiques et qu'ils protégeaient le collège depuis plusieurs années.

— L'an passé, les autres ont bu une potion contre l'amnésie, et moi, ma tuque me défend des sortilèges. On essaie de fermer un portail ouvert…

— Quand je vais raconter ça aux autres ! s'exclama Esteban, stupéfait.

— Ç'a l'air compliqué entre vous cinq !

— « Compliqué » est un mot poli. J'en ai marre de leurs disputes !

Une tristesse passa dans le regard d'Esteban, mais il conserva son sourire.

— Pourquoi tu te tiens avec eux alors ? voulut savoir Jordan.

— J'ai pas le choix. C'est comme une famille, même si nous sommes de clans différents.

— Je peux faire quelque chose pour t'aider ?

Esteban s'esclaffa :

— Tu sais où trouver Sedna ? demanda Esteban.

— Bien sûr que non ! Mais pourquoi vous la cherchez ? Ç'a rapport avec le pirate fantôme à Percé ? Véronika vous a vus…

— C'était un fantôme de type tapageur. Il nous a donné les coordonnées maritimes présumées de Sedna en échange d'un strombe magique.

— Un quoi ?

— Le strombe est un mollusque à coquille qui va lui permettre de créer bien du chaos, comme il aime !

Esteban sembla alors nerveux :

— Écoute, je peux pas t'en dire plus. Keiko m'a menacé de me mettre sous serment !

— Peux-tu au moins me dire si vous venez du monde obscur ? demanda Jordan.

— Nous, non. Nous sommes nés en France. Mais nos arrière-grands-parents, oui. À ce qu'ils racontent, c'était difficile de vivre dans le monde obscur.

— Et pourquoi c'est vous qui êtes ici et pas les adultes ?

— Les voyages sont dangereux, expliqua calmement Esteban. Quand on est jeune, on survit plus longtemps sans aller dans l'eau.

— Ouain, c'est pas simple ! admit Jordan. Nous, on essaie de fermer le portail, et là, on arrive pas à faire un truc. Tout le monde est sur le gros nerf !

— Je comprends ! Keiko est insupportable ces temps-ci !

— C'est votre cheffe, Keiko ?

— En ce moment, oui, parce que c'est sa famille qui dirige. Elle et moi sommes du même clan. Mais j'ai grandi avec Corentin. Nos parents sont de bons amis, alors nous sommes comme des frères. Je suis souvent coincé entre les deux !

— Et t'as quoi, comme pouvoirs ?

Esteban semblait heureux de se faire poser la question. Sa peau changea de couleur pour prendre une teinte complètement rose clair. Son visage luisait comme les écailles d'un poisson.

— Je peux aussi ensorceler avec ma voix.

— Tu pourrais me mettre en état de magitranse ?

— Mon pouvoir, c'est de manipuler les esprits.

— Mais tu connais la magitranse ?

— Ça concerne plutôt le sommeil. C'est le genre de truc que font les ramponneaux.

— Les quoi ?

— On les appelle aussi des crocotacos ou des croque-mitaines. Ou des marchands de sable ! C'est la même chose. Ma grand-mère m'en parlait quand j'étais enfant.

— Tu parles du bonhomme Sept Heures ? Je pensais que c'était une histoire pour faire peur aux enfants, pour qu'ils aillent se coucher avant qu'il vienne les chercher.

— Ah ! Ce sont pas des légendes. Ma grand-mère m'a raconté que, toute petite, il y avait que la poudre de croque-mitaine qui lui permettait de s'endormir !

— Et sinon, tu as d'autres pouvoirs ? demanda Jordan.

— Je possède aussi une peau-bouclier…

Jordan vit des écailles minuscules, mais épaisses comme les anneaux entrelacés d'une cotte de mailles, recouvrir Esteban. Ce dernier retira sa mitaine pour lui montrer le dessus de sa main. Jordan ne put résister à la tentation et il toucha la peau d'Esteban. Celui-ci frissonna. Dans son sursaut, le sac de biscuits roula sur le toit.

— Merde, mes *cookies* ! se plaignit-il en retrouvant son allure humaine.

Le sac dégringola jusque dans la cour et tomba sur la tête de quelqu'un. Jordan se leva aussitôt :

— On dégage !

Les deux jeunes glissèrent vers la trappe. Ils traversèrent le grenier à la hâte, et atteignirent quelques minutes plus tard le corridor principal du pavillon A. Ils tombèrent alors face à face avec M. Miron et Mme Tanaka, recouverts de miettes de biscuits. Il n'y avait personne d'autre dans les environs. La culpabilité des garçons était évidente !

— Quelle est cette idée de lancer des choses du toit ?! tonna l'enseignante d'anglais.

— C'était un accident, tenta Esteban.

— Et vous vous êtes retrouvés là-haut par accident, peut-être ? ajouta Mme Tanaka en serrant les dents.

— Comment êtes-vous montés ? ajouta M. Miron en feignant la surprise.

Il fixait Jordan droit dans les yeux. Celui-ci savait qu'il ne pouvait pas révéler la vraie raison.

— C'est de ma faute ! dit alors Esteban. J'ai entraîné Jordan...

M. Miron soupira, soulagé. Comme les cours allaient recommencer et que plusieurs curieux les regardaient, le directeur leur fit signe de le suivre :

— Venez dans mon bureau, on va régler cette histoire...

En fin de compte, M. Miron s'entendit avec Mme Tanaka pour ne pas ébruiter l'événement. Il contacta toutefois les parents de Jordan, qui, le soir venu, à la maison, étaient furieux.

— Jordan Olivier Walker ! cria son père. Tu as vraiment de la chance que le directeur veuille taire l'affaire !

— À quoi tu penses, Jordan ? se plaignit sa mère. Tu aurais pu te blesser sérieusement !

Jordan réfléchissait à une réponse. Pourquoi était-il monté sur le toit ? Par ennui ? Par défi ? Pour impressionner Esteban ? Sans doute pour toutes ces raisons. Il se retint toutefois d'avouer la vérité, car il savait que, peu importe son explication, il aggraverait la situation.

— Pas d'argent de poche jusqu'à la fin de l'année ! annonça son père.

— QUOI ?! rugit Jordan. J'ai même pas eu ça comme punition quand j'ai doublé ma première année de secondaire !

— Si tu commences à faire des jeux de délinquant, c'est que tu n'es pas assez mature pour gérer de l'argent ! expliqua son père. Tu y penseras, la prochaine fois !

11
Emerson

Tous les jours, Emerson s'exerçait en vue de l'Épreuve : à l'heure du dîner dans le repaire, et le soir dans sa chambre. Une fois, il avait senti la magie traverser son corps. La sensation avait duré une fraction de seconde.

En parallèle, il aidait Francis à préparer la Potion du valeureux, nécessaire pour réaliser l'Épreuve. Son frère gardait une réserve d'ingrédients dans le grenier. Elle était moins vaste que celle des jeunes, cachée dans le repaire.

Ce soir-là, les deux frères remplirent cinq fioles de potion et les rangèrent dans les compartiments d'une boîte en bambou.

— Qu'est-ce qui va se passer si on rate l'Épreuve ? demanda alors Emerson.

— Tout va bien aller, lui garantit Francis. Rien de mal ne peut t'arriver. Rappelle-toi : ça ne se passe que dans ta tête !

M. Miron tapota doucement sa tempe avec le bout de son index. Le geste rassura Emerson.

Il appréciait ces instants avec son frère, pendant lesquels, tout en travaillant, ils échangeaient des idées paisiblement. Francis lui révélait des secrets sur le monde obscur et la magie. Cependant, Emerson regrettait de ne pas pouvoir partager avec lui ses récentes découvertes sur les sirènes. Jordan leur avait confirmé que les sirènes avaient tenté de faire disparaître de leur mémoire la rencontre à la piscine. Leurs pouvoirs étaient impressionnants !

Alors qu'ils poursuivaient leur tâche, Emerson exprima sa nouvelle irritation quotidienne :

— J'aimerais pouvoir me concentrer seulement sur l'apprentissage de la magie, se plaignit-il. Les cours sont si ennuyants !

— Tu dois les continuer, c'est important.

— À quoi va servir mon diplôme du secondaire si des monstres du monde obscur nous attaquent ?

— Tu me fais penser à moi à ton âge ! Je préférais pratiquer la magie plutôt qu'aller à mes cours !

— Pour vrai ?

Le directeur tomba dans la lune un instant, puis raconta avec un sourire amusé :

— Un jour, Cristal a fait son premier concert devant public, dans le grand hall...

— Cristal ? La directrice ?

— Oui ! Nous sommes de la même cohorte. Adriana Neptune aussi. On se tenait tous ensemble… Bref, je connaissais déjà l'existence de la magie à cette époque. Lors du spectacle de Cristal, il y a eu une explosion, puis un tremblement de terre qui a secoué l'école. Les gens paniquaient. J'aurais aimé maîtriser la magie… mais j'étais trop jeune. J'ai appris que la patience rapporte toujours !

Francis claqua des doigts et un coup de vent magique, tout droit sorti de sa main, fit s'envoler les feuilles éparpillées.

— Tu réaliseras des choses extraordinaires, toi aussi, en étant persévérant. Je te le promets !

Emerson hocha la tête. Il avait confiance.

La hâte d'Emerson ne diminua pas pendant les jours suivants. Ainsi, lorsque Jordan lui proposa un drôle de plan pour atteindre la magitranse, il accepta avant même d'en connaître les détails.

— On pourrait demander de l'aide à un bonhomme Sept Heures !

Emerson était surpris que Jordan connaisse cette créature, car il savait que son voisin de casier n'avait pas lu sa transcription du *Guide*.

— Comment tu sais ça ?

— Ça existe, hein ? C'est Esteban qui m'en a parlé.

— T'as parlé de la magitranse à une sirène ?

— Juste à lui. On peut lui faire confiance, je t'assure !

Malgré ses doutes, Emerson sortit son *Guide* et pointa la page sur les bonhommes Sept Heures :

— T'as raison. Ces créatures ont des pouvoirs de transes et de sommeil. Mais comment veux-tu qu'on en trouve un ? Tu veux quand même pas aller dans le monde obscur !

Pour Emerson, il s'agissait de l'idée la plus effrayante. Il en avait assez des choses étranges dans son monde, il refusait de visiter cet endroit que Zellane et Irma avaient décrit comme un enfer.

— Bien sûr que non ! dit Jordan. J'ai une autre idée…

Deux jours plus tard, Jordan donna rendez-vous à Emerson au sous-sol, en fin de journée.

— Pas le choix, avait dit Jordan. Les bonhommes Sept Heures vivent le soir et la nuit !

Une fois sur place, Emerson fut surpris de voir qu'Esteban accompagnait Jordan. L'étudiant français les mit toutefois en garde avec insistance :

— Je devrais même pas vous aider. Je vais le regretter… je le sens !

— C'est juste Emerson et moi, t'as pas à t'inquiéter…

Des pas résonnèrent dans le couloir menant aux vieux casiers, et Véronika apparut.

— « Juste » Emerson ? maugréa Esteban.

— C'est de ma faute, s'excusa tout bas Emerson. J'ai invité Véronika, parce qu'avec son pouvoir, si on est en danger…

— Allez, Esteban ! lança Jordan. Tu peux nous faire confiance un peu ?

L'élève aux cheveux roses soupira. Il décroisa ses bras en signe de capitulation. Jordan ouvrit la marche et entra dans la salle électrique, qui cachait le couloir magique vers le portail.

— Es-tu certain que c'est une bonne idée ? lui murmura Emerson tout en marchant.

— Ma grand-mère dit que les bonhommes Sept Heures sont pas vraiment méchants, expliqua Esteban, qui avait tout entendu, malgré la distance.

— Je pensais qu'ils torturaient les enfants, s'inquiéta Véronika.

— On est plus des enfants, alors pas de crainte ! dit Jordan. On fait venir un bonhomme Sept Heures, le temps d'obtenir ce qu'on veut, et puis on le renvoie chez lui !

Ils atteignirent la pièce du portail. Esteban s'avança lentement. Il passa une main dans ses cheveux pour dégager ses yeux mouillés. Il était ému devant la sphère en suspension.

Pour la première fois, Emerson vit le portail autrement. Il avait toujours voulu le fermer, l'éliminer ! Il réalisa pourtant qu'il s'agissait aussi d'un des rares accès vers le monde d'origine des ancêtres des sirènes. Même si Esteban ne l'avait jamais vu, cet endroit faisait partie de lui. Comme Emerson et son attachement profond pour Haïti, son pays de naissance.

— Tu veux toujours essayer ? demanda Jordan à son ami.

— Laisse-moi juste une minute…

Esteban se plaça devant le portail, les mains en prière. Il commença son sortilège. Sa peau devint complètement rose. Jordan tendit des casques antibruit aux autres humains pour leur permettre d'éviter le pouvoir de la voix d'Esteban.

Emerson vit l'élève français ouvrir la bouche. La sphère noire vibrait au rythme des vibrations sonores d'Esteban. Un être étrange sortit du portail. Il était laid, avec ses traits menaçants et sévères et sa longue barbe. Des manteaux usés se superposaient sur son corps maigre et tordu. Il tenait une canne surmontée d'un crochet et un sac de jute.

Esteban cessa son envoûtement et la créature sembla se réveiller :

— Qu'est-ce que je fais ici, bon sang ? Un portail !

L'homme étrange observait la boule noire avec horreur.

— Pourquoi m'avez-vous conduit ici ? Ramenez-moi à la maison !

Emerson s'était attendu à une résistance physique, pas à une supplication !

— On va te renvoyer, dit Jordan. Mais avant, on veut que tu nous dises comment atteindre la magitranse ! Tu connais ça ?

Le bonhomme Sept Heures se calma un instant. Il inspecta Jordan de la tête aux pieds.

— Je ne peux pas ! Je ne peux pas divulguer cela à des humains.

— C'est la condition pour te reconduire à la maison ! marchanda Jordan avec sa confiance légendaire.

Mais le bonhomme n'était pas impressionné. Il croisa les bras et se mit à bouder.

— Allez ! implora Esteban. Tu peux les aider ! Ils sont pas méchants. Ils veulent vraiment faire quelque chose de bien.

— Tes semblables ne sont sans doute pas au courant que tu fricotes avec eux…, lui lança la créature.

Esteban se rembrunit devant cette affirmation. Il y avait bel et bien consensus auprès des créatures du monde obscur : fréquenter les humains n'était pas bien vu !

— On va pas passer la nuit ici ! soupira Véronika en s'avançant vers le bonhomme Sept Heures. Il doit bien y avoir une manière de s'entendre !

Le bonhomme Sept Heures remarqua alors la bague de la jeune fille.

— Madame ! Je ne vous avais pas reconnue. Certainement, je suis disposé à vous assister, Votre Excellence, Votre Grandeur, Votre Corpulence… enfin, Votre Opulence !

Véronika échangea un regard avec Emerson.

— On dirait qu'il fait référence à ta relique ? lui indiqua-t-il, lui aussi surpris.

— Je suis prêt à offrir mon aide, Votre Majesté, en échange d'une faveur.

Il s'inclina une fois de plus, comme si Véronika était une reine.

— Il y a jamais rien de gratuit par chez vous, hein ? plaisanta Jordan.

— Elle peut quand même pas te donner sa relique ! s'indigna Emerson.

— Je ne pourrais jamais exiger une telle chose ! Un bout de cheveux suffirait pour me remplir d'extase !

— Des cheveux ? se surprit Véronika. C'est tout ?

La jeune fille accepta de couper une fine mèche de cheveux blonds. En échange, le bonhomme lui remit sa vieille pochette poussiéreuse.

— C'est un de mes meilleurs crus ! Une fois dans vos yeux, ce sable vous permettra de réaliser le sortilège que vous cherchez !

Il n'y avait plus aucune raison de retenir le bonhomme, impatient de retrouver son monde. Les jeunes le soulevèrent jusqu'à la bulle noire.

— Il était pas si mal, mon plan, se vanta Jordan en sortant de la salle du portail.

Emerson était impressionné, mais ils devaient encore le tester, ce sable magique.

Plusieurs semaines s'étaient écoulées depuis le premier entraînement du groupe dans le grenier. Aucun des cinq jeunes n'avait réussi à tomber en magitranse. Malgré tout, M. Miron continuait de les encourager. Ce jour-là, Jordan pénétra dans le laboratoire en brandissant le sac rempli de sable :

— On a trouvé une solution !

Jordan raconta leur rencontre avec le bonhomme Sept Heures, mais, au moment d'expliquer comment ils l'avaient fait venir, il prétexta que la créature était apparue toute seule. Emerson détestait mentir à son frère, mais il ne pouvait pas révéler l'existence des sirènes.

— Quelle bonne nouvelle ! s'exclama M. Miron. Ça va fonctionner, cette fois !

Les jeunes se placèrent sur les tapis.

— Faut vraiment se lancer du sable dans les yeux ? demanda Willem.

— Je peux te le faire, si tu veux, proposa Jordan avec son ton narquois.

— Laisse faire !

C'était leur dernier entraînement avant la date butoir. Willem enfila son médaillon. Emerson tenait sa canne. Jordan portait sa tuque et agrippait son couteau. Alexie empoigna son arc avec ses mains gantées. Enfin, Véronika plaça sa main avec la bague près de son cœur.

— Laissez vos pensées disparaître, leur commanda M. Miron. Laissez la magie remplir votre corps…

Jordan prit alors une pincée de sable et, d'un geste vif, l'envoya dans ses yeux :

— Ça pique un peu, admit-il.

Soudain, le corps de Jordan se mit à scintiller, comme celui de M. Miron.

— Wow ! lança Willem, épaté et aveuglé par la brillance.

— Je veux le faire ! s'enthousiasma Alexie en tendant sa main vers le sac de sable.

Elle imita Jordan et elle aussi devint lumineuse. À son tour, Emerson sentit la magie de ses reliques trembler dans son corps, comme un vent léger sous sa peau. Il expira tout son air, puis inspira, pour ne penser qu'à la magie qui vibrait en lui…

La lumière de la magitranse remplit toute la pièce. Emerson ne ressentait pas seulement la magie de son œil et de sa canne. Il percevait aussi celle des reliques de ses voisins…

— Je n'ai jamais rien vu de tel ! chuchota M. Miron, pour ne pas nuire à leur concentration. Vous avez réussi !

12

JORDAN

Les examens étaient terminés. Les vacances approchaient. Lorsque le 21 décembre arriva, les cinq jeunes restèrent au collège après les cours. Les couloirs étaient alors décorés de guirlandes et de bougies dorées qui scintillaient. Dans le grenier, une odeur de cire planait. Ils s'assirent par terre, en cercle, comme d'habitude.

— C'est pas dangereux, toutes ces bougies allumées ? demanda Véronika.

— Elles encouragent la magie à demeurer dans la pièce, autour de vous, expliqua M. Miron.

Jordan sentait la nervosité le gagner. Il avait hâte de découvrir son Épreuve. Il tentait de garder son calme malgré sa frustration toujours aussi vive envers ses parents.

Comment allait-il faire sans allocation ? Il devait trouver un plan pour obtenir de l'argent…

— On devrait pas s'exercer encore un peu ? proposa Véronika d'une voix fébrile.

— On peut plus attendre, déclara Jordan. Il pourrait arriver quelque chose de grave si on abandonne le portail.

— Vous êtes prêts ! confirma M. Miron. Ne laissez pas le doute vous gagner.

Jordan inspira profondément pour se détendre. Le directeur s'approcha avec des fioles de potion et récapitula :

— D'abord, vous devez atteindre la magitranse avec l'aide du sable du bonhomme Sept Heures. Puis, vous boirez la potion qu'Emerson et moi avons préparée. C'est très rapide à ce moment-là. Vous serez tout de suite propulsés dans l'Épreuve. Quand vous reviendrez, vous aurez un Fragment. Il faudra dire la formule pour le contrôler, cette fois en remplaçant le mot *Risulik* par *Manétoshi*…

Il leur présenta le tableau à craie, sur lequel il avait modifié la phrase. Les jeunes répétèrent le terme pour pratiquer la bonne prononciation.

— Dès votre réveil, ne pensez qu'à diriger le Fragment dans le bocal…

M. Miron déposa au centre du cercle le bocal en cristal dans lequel son propre fragment se trouvait.

— Ce contenant va conserver les Fragments en attendant que nous les utilisions pour le verrou…

Jordan mémorisa le plan, comme s'il s'agissait d'une stratégie au basketball. Il suffisait de se concentrer sur une étape à la fois.

— Est-ce que quelqu'un a des questions ?

Les jeunes avaient tous le même air sérieux, comme avant un examen du ministère. Personne n'osa parler. Ils étaient prêts.

— Vous devez faire attention pendant l'Épreuve, insista alors M. Miron. Votre esprit tentera de vous piéger. Fiez-vous à la magie. Elle vous guidera vers le bon chemin.

Il éteignit alors l'ampoule électrique. Seule la lueur feutrée des bougies éclairait la pièce. Après quelques respirations profondes, les jeunes appliquèrent du sable dans leurs yeux. Leurs corps s'illuminèrent étrangement. Jordan sentait la magie frémir sous sa peau. Même avec les yeux fermés, il avait conscience des reliques de Véronika, à sa droite, et d'Emerson, à sa gauche. M. Miron distribua à chacun une fiole :

— Il ne vous reste qu'à boire la potion…

— Compris ! lança Jordan.

Sans attendre, il avala d'un trait le liquide au goût de fraise et de pain brûlé…

ALEXIE

Jordan tomba sur le côté. M. Miron se précipita pour le coucher convenablement.

— Jordan ! cria Véronika.

Alexie tentait de demeurer concentrée, mais elle était inquiète pour le garçon.

— Tout va bien, les rassura M. Miron. Il a seulement été… un peu vite, vous voyez ? Je serai là pour vous aider…

Alexie tenait sa fiole dans sa main. Du coin de l'œil, elle constata que Jordan semblait paisiblement endormi. Pour se donner du courage, elle regarda Véronika. Les deux amies, irradiant de lumière, levèrent leurs flacons et burent le breuvage d'un trait. Aussitôt, le cerveau d'Alexie déborda d'une puissance surprenante. Elle avait l'impression d'être tout entière au cœur de sa propre tête. Elle se sentit aspirée dans les profondeurs d'une énergie incroyable, comme si elle marchait dans le rayonnement d'un astre cosmique. Elle flotta dans un ciel féerique en se demandant si elle parviendrait à revenir de ce voyage…

EMERSON

Le corps de Willem eut un soubresaut avant de se calmer. Il avait bu la potion juste après les filles. Emerson aida son frère à placer un coussin dans le dos de son ami pour l'empêcher de tomber par-derrière.

— Tu es certain que tout va bien se passer ? demanda Emerson.

— Bien sûr ! lui assura M. Miron. Tu as deux reliques. Tu es puissant. Tu vas réussir !

Emerson observa alors Willem et Véronika :

— Mais eux, dit-il en les désignant, ils ont juste une relique…

— Ne t'inquiète pas. Ils sont forts aussi. Et n'oublie pas : les reliques ne sont pas obligatoires pour faire l'Épreuve.

Les paroles de Francis étaient rassurantes. Emerson avala enfin la potion, en espérant être à la hauteur de cette Épreuve… Le liquide au goût étrange créa aussitôt une onde de choc dans son esprit. Emerson se retrouva dans un tunnel de lumière dorée. La magie était partout.

Ça y est, pensa-t-il. *Je suis arrivé à l'Épreuve*. Il avançait en planant au-dessus du sol, avec sa canne magique à la main. Il percevait son corps comme dans la réalité, même si l'expérience se déroulait dans sa tête. Au bout du chemin, il se retrouva dans un épais brouillard…

Emerson marcha longtemps dans la brume avant de pénétrer dans une forêt plongée dans les ténèbres. Des oiseaux se mirent à chanter, mais la nature paisible n'avait rien de normal. Une forte odeur de soufre lui chatouillait les narines. Les arbres étaient d'énormes brocolis trop cuits. Emerson détestait les brocolis ! Il se pinça le nez et eut un haut-le-cœur. Il décida de hâter le pas, espérant vite trouver la sortie de cette forêt nauséabonde.

Soudain, il eut l'impression de s'enfoncer. Plus il accélérait, plus le sol se transformait en boue visqueuse qui l'aspirait tel un sable mouvant. M. Miron l'avait dit : ils seraient confrontés à leurs failles. Emerson ralentit alors son rythme. Il inhala une grosse bouffée d'air, malgré l'odeur exécrable qui lui retournait l'estomac, et se concentra sur la magie comme l'avait conseillé Francis. Après de profondes inspirations, il réussit à oublier la senteur, et le sol se durcit. Emerson pouvait marcher normalement. Et ce fut à ce moment qu'il vit au loin la pointe d'une tourelle de château…

JORDAN

Après avoir traversé un tunnel baigné de lumière dorée, Jordan se retrouva dans une pièce ovale. Elle était si haute qu'il n'en voyait pas le plafond. Un sifflement de bouilloire résonnait dans ses oreilles et trois portes se dressaient devant lui. *Ça y est*, pensa Jordan. *Voilà mon Épreuve !*

Trois portes… pour quoi faire ? Jordan aurait préféré se battre contre des monstres ! Les portes étaient identiques, en bois traité, comme celle de sa chambre à coucher, à la maison. Pouvait-il toutes les ouvrir, puis choisir laquelle il traverserait ensuite ? Il soupçonnait un piège… C'était le genre d'énigme que ses frères, Willem ou Véronika auraient résolu en un claquement de doigts !

Jordan grogna en serrant son couteau. Il réalisa alors qu'il avait ses reliques avec lui. Sa tuque était toujours sur sa tête. Le couteau se transforma en épée, mais n'apporta aucune solution. Jordan n'arrivait pas à oublier son sentiment de ne pas être assez rusé. Il avança donc au hasard et sélectionna la porte du centre. Fâché par ce défi humiliant, il l'ouvrit avec force…

Au-delà de la porte se trouvait seulement un escalier doré qui s'enfonçait dans le sol. Des murs et un plafond blancs encerclaient les marches. Jordan descendit, sans voir ce qu'il y avait tout en bas. Convaincu d'avoir choisi la mauvaise porte, il décida de remonter pour en essayer une autre. Alors qu'il changeait de direction, le haut de l'escalier s'éloigna. La porte se déplaçait à chacun de ses pas. Jordan courut. Rien à faire. Il ne s'approchait jamais de l'ouverture. Il était tombé dans un piège…

WILLEM

Entrer dans les zones cachées de son cerveau semblait impossible. C'était pourtant ce que Willem avait l'impression d'être en train d'accomplir. Il nageait dans une mer d'eau dorée. Le ciel reluisait de soleils sempiternels. Soudain, tout ce qui était beau et brillant se métamorphosa. L'eau devint un goudron visqueux. Des vagues se formèrent. L'espace se remplit d'une épaisse brume ocre et suffocante. Willem ne savait plus où trouver son oxygène : dans l'air ou dans l'eau ? Il agrippa son médaillon en suppliant la magie et la sirène de son rêve de lui venir en aide, puis il plongea courageusement dans la mer…

Alexie

Alexie, affamée, se tenait devant un buffet avec son assiette vide. Tous les mets contenaient des arachides. Sandwichs à la confiture de fraises et au beurre d'arachides. Sauté de poulet aux arachides. Biscuits et brownies au beurre d'arachides... Il y avait aussi des bols immenses de tous les types d'arachides inimaginables, et même une arachide géante en plein milieu de la table. Alexie recula, alors que des ombres humaines, noires comme le portail et sans visage, la jugeaient parce qu'elle ne mangeait pas. Elle voulait leur expliquer qu'elle était allergique, mais elle était devenue muette.

Quel était ce défi ? Pourquoi lui rappeler qu'elle était allergique aux cacahuètes ? Alexie serra ses mains gantées pour canaliser la magie en elle. Elle sentit son arc et ses flèches accrochés dans son dos, et le tissu moulant ses mains. Même si les émanations d'allergène chatouillaient sa gorge, elle respira profondément. Et alors... Alexie tomba dans un trou et la lumière disparut.

Plongée dans l'obscurité totale, Alexie constata qu'elle était couchée dans un espace clos. Elle voulut se relever, mais se cogna la tête. Elle tâtonna autour d'elle et toucha une matière rigide : des murs solides, pressés près d'elle. À force de contorsion, elle atteignit sa poche et ricana en réalisant que son téléphone l'avait accompagnée dans ce voyage mental ! Elle l'utilisa pour s'éclairer. Aussitôt, une boule d'inquiétude la saisit. Il y avait bien des parois des deux côtés, mais aussi sous elle et au-dessus. Elle était prisonnière d'une boîte qui ressemblait à un cercueil !

Alexie tenta de garder son calme, mais la petitesse de l'espace l'angoissait. *Quelle Épreuve conne !* cria-t-elle en assénant un coup de poing à l'une des parois. En plus de se faire mal, elle entendit un écho, qui confirma qu'elle était enterrée sous terre. Que devait-elle faire maintenant ? Attendre qu'on la libère ? Combien de temps encore ?

Alexie frappa encore. Elle détestait attendre et ne rien faire…

VÉRONIKA

Véronika avançait à petits pas dans l'épaisse lumière dorée qui dégageait une chaleur rassurante. L'idée d'affronter seule cette Épreuve la stressait. Elle aurait aimé être avec Alexie ou Emerson…

La lueur environnante se transforma soudainement en brouillard immaculé, rempli de cristaux glacés. Véronika était au milieu d'une tempête de neige. Elle s'entoura de ses bras pour tenter de se réchauffer. Elle devait se réfugier, sinon, elle allait mourir de froid ! Elle plaça une main en visière au-dessus de ses yeux pour apercevoir l'horizon, mais la neige créait un mur blanc trop dense. Elle remarqua alors qu'elle avait sa bague. Immédiatement rassurée, elle implora son pouvoir et la pierre émit un jet de lumière rouge vif. Elle tourna sur elle-même pour éclairer les alentours. Le sol était différent sur sa droite, comme un sentier d'hiver tapé. Elle choisit cette direction.

Non loin de là, elle repéra, au cœur de la tempête, une cabane en bois rond. Véronika courut pour s'y réfugier.

Dans le portique, elle grelottait, toute dégoulinante de neige fondue. La maisonnette était dotée d'une seule pièce chaleureuse. Il y avait un fauteuil, un feu qui brûlait dans l'âtre, une cuisine... Mais Véronika resta sur place, car une forme immense et bossue aux traits féminins était attablée devant un plat de viande fumante :

— Qu'est-ce que tu attends ? lui demanda la créature avec une voix grave. Viens t'asseoir !

Refuser ne semblait pas une option. Malgré la douleur dans ses jambes encore gelées, Véronika s'assit de l'autre côté de la table carrée.

L'odeur de la viande lui rappela l'année précédente, lorsqu'elle avait dû en manger pour survivre, alors qu'elle était végétarienne, parce qu'Aya l'avait transformée en loup-garou. Le souvenir lui donna la nausée. Véronika resta toutefois de marbre. Elle vivait une expérience magique. Chaque élément de son imagination tentait de la mettre au défi...

— C'est pas l'Épreuve, ici ! lui dit la créature en mordant dans un pilon de poulet géant, comme si elle pouvait lire dans son esprit.

— C'est quoi, alors ? demanda Véronika.

— Qu'en penses-tu ?

Véronika observa le lieu chaud et rassurant. Il semblait solide. De la nourriture débordait des armoires. Il y avait une planche à neige accrochée au mur, comme si Sara vivait dans cette maison… C'était un refuge dans son esprit, un endroit qui la protégeait contre les tempêtes.

La créature se nettoya les mains avec une grande serviette, l'air satisfait :

— Je savais que tu étais intelligente !

Véronika remarqua alors la bague au doigt de son hôtesse. Elle était identique à la sienne. L'Alliance de la créature…

— Vous avez conçu la bague ! s'exclama Véronika.

La créature se leva et déambula dans la cabane.

— Je ne peux pas te dire grand-chose, expliqua-t-elle. Mes pouvoirs sont limités, ici. Je suis là pour te guider vers le bon choix. Pour que tu fasses les choses différemment…

La créature empoigna un cadre posé sur une tablette du salon et le porta à son cœur. Une larme coula sur sa joue. Véronika aurait voulu la questionner sur les reliques et sur le portail… La cabane se mit à trembler :

— Qu'est-ce qui se passe ? demanda Véronika.

La femme étrange s'avança vers elle. De sa grosse main musclée, elle lui serra le bras :

— Je ne peux pas rester longtemps, mais je tenais à te dire… Ne laisse pas les autres te dicter avec qui être. Ne laisse pas les autres te dicter qui tu es, qui tu dois aimer. Ne fais pas comme moi : ne tue pas ce qui est le plus important pour toi… Fais confiance à ton intelligence…

— Pourquoi vous me dites tout ça ?

L'image de la femme commençait à s'effacer, mais sa poigne demeura ferme autour du bras de Véronika. Un feu de panique brûlait dans les yeux de la Première Élue :

— Véronika Voulgaris ! Surtout, ne laisse jamais le pouvoir de l'Alliance t'emplir complètement, ou sinon…

— Sinon, quoi ?! cria Véronika.

La créature disparut totalement et le cadre dans ses mains chuta. Véronika alla le ramasser. Il contenait une photo datée du début du 20e siècle, sur laquelle se tenaient une jeune femme avec un casque de pilote et un homme souriant… Véronika s'aperçut que celui-ci avait deux cornes sur la tête, étroites et moins courbées que celles du diable. Les deux amoureux exhibaient des anneaux à leurs doigts. Des alliances… La Première Élue ayant créé sa bague avait-elle été amoureuse d'un démon, d'une créature du monde obscur ?

En déposant le cadre, Véronika remarqua une urne sur une tablette. L'étiquette portait le nom d'un homme, sa date de naissance et de décès. Il était mort l'année où on avait pris la photographie.

La relique de Véronika était donc une promesse de mariage entre deux amoureux que la mort avait séparés prématurément…

WILLEM

Willem voulait quitter l'Épreuve. Il avait imaginé que ce serait une suite de labyrinthes et d'énigmes à résoudre, mais il était plutôt coincé dans un souvenir. Le pire de tous !

Après avoir plongé dans la mer, son corps était tombé sur la terre ferme. Il suivait maintenant un garçon de dix ans, qui courait dans un boisé bien connu :

— Viens, Will ! Dépêche-toi, Will !

Chaque fois que le petit Amir prononçait son nom, le cœur de Willem se brisait en mille morceaux. Son meilleur ami d'enfance était mort cinq ans plus tôt…

Malgré la douleur, Willem le talonnait. Tout était identique à son souvenir. Les arbres, l'odeur du printemps, les fleurs de trilles rouges… et le grand arbre assassin !

— Le premier qui arrive en haut ! cria Amir.

Il s'élança vers le vieux chêne malade. Willem tentait de hurler pour retenir son ami, pour l'avertir que cette course le tuerait. Aucun mot ne sortait de sa bouche. Il voulut alors fermer les yeux, mais, malgré tous ses efforts, il en était incapable. Il était obligé d'assister à la scène tragique.

Amir grimpait tout en riant. Il se propulsa habilement de branche en branche, jusqu'à ce que son pied atteigne celle toute pourrie qui cassa sous son poids. Amir s'agrippa au tronc. Il se retint dix secondes, suspendu dans le vide. Willem s'entendit dire :

— Accroche-toi ! Je vais chercher de l'aide…

Mais Amir tombait déjà. Il y eut un craquement étrange, pas celui d'une branche : le son d'un cou qui se brise. Willem s'accroupit près du corps en sachant que tout était terminé, que l'existence était si fragile… et…

Tout recommença ! Willem était debout et se retournait. Amir venait vers lui en courant :

— Viens, Will ! Dépêche-toi, Will !

Amir était de nouveau vivant et pressé de grimper jusqu'à la cime du vieux chêne.

— Le premier qui arrive en haut !

Les événements se déroulèrent comme la dernière fois : la montée, la chute, le corps inerte… Et puis, retour au point de départ. Amir réapparaissait. Willem le revoyait mourir et, chaque fois, il avait encore plus mal.

— Le premier qui arrive en haut !

Le garçon s'élança pour une centième fois. Willem n'en pouvait plus ! Il tremblait de tristesse. Il était prêt à se laisser mourir dans cette forêt. Alors que l'envie d'abandonner le hantait, il entendit un son perçant… un cri ! Il le reconnut aussitôt. C'était la sirène de ses rêves, celle liée à son médaillon. Willem fouilla dans sa poche et y trouva sa relique. Elle vibrait dans sa main. Il respira profondément et se concentra sur la magie. Un bruit de vagues apaisa ses pensées. Il sentit l'odeur des algues séchant sur le sable. Il vit l'eau calme du fleuve et huma la chaleur de la plage. Il se laissa bercer… Il s'inventa une bouée… Il s'accrocha à un voilier… Il n'avait qu'à imaginer comment se sauver !

Lorsque la scène dramatique se termina encore une fois, Willem se concentra pour changer le déroulement…

— Viens, Will ! Dépêche-toi, Will !

Willem se mit à courir avec Amir. Peut-être pouvait-il l'arrêter avant qu'il ne grimpe ?

— Le premier qui arrive en haut !

Mais Amir fut plus rapide et monta. Willem ne se laissa pas abattre. Avant même que son ami ne réapparaisse, il se précipita vers le chêne et grimpa le premier.

— Le premier qui arrive en haut ! cria le petit.

— Attends, Amir ! Pas cette branche-là. Utilise celle-là !

Il montrait quoi faire à l'enfant. À sa grande surprise, Amir l'écouta. Il ne posa pas son pied sur la branche fatale, mais sur celle de droite. Willem pensait avoir réussi. Mais un écureuil sauta sur Amir, faisant tomber le garçon, comme les fois précédentes…

Emerson

Emerson cogna plusieurs fois avec sa canne contre la porte du château, qui semblait sortir d'un conte de fées. Il s'apprêtait à rebrousser chemin, lorsqu'il remarqua le tapis sous ses pieds. Il se souvint de sa maison de campagne, où sa tante laissait un double de clé sous le paillasson, car il oubliait toujours la sienne. Mais il s'agissait d'un château, pas d'une maison… Et si…

Emerson décida de jeter un coup d'œil sous le tapis. Un énorme trousseau de clés anciennes s'y trouvait. Certaines en or, d'autres en cuivre ou en argent. Il devait y en avoir au moins une cinquantaine autour du grand anneau de fer. Une seule clé avait un symbole hexagonal similaire à celui de la porte. Il la choisit et déverrouilla l'entrée du château.

Emerson entra dans une pièce aux murs de pierres, qui contenait seulement des moquettes épaisses, des chandeliers et une porte au fond. Il n'y avait personne, aucune fenêtre, et rien à faire. Il alla donc déverrouiller le second passage.

La salle de l'autre côté était identique à la précédente. Lorsqu'Emerson se retourna, la porte d'où il arrivait disparut. Il ouvrit la suivante. L'inquiétude commençait à s'installer. Cette fois, il referma la porte en gardant une main sur la poignée, dans l'espoir qu'elle ne disparaisse pas. Mais ce fut la même chose. Dans la nouvelle pièce, l'accès pour revenir en arrière s'était évaporé.

Ça y est! pensa-t-il. *Je vais rester prisonnier ici pour l'éternité!*

Une gifle foudroyante réveilla Emerson. Le lieu se transforma. Il se retrouva dans une chambre avec un lit à baldaquin et des armes accrochées aux murs. Des manuscrits roulés s'empilaient sur une table et une fenêtre donnait sur un ciel bleu, comme s'il se trouvait dans une des tourelles du château.

— Vous êtes calme maintenant?

Apeuré, Emerson recula et fit tomber une des épées fixées au mur. En voulant la ramasser, il se coupa le côté du bras droit.

— Laisse! dit le jeune homme à la toge beige qui l'avait réveillé. Nous n'avons pas le temps!

Emerson devina que la personne devant lui n'était pas le fruit de son imagination. Il s'agissait de quelqu'un qui s'était introduit dans son esprit! Il se frotta la tête, paniqué à cette idée.

— Tu as raison. Je suis un intrus, ici.

Emerson remarqua la couleur de ses yeux. Un bleu brillant comme une pierre précieuse…

— Vous êtes le magicien! De la relique dans mon œil. Vous pouvez m'aider?

— Je ne suis pas là pour ça, dit le magicien en faisant scintiller son œil droit. La seule issue est de suivre ton cœur et ton instinct… Vite, les autres t'attendent!

La voix du magicien et le décor disparurent. Emerson était de retour dans une pièce froide, avec son trousseau de clés. Une nouvelle porte se dressait devant lui. *Les autres?* se demanda Emerson. Il vit alors des dizaines d'ombres noires sans visage qui fixaient les gouttes de sang qui coulaient de son bras…

JORDAN

Jordan descendait l'escalier doré depuis ce qui lui semblait des heures! Il avait les jambes lourdes et les genoux enflammés. Il n'arriverait jamais nulle part! Il avait échoué à l'Épreuve!

Abattu, il s'assit sur une marche, la tête dans ses mains. Il ferma les yeux un moment pour réfléchir… Quand il les rouvrit, il n'était plus dans l'escalier. Il se trouvait dans une plaine rocailleuse, entourée d'un brouillard crépusculaire. Le galop d'un cheval retentit. Quelqu'un approchait. Jordan leva son épée, prêt à se défendre. Un chevalier en armure perça la brume sur un cheval noir. Il portait un drapeau jaune. Il descendit de sa monture et saisit Jordan par la nuque.

— Elles arrivent!

VÉRONIKA

Véronika sortit de la cabane juste avant qu'elle ne s'écroule. Mais au lieu de retrouver la tempête, elle était coincée dans une structure de métal épousant parfaitement la forme de son corps. Elle n'avait que deux trous pour les yeux : elle observa la pièce au plancher de marbre où elle se trouvait. Des gens passaient en l'ignorant. Son regard balaya les environs à la recherche de réponses. Véronika voyait des peintures sur les murs et des sculptures à proximité. Elle était sans doute dans un musée. *Je suis un élément du musée !*

Deux silhouettes humaines et sans visage s'arrêtèrent pour l'étudier. Elles l'évaluaient, fronçaient des sourcils ombragés, alors qu'elle ne pouvait rien dire ni rien faire.

— C'est d'elle que tu me parlais ? murmura l'une.

— Je te l'avais dit, signala l'autre, elle est vraiment décevante !

— Je la pensais plus belle. Je la pensais meilleure !

— On va voir là-bas ? Il y en a une qui me semble mieux…

Véronika trouvait difficile de ne pas se soucier des critiques. Elle n'aimait pas déplaire. Elle aurait voulu expliquer qu'elle pouvait changer de forme, si c'était ce qu'elles souhaitaient.

D'autres silhouettes la visitèrent, avec chaque fois des reproches acerbes sur son physique, sur son intelligence, sur qui elle était. Plus le temps passait, plus les commentaires l'étourdissaient. Sa bague chauffa à son doigt… elle allait se transformer ! Que lui arriverait-il si elle devenait immense alors qu'elle était coincée dans une structure de métal ? Tout son corps se comprimerait, ses organes et ses os… Elle ne serait plus qu'une bouillie !

Véronika respirait à toute vitesse. Elle repensa à la créature, qui la trouvait intelligente. Elle ferma les yeux et se concentra sur la vibration de la magie qui traversait son cœur. Elle se hâta de faire des liens logiques. Pourquoi avait-elle si peur de déplaire et de confronter les autres ? Pourquoi le regard des autres était-il si important ? Elle se protégeait. Elle prenait des précautions pour que plus jamais ses parents ne vivent dans la misère. Elle était prête à tout pour eux…

Lorsque Véronika rouvrit les yeux, une bille flottait devant elle. Elle était couverte de blanc et de bleu poudre, comme deux peintures qui se mélangeaient. Elle n'était plus dans le musée. Elle était dans le grenier ! Dans un souffle, elle articula clairement :

— *At labta Manétoshi…*

Aussitôt, elle se sentit en contrôle du Fragment. Elle ne se laissa pas distraire par M. Miron qui la fixait. Elle encouragea la bille à se déplacer… lentement… à se déposer dans le bocal… doucement. Un petit « tic » lui confirma que sa tâche était accomplie.

Elle avait réussi l'Épreuve. Elle était une Élue !

Mais l'inquiétude remplaça vite son sentiment de victoire. Le corps de Jordan bougeait dans tous les sens et du sang coulait du bras droit d'Emerson. Véronika n'en pouvait plus. Elle s'écroula de fatigue sur le plancher.

WILLEM

Cette fois, Willem demeura en bas du chêne. Il observa Amir mourir, encore une fois. Aucune de ses stratégies n'avait changé le cours des choses. Il cherchait une nouvelle idée. Et puis, il décida simplement de ne pas bouger. Il ne s'approcha plus du corps inerte. Il resta là où il était.

Willem attendait que la scène reprenne, mais elle ne recommençait pas. Fébrile, il fit un pas en arrière. Il recula lentement. Au bout de trois foulées, il osa se retourner. Il s'enfonçait dans la forêt inconnue, en tournant le dos à son meilleur ami. Willem avança de plus en plus vite et il sentit son médaillon se réchauffer, comme un courant marin…

Lorsque Willem revint à lui dans le grenier, une bille brillait droit devant son œil gauche. Elle était transparente avec une forme en son centre, qui ressemblait à un arbre. Il soupira, exténué par l'Épreuve. Il murmura la formule et la bille alla rejoindre les deux dans le bocal.

Et il se mit à pleurer.

ALEXIE

Un son salvateur de coup de pelle sortit Alexie de sa méditation. Quelque chose faisait bouger le cercueil. Il était tiré vers le haut. La jeune fille se plaça en position de défense. Lorsque la boîte fut renversée sur le sol, le couvercle s'ouvrit. Alexie roula sur l'herbe mouillée et se releva rapidement, prête à tout. Elle aperçut un cimetière plongé dans le brouillard de la nuit. Il n'y avait personne d'autre qu'elle, pas même un fantôme. Elle déambula entre les tombes, éclairées par des lampadaires gothiques. Le lieu était calme et sans menace. Alexie se sentait en paix, et pourtant, elle était encore prisonnière de l'Épreuve.

Une silhouette traversa la brume dans sa direction. Contrairement aux corps sombres du buffet d'arachides, les traits de l'homme qui s'approchait étaient clairs. Il avait une armure de samouraï noir et violet. L'homme retira son large casque traditionnel. Il avait un visage ridé et un teint crème. Il portait aussi des gants en cuir, identiques à ceux d'Alexie.

— C'est vous ? Vous avez créé ma relique ? Je ne pensais pas que ça datait de si longtemps.

L'homme jeta un coup d'œil à son accoutrement :

— Nous sommes dans ta tête, petite. Ta perception influence ce qui est autour de nous.

— Je suis pas petite !

Les deux se jaugèrent un instant avec sérieux. Puis, l'homme explosa de rire. Il rigolait avec sa bouche grande ouverte, sincèrement amusé. Il demanda après avoir repris son calme :

— Alors, qu'est-ce que tu attends ? Tu devrais déjà avoir terminé.

Alexie lorgna autour d'elle. Le brouillard s'était dissipé. Des lucioles volaient paisiblement au-dessus des bosquets et un écureuil la regardait du haut de la branche d'un bouleau. Derrière un mausolée, l'énorme lune ronde brillait de toute sa splendeur. Elle avait toujours adoré la sérénité de la nuit.

— C'est pas l'Épreuve ici, constata Alexie. Il y a pas de menace.

— Tu l'as déjà réussie, confirma le samouraï. Tu pourrais partir et retrouver tes amis.

Un ululement les interrompit. Alexie leva son bras et un grand-duc d'Amérique, haut d'une cinquantaine de centimètres, vint s'y percher.

— C'est beau, ici, dit-elle en flattant la gorge blanche de l'oiseau.

— Tu vas y rester toute ta vie ?

Pendant une fraction de seconde, Alexie rêva de cette possibilité. Elle trouvait difficile de toujours être forte, d'encourager les autres et de défendre ses valeurs. Ici, elle pouvait se laisser porter et être fragile.

Le grand-duc déploya ses ailes et quitta Alexie. Elle était prête à rentrer, à être une Élue et à fermer le portail ! Elle se retourna une dernière fois vers l'apparition du Premier Élu :

— Et merci pour cette « Épreuve », dit-elle pour le taquiner. Vous pouviez pas faire ça plus simple pour devenir un Élu ? Un test écrit, comme à l'école ?

L'homme fronça les sourcils :

— L'Épreuve permet de se lier complètement à la magie. Elle ne sert pas à former les Élus.

— Comment ? cria Alexie. Qu'est-ce que vous dites ?

Trop tard. Le samouraï et le décor coulaient comme une peinture aspergée d'eau. Le corps d'Alexie ramollit. Tout devint noir. Lorsqu'elle ouvrit les yeux, une bille grosse comme une balle de ping-pong tournait lentement autour de sa tête. Elle était brun foncé, presque noire, avec une ligne violette tout autour.

— *At labta Manétoshi...*

Elle utilisa ses dernières forces mentales pour déplacer le Fragment jusqu'au vase. Il tomba avec les autres en émettant un tintement apaisant aux oreilles d'Alexie.

JORDAN

Jordan brandissait son arme à tout vent. Il était dos à dos avec le chevalier, entouré par une dizaine d'araignées immenses. Dès qu'une d'entre elles s'approchait, Jordan la repoussait à coup d'épée.

— Nous ne pourrons jamais les battre, hurla le chevalier.

— Elles vont se tanner, dit Jordan. Je refuse de laisser tomber !

Jordan hacha la patte d'une araignée qui prit la fuite. Une autre la remplaça. Soudain, le chevalier baissa son arme. Les araignées figèrent, comme si le temps s'était arrêté.

— Qu'est-ce que vous faites ? cria Jordan.

Il reconnut alors l'épée de son allié. La même que lui. C'était l'Élu qui avait fabriqué sa relique ! À travers son casque, le chevalier parla d'une voix râpeuse :

— Ton courage te mènera à ta perte, Jordan Olivier Walker. Cela est inévitable. Assure-toi qu'elle soit digne !

Le chevalier disparut dans un nuage de brume jaune et noir. Les araignées s'élancèrent. Elles étaient trop nombreuses. Malgré tout, Jordan combattait. Il refusait de fuir.

Les mots du chevalier résonnaient dans sa tête. Jordan se souvenait des paroles du diable. Deux ans plus tôt, il s'était moqué de son courage alors qu'il était suspendu dans un remonte-pente de ski. Sa bravoure était sa faiblesse...

Et qu'avait voulu dire le chevalier en utilisant le mot « perte » ? Parlait-il de sa mort ? « Assure-toi qu'elle soit digne... » Digne de quoi ?

Jordan était épuisé physiquement et mentalement. Devait-il cesser de se battre ? Mais s'il ne faisait rien, il allait mourir... Les araignées se rapprochaient. Jordan s'enfuit. Il repéra un rocher haut de quelques mètres et l'escalada à toute vitesse. Il surplombait maintenant les créatures, qui s'accrochèrent à la paroi. Le temps ralentit. Jordan comprit qu'il devait sauter…

VÉRONIKA

À peine revenue de ses émotions intenses, Véronika s'inquiétait pour Jordan. Celui-ci avait les yeux fermés, et pourtant, il était juché sur un bureau, dans le coin du grenier.

— Qu'est-ce qu'il fait ? cria Véronika.

— Du calme ! dit M. Miron. On dirait qu'il est à demi dans l'Épreuve et à demi revenu à lui. Les mouvements qu'il fait dans sa tête, il les fait aussi dans la réalité.

Jordan balançait ses bras. Il n'allait pas… Véronika poussa un hurlement étouffé !

— Restez calmes, insista M. Miron.

Véronika résista à la tentation de bouger. Elle regarda avec horreur Jordan qui se propulsa dans les airs. Il s'accrocha au luminaire du plafond et se berça habilement dans le vide, mais alors… il sauta encore et s'effondra dans un tas de chaises.

— Il est correct ? demanda Alexie au directeur qui se portait au secours de Jordan.

Le garçon se redressa d'un coup. En ouvrant les yeux, il prit une grande respiration, comme s'il avait longtemps retenu son souffle. Une grosse bille jaune, noir et or errait autour de lui.

— Jordan ! Le Fragment ! lui lança Véronika pour l'encourager. Dis la formule…

M. Miron lui montra le tableau. Jordan ne semblait pas voir la bille lumineuse. Mais il écouta Véronika et murmura la formule. Le Fragment cessa de flotter aléatoirement et alla rejoindre les autres dans le bocal. Aussitôt, le visage de Jordan se tordit de douleur.

— Ma jambe !

— Ne bouge pas !

Miron examinait Jordan avec précaution.

— On… on a réussi ? demanda Jordan, la voix écorchée par l'effort.

— Pas tous, répondit Véronika. Il reste Emerson…

Emerson

Emerson avait traversé des dizaines de pièces et ouvert autant de portes ne menant nulle part. Chaque fois, les silhouettes le suivaient. Elles possédaient toute un trousseau comme lui et cherchaient elle aussi des passages. Pire encore, elles se disputaient sans cesse :

— C'est pas par ici !

— Je te dis que j'ai vu une porte de l'autre côté !

— Tu es aveugle, ou quoi ?

Emerson avait de la difficulté à réfléchir dans cette cacophonie. Il se recroquevilla dans un coin pour se reposer. Son anneau de clés était couvert de sang. Depuis combien de temps était-il ici ? Il ne le savait plus. Est-ce que les autres avaient terminé leur Épreuve ?

— Qu'est-ce qu'il fait là, maintenant ? lança alors une silhouette à son endroit.

Emerson sentit la gêne monter dans son visage :

— Je… Je…

— « Je… Je… », imitait la foule d'ombres.

Emerson réalisa qu'on se moquait de lui. Sa frustration surpassa sa timidité. Il se leva brusquement et alla jusqu'à la nouvelle porte. Les clés glissaient dans ses mains moites, mais il réussit à identifier la bonne. Il voulut la refermer rapidement, mais les gens poussèrent pour le suivre.

Pourquoi ne dénichent-ils pas leur propre porte ? se demanda Emerson. *Ils ont leurs trousseaux à eux !*

Peut-être n'y avait-il pas d'issue…

L'angoisse serra la poitrine d'Emerson. Il prit de profondes respirations, une main sur son cœur… son cœur ! Le magicien lui en avait parlé. Mais que pouvait son cœur pour sortir d'ici ?

Emerson remarqua alors quelque chose sur le sol. Une goutte de son sang. Elle était juste devant la prochaine porte à ouvrir :

— On est déjà passés ici, dit-il à voix haute. On tourne en rond!

Les silhouettes cessèrent leurs disputes et l'entourèrent pour l'écouter.

— L'issue est donc ailleurs, expliqua Emerson. Aidez-moi à la trouver!

Les formes humaines s'activèrent aussitôt. Malgré la peur de rester coincé avec ces gens, Emerson écouta son instinct et ratissa le lieu. Une silhouette s'écria:

— Là-haut!

Emerson leva les yeux vers le plafond. Une porte était dissimulée, tout en haut du mur. Mais il n'y avait rien pour monter. Les silhouettes se mirent alors à bouger et à s'empiler en se donnant la main. Elles formèrent une tour humaine en quelques secondes. Emerson grimpa lentement sur elles, jusqu'à la porte. Lorsqu'il l'ouvrit, une aveuglante lueur apparut. Un bras tira le bas du pantalon d'Emerson. Une main tendait une pochette en tissu. Emerson reconnut le sourire complice du magicien. Il aurait aimé le remercier, mais déjà, la lumière magique l'absorbait…

ALEXIE

Emerson ouvrit enfin les yeux. Alexie résista à l'envie de sauter dans ses bras. Il devait d'abord déplacer son Fragment dans le bocal. Mais aucune bille ne flottait devant ses yeux.

— Où est ton Fragment ? demanda M. Miron, nerveux.

Emerson leva son bras droit… du sang coulait de sa blessure. Il tenait une vieille pochette en tissu. Sans avoir besoin de la formule, il fit sortir du sac un Fragment transparent avec des éclats dorés… Ensuite, un autre, cette fois-ci bleu marine. Et encore un semblable, couvert de taches roses et vertes. Les suivants brillaient, le premier d'un bronze lustré, et le second d'un jaune fluorescent. Un dernier Fragment, noir avec des points rouges, s'éleva. Six Fragments flottaient devant le visage neutre d'Emerson. Ils tournaient en rond, comme un étrange système solaire. Ils se déplacèrent ensemble jusqu'à l'intérieur du bocal.

Sans plus attendre, le directeur remit le couvercle. Il semblait fier et soulagé. Alexie l'observa tandis qu'il saisissait le contenant rempli de Fragments. Véronika, exténuée, était couchée sur le sol. Willem était en larmes. Emerson avait un bras dégoulinant de sang et Jordan ne pouvait plus marcher. Est-ce que le samouraï avait dit vrai ? L'Épreuve n'avait-elle rien à voir avec la formation d'Élus ? Mais alors, pourquoi M. Miron les avait-il entraînés sur ce chemin périlleux ?

PARTIE 3

13
VÉRONIKA

L'automne avait été à la fois une course contre la montre pour l'Épreuve et une longue attente avant d'enfin revoir Sara. Véronika se sentait à présent libérée de deux poids. Ses voisins de casier et elle étaient maintenant des Élus et ils possédaient plus de Fragments qu'espéré pour fabriquer le verrou.

Après l'Épreuve, les cinq jeunes étaient retournés chacun à la maison. Les vacances du temps des fêtes commencèrent. En plus de travailler à la pharmacie, Véronika se reposa en lisant des romans dans le bain et en regardant toute une série documentaire sur les océans.

Pendant le long congé, Véronika put voir Sara à plusieurs reprises.

— Il va bien falloir le dire un jour, non ? lui dit sa blonde, lors d'une sortie au cinéma.

— C'est certain…

Véronika avait encore peur de la réaction des autres. Elle se disait parfois que tout allait bien. Alors à quoi bon changer les choses ? Leur histoire ne concernait qu'elles. Toutefois, elle remarquait que Sara avait hâte de pouvoir la présenter à ses amis athlètes ; en tant que blonde, et non pas comme une simple amie. Véronika ne voulait pas lui faire de la peine en gardant le secret de leur relation.

La veille du retour à l'école, Véronika trouva le courage de parler à ses parents. Ils l'avaient toujours soutenue. Les trois formaient une équipe.

— Je voulais juste vous le dire, Sara et moi, en fait, on sort ensemble…

— C'est super, ça, lui dit son père.

— On l'aime bien nous aussi, la belle Sara ! Elle va revenir pour souper ?

— Alors, heu… ça vous choque pas ? demanda Véronika, surprise. C'est ma blonde !

— Mais non, insista son père. On t'aime, et on aime qui tu aimes !

Soulagée, Véronika se rua dans sa chambre et trouva son téléphone. Elle texta Sara : *Je l'ai dit à mes parents. On peut l'annoncer demain à Angie !*

Comme toute réponse, sa blonde lui envoya un émoji heureux avec des yeux en cœur !

Malgré le blizzard qui lui fouettait le visage, Véronika flottait sur le chemin vers le collège. La vie était lumineuse et parfaite. Elle sortait avec Sara et les dangers du monde obscur allaient bientôt disparaître ! *Il ne reste que le verrou magique à fabriquer !* se rappela-t-elle. M. Miron n'avait pas encore parlé de cette étape, et elle avait hâte d'en savoir davantage.

Ce matin-là de janvier, dans le cours d'arts plastiques, Angélina arriva en retard. Elle avait les yeux rougis, aucun maquillage et la mine sinistre. C'était la première fois que Véronika voyait son amie si affligée.

À la pause, Véronika et Sara la rattrapèrent alors qu'elle s'enfuyait dans le couloir :

— Qu'est-ce qui va pas ?

Aussitôt, Angélina se mit à sangloter :

— Vous avez pas lu ? demanda-t-elle, le visage couvert de larmes.

— Qu'est-ce qui se passe ? insista Sara.

— C'est partout dans les nouvelles, expliqua Angélina en reniflant fortement. Ils accusent mon père d'avoir volé de l'argent…

Angélina pleurait sans arrêt. Véronika et Sara l'escortèrent à l'infirmerie pour qu'elle se repose. Dans l'aire des quatrième secondaire, Sara consulta les journaux sur son cellulaire. M. Rodriguez, le père d'Angélina, était ministre au gouvernement du Québec. L'opposition officielle le critiquait effectivement pour avoir approuvé des dépenses excessives pour un projet d'envergure.

L'histoire fit le tour du collège. Véronika était furieuse contre les élèves qui pointaient son amie pour commenter la nouvelle.

— Je vais changer d'école, annonça Angélina à la fin de l'heure du dîner. Je vais aller quelque part où personne sait qui est mon père !

— Tu vas pas te laisser démolir par ça ! lança Sara.

— On a besoin de toi ici ! ajouta Véronika.

— Ah oui ?

— Mais oui ! enchaîna Sara. Qu'est-ce qu'on ferait sans toi ? Et l'équipe de basketball ? Tu peux pas nous abandonner !

Malgré son arrivée tardive dans l'équipe, Sara était rapidement devenue l'une des meilleures joueuses. La jeune fille venait de toucher une corde sensible. Angélina se secoua, comme pour se réveiller. Elle essuya ses larmes et se força à sourire :

— Vous avez raison. Je peux pas vous laisser tomber !

Véronika était ravie de voir qu'elle retrouvait sa vigueur.

— Qu'est-ce que je ferais sans vous deux ! ajouta Angélina. Vous êtes vraiment mes meilleures amies et rien pourra briser ça !

Elle fit un câlin à chacune, puis s'en alla à son cours.

— Alors, on lui dit ou pas ? demanda Sara.

Elles avaient prévu de révéler à Angélina qu'elles sortaient ensemble, mais dans le contexte, Véronika doutait que ce soit le bon moment.

— On attend un peu ? proposa Véronika.

— C'est sûrement préférable.

Mais Véronika perçut la déception dans le regard de Sara.

Quelques jours après le retour du temps des fêtes, les cinq voisins de casier étaient excités de monter dans le grenier. Le fait d'avoir tous réussi l'Épreuve les rendait fiers. Véronika retrouvait enfin leur complicité énergique.

Jordan s'était fracturé le fémur dans sa chute pendant l'Épreuve. Malgré la blessure, il était de retour en classe, avec un plâtre, et il gardait sa légendaire attitude décontractée, en appui sur ses béquilles.

— Qu'est-ce que t'as dit à tes parents ? lui demanda Alexie.

— Que j'ai sauté du haut d'un escalier, répondit Jordan.

— Ils t'ont cru ?

— Ils me croient capable de toutes les niaiseries !

Willem s'amusa à imiter Jordan, alors qu'il était en transe, comme un somnambule.

— Non ! Attends, c'est plutôt ça ! le corrigea Alexie.

La jeune fille grimpa sur une chaise, le corps se balançant d'avant en arrière, comme un zombie. Véronika rigolait avec les autres. M. Miron tentait de les contenir, mais il riait lui aussi devant les mimiques comiques :

— Du calme, maintenant ! Concentrons-nous quelques minutes ! Aujourd'hui, je voulais m'assurer que vous n'aviez pas de séquelles depuis l'Épreuve.

Pendant l'heure subséquente, M. Miron examina leurs yeux avec un ophtalmoscope. Il leur remit aussi du matériel de désinfection, afin de stériliser une aiguille. Ils l'utilisèrent pour se piquer un doigt et faire couler quelques gouttes de sang dans des éprouvettes remplies d'un liquide sirupeux.

— Tout a l'air normal, conclut M. Miron en inspectant la couleur des flacons.

— Et le verrou pour fermer le portail, on le fait quand ? demanda Alexie.

— Il y a plusieurs étapes de préparation devant nous. On doit construire le verrou et l'enduire d'une potion particulière qui exige des ingrédients bien précis.

Le directeur leur montra le bocal avec les Fragments :

— La potion dont nous avons besoin nécessite du sirop d'érable âgé de dix ans, du miel de trèfle, de l'eau à pH élevé et un ingrédient plus difficile à trouver : des ikots. Ce sont les baies d'un bosquet du monde obscur, l'ikotus.

— Si ça pousse que dans le monde obscur, comment on va en trouver ? s'informa Alexie.

— Emerson m'a dit que vous aviez une réserve d'ingrédients. Vous en avez peut-être ?

Véronika se raidit. Ils s'étaient entendus pour ne pas en parler, mais bien sûr, Emerson n'était pas le meilleur pour garder des secrets.

— Je vais vous laisser une liste, leur proposa alors le directeur. Vous fournirez ce qu'il vous est possible de fournir. Pour le reste, je ferai mes recherches de mon côté.

— Que faut-il faire avec les... ikots ? s'enquit Véronika.

— Les laisser macérer avec les Fragments pendant plusieurs semaines !

— Des semaines ? s'indigna Jordan en déplaçant sa jambe dans le plâtre. Mais je pensais qu'on allait régler ça aujourd'hui !

— Je sais, c'est long, admit M. Miron. Plus vite nous aurons les ingrédients, plus vite nous fermerons le portail.

Le directeur donna à Emerson le papier qui listait les ingrédients, mais aussi des outils particuliers, qui étaient présents dans le repaire. Serait-il plus simple d'inviter enfin le directeur dans leur pièce secrète ?

— C’est le temps d’aller à vos cours. Véronika, tu peux barrer la grille, s’il te plaît ?

— Bien sûr ! accepta la jeune fille en montrant la clé.

Les cinq voisins de casier quittèrent le grenier avec un arrière-goût de déception. Ils avaient tous pensé la même chose : du moment qu’ils deviendraient des Élus, ils refermeraient le portail immédiatement.

Par ailleurs, Véronika se sentait la même depuis l’Épreuve. La magitranse était un état spécial et unique, mais une fois qu’on en sortait, on redevenait soi-même.

— J’ai oublié mon sac dans le grenier ! dit Willem alors que les autres quittaient. Il y a mon devoir de maths dedans !

— Dépêche-toi ! C’est moi qui dois fermer ! Et je veux pas être en retard !

Véronika suivit Willem dans le grenier. Mais dans le couloir, les deux figèrent. Une voix grave et lugubre leur parvenait du laboratoire secret. Willem mit son index sur sa bouche pour inciter son amie à garder le silence.

Véronika reconnut le débit de M. Miron, qui semblait fâché. Elle crut entendre une deuxième voix qui avait un ton agacé. Mais il était impossible de discerner les détails de la conversation. Quelqu’un d’autre était-il vraiment dans la pièce ? Les voisins de casier venaient pourtant d’utiliser la seule issue pour accéder au grenier…

Le temps passait. Les cours allaient commencer. Véronika fit un geste impatient à Willem. Celui-ci insista en pointant son sac, sur le côté de la porte. Il se déplaça sur la pointe des pieds. Véronika le suivit à contrecœur. Pendant que Willem s'étirait pour récupérer ses effets, Véronika crut voir une silhouette noire dans l'espace laboratoire, ainsi qu'une trappe dans le plancher, habituellement cachée sous le tapis.

Willem attrapa enfin son sac. Les deux jeunes s'en allèrent à toute vitesse et arrivèrent à bout de souffle dans la salle de classe de M. Mercier.

Les minutes s'écoulèrent. Véronika avait l'esprit ailleurs. Qu'avait-elle vu dans le grenier ? Devait-elle s'inquiéter ? Ses pensées allaient dans tous les sens et même les exercices d'algèbre ne lui firent pas oublier la mystérieuse présence dans le grenier.

Plus tard la même semaine, Véronika fut particulièrement heureuse lorsque Willem la rejoignit dans l'escalier en colimaçon du grand hall et lui chuchota :

— Je suis certain qu'il y avait quelqu'un dans le grenier, l'autre jour !

Véronika soupira, soulagée d'apprendre qu'elle n'était pas la seule à avoir une étrange impression. Elle s'apprêtait à répondre lorsqu'une autre personne l'interpella :

— Véronika ?

Plus haut dans l'escalier, Sara lui faisait signe de la suivre. Véronika hésita. Elle voulait parler à Willem, mais elle ne pouvait rien révéler à Sara…

— J'ai quelque chose à faire, prétexta-t-elle simplement.

— Avec Willem ? lui dit Sara, dont le ton frôlait le dégoût.

— Ben oui, avec moi, lança Willem, indigné. C'est quoi le problème ?

— C'est juste… surprenant ! résuma Sara.

— Tu sais pas, peut-être qu'on sort ensemble en secret ! se moqua Willem.

Sara resta bouche bée une seconde, puis grogna avant de filer à toute vitesse. Véronika tira Willem par le bras :

— Pourquoi t'as dit ça ?!

— Ben quoi ? Je peux bien répondre quand on m'insulte !

— Elle t'insultait pas ! C'est que… tu peux pas comprendre… En fait…

— Quoi ? Qu'est-ce qu'il y a ? demanda Willem à voix basse.

Willem avait visiblement détecté l'inquiétude de Véronika. Celle-ci jeta un coup d'œil autour pour s'assurer qu'on ne pouvait pas l'entendre :

— On sort ensemble, Sara et moi, admit-elle. Dis-le à personne, OK ?

Elle n'osa pas lorgner Willem, de peur d'y voir des questions, des jugements… ou toute autre chose qui la rendrait mal à l'aise.

— Wow ! s'exclama alors Willem. T'as de la chance ! J'ai toujours trouvé que Sara était super !

Son collègue n'avait pas un air surpris ni un ton réprobateur. Il se désintéressa rapidement de cette confidence personnelle :

— C'était qui, tu crois, dans le grenier ?

— Aucune idée, admit Véronika.

— Je pensais qu'on était les seuls à connaître cet endroit, ajouta Willem.

Véronika n'aimait pas cette idée que le directeur puisse leur cacher des choses.

— Peut-être qu'Emerson est au courant, dit Véronika.

— T'as raison, on devrait lui demander. Regarde ! Il est en bas !

Emerson traversait en effet le grand hall. Ils le rejoignirent près des cadres des finissants des cohortes passées. Véronika fut soulagée que Willem prenne les devants :

— On voulait te dire qu'on a surpris une étrange conversation. C'était avec monsieur Miron. On aurait dit qu'il se disputait avec quelqu'un dans le grenier.

— On pouvait pas comprendre ce qu'ils disaient, ajouta Véronika.

— C'est le directeur, dit Emerson. Il se chicane sûrement avec plein de monde !

— C'était dans le grenier, pas dans son bureau. Je croyais que seuls nous connaissions cette cachette. Tu sais qui ça pourrait être ?

Emerson sembla surpris par cette nouvelle :

— Peut-être le concierge, proposa-t-il en cherchant des hypothèses.

Ses yeux croisèrent quelque chose qui le fit sourire.

— Regardez !

Dans un des cadres ornés du blason du collège, un cerf avec six étoiles, Emerson pointait une élève à la coupe de cheveux étrange. Véronika reconnut le visage :

— On dirait Cristal, la directrice en poste quand on était en deuxième secondaire !

— Son vrai nom est Christine Campeau, s'étonna Willem. C'est moins *glamour* !

— Elle a que dix-sept ans là-dessus et déjà on voit qu'elle a du charisme ! précisa Véronika.

Emerson déplaça alors son doigt pour leur montrer une autre photo :

— Et… Adriana Neptune ! La prof de français… Et là, c'est…

— Monsieur Miron ! le coupa Véronika.

Leur mentor de magie, en version plus jeune, avait un air sérieux sur sa photo.

— Il a étudié ici, expliqua Emerson. J'ai jamais compris comment ma tante réussissait à payer mes droits de scolarité pour le meilleur collège privé de la province. Je suis pas super bon à l'école et on a pas d'argent comme les autres élèves…

Véronika eut un pincement au cœur. Elle provenait également d'un milieu modeste, mais elle s'efforçait de le dissimuler. Sa présence était due à une bourse de performance offerte par la fondation du collège.

— Je suis pas le fils d'une vedette, ajouta Emerson, avec un clin d'œil à Willem. Si mon frère a étudié ici, mes parents se sont sans doute arrangés pour que je le puisse aussi.

Véronika ne savait pas quoi dire à son ami, dont la vie personnelle se mêlait aux mystères de l'école. Pourrait-il accepter que son frère leur cache peut-être des choses ? Par ailleurs, le fait qu'Emerson n'avait pas l'air au courant titillait Véronika. Elle préféra ne pas trop insister :

— T'as raison à propos de ce qu'on a vu dans le grenier. C'est sans aucun doute le concierge ! Il a les clés pour entrer partout !

Lorsqu'Emerson s'en alla vers l'aire des élèves de deuxième cycle, Willem demanda :

— Tu penses vraiment que c'était monsieur Émond ?

— Je suis convaincue que c'était pas le concierge et que ce qu'on a entendu est louche. Mais je crois aussi qu'on peut plus rien dire à Emerson. Il va tout rapporter au directeur !

14
JORDAN

— C'est quoi cet uniforme ? pouffa Ludovick, le frère de Jordan.

Jordan venait d'entrer dans la salle à manger et ignora la moquerie. Il s'installa à table pour participer au souper de famille en l'honneur d'Hippolyte, son frère qui revenait d'un voyage en coopération internationale. Celui-ci avait invité sa copine de longue date, Charlotte.

— C'est mon uniforme ! répondit simplement Jordan. Je travaille dans une pharmacie. Une fille de mon école m'a recommandé…

— Tu fais quoi !? lança son père, sous le choc.

— Seigneur ! soupira sa mère, qui s'éventait avec sa main.

Le gérant du commerce avait effectivement embauché Jordan, malgré son plâtre. En attendant de travailler dans l'entrepôt, il apprenait à tenir la caisse. Les tâches étaient répétitives, mais Jordan aimait cette autonomie.

Il ne dépendait plus de son père pour avoir un peu d'argent. Il avait même décidé d'en mettre de côté pour payer lui-même ses cours de conduite et son permis.

— Bonne chance, le minus ! lança Ludovick tout en se servant dans les plats sur la table.

Jordan ne réagit pas, ce qui étouffa l'affaire. La conversation se concentra sur le succès d'Hippolyte. Celui-ci ne se moqua pas une seule fois de l'uniforme de Jordan, comme si la présence de sa copine ou son récent voyage l'avaient rendu moins railleur.

Depuis l'Épreuve, Jordan n'avait pas envie de débattre de causes inutiles. Alors qu'il était sur le rocher, devant les araignées prêtes à le dévorer, il avait sauté non pas pour sauver sa vie, mais dans l'espoir d'aider les autres en devenant un Élu. Il était convaincu que c'était ce changement d'attitude qui lui avait permis de réussir l'Épreuve.

Après le souper, son père le prit tout de même à part pour partager avec lui ses craintes. Ce temps à travailler allait empiéter sur ses études. Mais Jordan était inflexible. Il avait besoin d'être libre de faire ses choix. Même s'il l'expliquait, ses parents ne faisaient aucun effort pour le comprendre. Dans ces moments de tension, Jordan détestait moins les jours d'école. Le collège devenait un refuge, loin des chicanes familiales.

Le mois de février se termina, puis arriva un mois de mars glacial.

— Qu'est-ce qu'on attend ? se plaignit Jordan en parvenant aux casiers en sautillant sur ses béquilles.

Tous les autres étaient là, sauf Emerson.

— La potion doit macérer plusieurs semaines, rappela Véronika.

— Attendre, c'est pas mon plus grand talent ! admit Jordan.

Le jeune homme remarqua alors la mine taciturne d'Alexie.

— T'as vu un fantôme dégueu ou quoi ?

— C'est juste que… Je me demandais si vous aviez croisé des gens pendant l'Épreuve ?

Jordan et les autres n'avaient pas eu la chance de discuter du défi. Après l'épuisement, ils avaient simplement repris leurs vies normales.

— Une seule personne, répondit Jordan.

— Moi aussi, dit Alexie. C'était l'Élu qui a fabriqué ma relique !

— Moi aussi, je pense bien que c'était elle, ajouta Véronika. Et toi, Willem ?

— Hum… j'aime mieux pas en parler.

Il ferma son casier avec bruit et s'en alla.

— Bon ! Qu'est-ce qu'on a dit, encore ? soupira Jordan.

— Laisse-le, dit Véronika. C'était intense, voire traumatisant ! Je suis pas prête à tout partager. Mais Alexie, pourquoi tu nous demandes ça ?

— Après l'Épreuve, je pensais que tout ce que j'avais vécu était une création de mon esprit. Mais j'ai une drôle de sensation. C'est différent dans ma tête quand j'invente une histoire par rapport à quand je me remémore un souvenir. Vous comprenez ? Une chose est inventée, l'autre se base sur le réel.

— Je pense, oui, dit Véronika. Mais tu veux en venir où ?

— Pendant l'Épreuve, on a vraiment discuté avec des Premiers Élus. Alors ce que le mien m'a dit est important. Il m'a révélé que l'Épreuve ne servait pas à devenir un Élu.

Jordan trouva cette nouvelle donnée tout à fait surprenante :

— Mais c'est ce que monsieur Francis a dit !

— Je sais ! admit Alexie. Ç'a pas de sens !

Pouvaient-ils faire confiance aux visions de l'Épreuve ? Lui aussi avait rencontré un Premier Élu, qui avait parlé de son courage…

— Willem et moi, chuchota Véronika, on pense avoir vu quelqu'un avec monsieur Miron dans le grenier. On sait pas qui.

— Vous les avez surpris ?

— On était trop loin. Mais j'ai vu une trappe dans le plancher. Elle est cachée sous le tapis…

— Allô !

Sara venait d'apparaître près de Véronika.

— Je suis prête ! ajouta Sara.

— Hein, pour quoi faire ?

— On avait dit qu'on allait à la bibliothèque ce matin. T'as oublié ?

Jordan détourna le regard tandis qu'Alexie avait l'air désolée. Ils comprenaient la difficulté de devoir cacher la magie aux autres. Véronika partit. Jordan aperçut Sara prendre tendrement la main de Véronika.

— Il y a de l'amour dans l'air ! chantonna Alexie, qui avait remarqué le geste elle aussi.

Elle referma son casier et aida Jordan à porter son sac :

— Alors, tu veux qu'on questionne monsieur Miron ? demanda Jordan.

— Pas pour le moment. On se trompe peut-être.

— C'est vrai qu'il a toujours été correct avec nous.

— Restons sur nos gardes, c'est tout, proposa Alexie.

Les semaines passèrent sans que le directeur convoque les jeunes. Jordan s'impatientait. Combien de temps fallait-il encore attendre ?

Outre cette attente, son incapacité à jouer au basket-ball l'attristait profondément. Son équipe se faisait battre à chaque partie. Elle allait subir une défaite totale.

En sortant du cours de musique, Logan et Jacob l'aidèrent à porter son sac et ses livres. Ses camarades étaient très généreux, mais ils profitaient aussi de son état pour utiliser l'ascenseur, normalement interdit aux élèves.

Jordan s'installa à une table de l'aire des quatrième secondaire pour dîner. Il déposait sa jambe plâtrée sur une chaise lorsqu'Arielle le rejoignit. Ils avaient formé un couple l'année précédente, et ils s'étaient laissés en bons termes. Son amie avait toutefois un air grave :

— Tu veux venir au bal avec moi ?

Jordan sursauta, surpris par cette demande. Il avait souvent imaginé aller au bal avec Arielle, mais c'était avant leur rupture.

— On sort plus ensemble, mais on se connaît depuis si longtemps, expliqua Arielle. J'ai pensé que ce serait le *fun* ! En plus, les élèves de France viennent aussi.

En apprenant que les étudiants en visite seraient au bal, Jordan réalisa que ce serait sans doute la dernière fois qu'il verrait Esteban.

— Bien sûr, je veux y aller avec toi ! répondit-il.

— Ça va être super ! dit Arielle en le serrant dans ses bras. On va être tous ensemble, comme en secondaire un, avec Marie-Lune, Mehdi et Marin !

— Ouais, ça va être génial…

Esteban traversa alors en furie l'aire des quatrième secondaire. Il avait la tête mouillée et des taches vertes sur son manteau. Jordan attrapa ses béquilles :

— Excuse-moi, j'ai une urgence. On se voit plus tard…

Jordan se leva de la table en saluant Arielle. Il s'éloigna vers la salle de bain et y rejoignit Esteban. Il était seul, occupé à rincer ses cheveux au lavabo. Il avait l'air troublé et, surtout, désespéré.

— On a trouvé Sedna, grogna Esteban en se redressant pour nettoyer les traces d'algues sur lui.

— C'est une bonne nouvelle, non ?

Esteban lança son manteau mouillé dans un coin. Il se mordillait les lèvres comme s'il craignait de trop parler. Jordan ferma le robinet qui coulait encore et s'étira en équilibre sur ses béquilles pour ramasser le vêtement.

— Je peux t'aider, insista-t-il en essorant le manteau.

— Je vois pas comment !

— J'ai des reliques ! On peut demander conseil à Emerson, il connaît plein de choses…

Esteban grimpa sur le comptoir pour s'asseoir et se mit à réfléchir.

— Allez ! ajouta Jordan. Qu'est-ce que tu risques à accepter mon aide ?

— Tu veux dire outre me faire égorger par quatre sirènes incapables de communiquer sans s'arracher les cheveux ?

Jordan éclata de rire. Lorsqu'il reprit son sérieux, Esteban expliqua enfin :

— Sedna maintient l'équilibre magique dans l'eau pour des créatures comme nous, les sirènes. On en a besoin dans toutes les mers du monde, dont celles d'Europe et la Manche, où vivent nos familles. Ces derniers temps, les fonds marins se détériorent sans raison. Une nouvelle maladie s'est même propagée, une sorte d'épidémie de peau qui nous affaiblit, jusqu'à la mort. Les ecchymoses de Rudy sont plus nombreuses chaque jour…

— Esteban ! Je suis vraiment désolé ! C'est affreux… Mais vous avez trouvé Sedna !

— On pensait qu'en la retrouvant, elle rétablirait la magie des eaux et nous guérirait. Mais elle veut pas nous écouter ! Elle fait que crier !

— C'est pour sauver tout ton peuple que vous êtes ici ?

— Nous avions pas le choix. Nous avons organisé le voyage dès que les recherches ont confirmé que Sedna était au Québec. Si tu savais le nombre de fois que j'ai utilisé ma voix pour manipuler madame Marchal ! C'est un miracle qu'elle soit pas complètement zinzin !

— Nous avons un repaire secret dans l'école, avec des livres et des trucs qui viennent du monde obscur. Il y a peut-être quelque chose pour vous aider là-dedans.

— J'ai pensé à une possibilité, admit Esteban. Ton ami, celui avec le médaillon de la sirène…

— Willem ? C'est pas vraiment mon ami.

Esteban le regarda de travers.

— Ben quoi ? se défendit Jordan.

— Tu m'as raconté vos combats contre des créatures et contre le diable. Quand tu vis ce genre de trucs, les gens avec toi ne deviennent pas un peu tes amis ?

Jordan n'avait jamais envisagé les choses de cette manière. Pour lui, il subissait ces histoires de magie. Il avait découvert une relique par hasard. Son implication n'était due qu'à son nom de famille, qui se trouvait à la fin de la liste alphabétique. Sa relation avec les voisins de casier était-elle différente avec le temps ? Il aimait bien Alexie, avec qui il partageait un goût pour le sport et l'action. Véronika l'avait aidé dès la première année pour lui éviter de se faire renvoyer du collège. Et il y avait Emerson, sur qui il pouvait compter. Jordan repensa alors à Romy, qui lui avait appris à jouer de la guitare. Zellane lui manquait aussi. Puis, il y avait Willem… Toujours sympathique, toujours dynamique. Jordan s'ennuyait de ses blagues…

— Tu es vraiment entêté, toi, observa Esteban.

— Comme des sirènes ! se moqua Jordan.

Esteban pouffa, puis précisa :

— Je doute que Willem accepte de nous soutenir : on l'a ligoté !

— Si tu penses que la relique de Willem peut vous aider, je vais le convaincre.

— Je peux pas décider tout seul, ajouta Esteban. Les autres devront approuver.

— Occupe-toi de tes entêtés, je m'occupe des miens !

15
WILLEM

Willem se sentait fatigué depuis l'Épreuve, comme s'il avait couru un marathon. Les longs entraînements au basketball et ses soirées à se coucher tard dans la nuit, après d'interminables discussions au téléphone avec Inès, n'aidaient sans doute pas.

Un matin d'avril, le lendemain d'une autre défaite sportive, Willem se traîna les pieds jusqu'au cours d'espagnol. Mme Acosta Gomez commença par des exercices de diction. La femme d'âge mûr aux joues tombantes articulait avec un sourire qui laissait paraître toute sa gencive du haut.

Willem peinait à se concentrer. Bien que l'Épreuve soit derrière lui, il était hanté par son expérience. Il semblait le seul à avoir subi un souvenir traumatisant. Contrairement aux autres, il n'avait pas rencontré de Premier Élu. Qu'est-ce que cela signifiait ?

Les questions sans réponse agaçaient Willem. Il avait hâte de fermer le portail, mais, maintenant qu'il se doutait que M. Miron leur cachait des choses, il craignait que cela traîne.

Après le cours, la voix légère d'Inès le sortit de sa bulle. La jeune Française mit un bras autour de sa taille pour s'approcher de lui et l'embrasser. Willem ferma les yeux pendant une seconde pour profiter du baiser. En les ouvrant, il intercepta le regard d'Alexie, qui arrivait du fond de la classe. C'était le seul cours qu'il partageait avec elle. Il se sentait coupable d'étreindre une autre fille, alors qu'Alexie l'avait rejeté il y avait longtemps.

— J'ai une rencontre avec mes profs, lui dit Inès.

— On… se voit pour dîner ? Pour le déjeuner, je veux dire !

— Tu peux dire « dîner », pouffa Inès. J'aime apprendre tes expressions. À plus tard !

Inès s'en alla, laissant libre le chemin à Alexie. Willem ressentit le besoin de se justifier :

— C'est que… on sort ensemble.

— Je sais.

Willem passa une main dans ses cheveux, comme si les démêler allait faire disparaître sa confusion. Il ne pensait jamais à Alexie en présence d'Inès. Pourquoi sentait-il une obligation envers sa voisine de casier ? Ne sachant plus quoi dire, il se réfugia dans sa classe de français, à l'écart de son ancien amour et de ses sentiments contradictoires.

En attendant le début du cours, il se changea les idées en discutant avec Louis-Philippe. Une chose à trois pattes s'arrêta devant lui : Jordan en béquilles !

— Faut que je te parle en privé, annonça-t-il en fusillant Louis-Philippe du regard.

Ce dernier comprit le message et s'éloigna.

— Les sirènes sont trop orgueilleuses pour le demander, murmura Jordan, mais elles ont besoin de nous.

— Tu es leur porte-parole, maintenant ?

Jordan était toujours dur avec lui, alors Willem aimait utiliser un ton sarcastique.

— Elles viennent du monde obscur, ajouta-t-il tout bas. Elles sont dangereuses !

— Je pense pas.

— Je te jure qu'elles étaient pas trop *smattes* quand elles m'ont ligoté avec leurs griffes pointues !

— Elles ont une pression énorme sur les épaules ! Leur peuple risque de mourir. Seulement elles peuvent les sauver. Même Rudy est malade !

Willem ne savait pas que les enjeux étaient si élevés. Mais pourquoi venait-il le voir lui ?

— Qu'est-ce que tu y gagnes ?

Jordan respira bruyamment par le nez, manifestement irrité :

— Je suis pas un sans-cœur !

— Qu'est-ce que tu me veux, alors ?

— Ton aide. Esteban pense que ton médaillon peut permettre de communiquer avec Sedna.

Willem hésitait. Il n'osait pas baisser sa garde, de crainte que Jordan le déçoive.

— En échange de quoi ? demanda Willem.

— Qu'est-ce que tu veux ? Un truc cher ? Que je parle de toi en bien à une fille ?

— Tu pourrais m'aider à devenir meilleur au basket ?

Jordan réfléchit à la proposition. Il tendit la main pour serrer celle de Willem :

— Marché conclu !

Jordan tint sa promesse. Les matins subséquents, il rejoignit Willem au gymnase tôt avant les cours. Le grand gaillard à béquilles n'effectua aucun commentaire désobligeant. Il corrigea la technique de drible de Willem et lui montra de meilleures postures pour lancer au panier. Il le fit circuler en position accroupie pendant de longues minutes.

Lors de la partie suivante, Willem avait l'impression de voler plutôt que de courir. Il était devenu le plus rapide de son équipe. Il marquait presque chaque fois qu'il avait une occasion. Grâce à son progrès, l'équipe des garçons gagna sa première partie de la saison.

Willem devait maintenant remplir sa part du marché. Par un samedi après-midi d'avril, il annula son rendez-vous avec Inès pour retrouver Jordan et les sirènes à la promenade de la Plage-Jacques-Cartier.

Ne voulant pas inventer une énième histoire saugrenue à son père en échange d'un *lift*, il utilisa le transport en commun. L'autobus fit son dernier arrêt dans un quartier résidentiel aux somptueuses maisons. Willem débarqua et marcha une quinzaine de minutes sur le chemin Saint-Louis, jusqu'à la voie ferrée. Puis, plus bas dans la côte, il passa le grillage menant à la plage.

La vue était magnifique. Les ponts entre les deux rives traversaient au loin le Saint-Laurent. Malgré le beau temps, le fleuve était agité. Willem longea les amas de roches sous d'épais nuages qui couvraient le soleil printanier. Un vent se leva pour fouetter ses mollets nus.

Willem rejoignit les jeunes rassemblés sur les rochers. Il fut surpris de voir qu'Alexie et Véronika étaient présentes, en plus de Jordan et des cinq sirènes.

— Elles ont accepté de venir quand elles ont su que tu participais, expliqua Jordan.

Willem avait souvent l'impression d'être un boulet et fut étonné que son adhésion au projet eût influencé les filles !

— Et Emerson ? demanda Willem.

— Je l'ai pas invité, admit Jordan.

— Je leur ai parlé de la conversation étrange entendue dans le grenier, précisa Véronika.

— Et moi, continua Alexie, j'ai appris que l'Épreuve est pas un passage obligé pour devenir un Élu. L'Élu de mon Épreuve l'a dit. Alors, monsieur Miron nous cache des choses !

— Comme tu sais, poursuivit à son tour Véronika, Emerson est trop heureux d'avoir retrouvé son frère. Cela fausse son jugement.

— Mais monsieur Miron a dit qu'il préparait la fermeture du portail, insista Willem.

— Comment on sait que c'est vrai ? s'informa Alexie.

Elle avait raison. Ils ne savaient rien. Willem se mit à craindre pour Emerson…

— Vous êtes prêts ou pas ? cria alors Corentin.

— Qu'est-ce qu'on fait ici, au juste ? demanda Willem en faisant exprès de parler fort lui aussi. C'est mieux d'en valoir la peine, parce que j'avais un rendez-vous avec Inès…

Le grognement de Corentin traversa le son du vent. Esteban lui fit signe de ne pas rétorquer, tandis que Jordan se pencha vers Willem pour murmurer :

— À ta place, j'éviterais de faire mon frais en parlant d'Inès !

Jordan affichait un air amusé. Celui-ci faisait rarement des blagues complices avec Willem. Son voisin de casier avait-il vraiment changé ?

Les sirènes enlevèrent leurs vêtements et se retrouvèrent en petite tenue. Willem rougit devant leur impudeur.

Pendant ce temps, Jordan expliqua aux humains :

— Ils ont trouvé Sedna, mais elle refuse de les aider. C'est pas clair. La relique de Willem pourrait permettre de communiquer avec elle.

— Elle est pas genre au fond de l'eau ? voulut savoir Willem.

— Exactement ! lança Esteban en s'appuyant sur les épaules d'Alexie et de Jordan.

— Vous êtes prêts à voir des monstres ? dit alors Clémence pour rigoler.

— Il y en a là-dedans ? demanda Alexie, en jaugeant le fleuve.

— On sait jamais sur quoi on peut tomber, affirma Rudy.

— Il existe en effet plusieurs légendes de créatures marines, récita Véronika. Dans le lac Memphrémagog, le lac Pohénégamook, le monstre du lac Champlain…

— Et le lac Hertel, continua Willem. Il paraît qu'il a pas de fond !

— Alors, les monstres sont juste dans des lacs, conclut Alexie. On a rien à craindre !

Les sirènes échangèrent des sourires complices, ahuries par la naïveté des humains.

— T'auras qu'à nous suivre, dit Esteban en attrapant les mains de Willem.

— Comment je vais faire ? s'enquit ce dernier avec un début de fureur. Pour respirer ?

— Avec ta relique, bien sûr !

Willem soupira. Dans quoi s'était-il embarqué ? À regret, il fit comme ses voisines de casier, qui avaient entre-temps retiré leur surplus de vêtements pour se retrouver en maillot. Jordan sautilla avec ses béquilles jusqu'à la plage, pour y garder leurs effets personnels en sécurité. Alexie et Véronika suivaient déjà Clémence dans l'eau. Elle leur remit un grand coquillage avec un élastique et leur montra comment le placer sur leur nez et leur bouche, à la manière d'un masque d'oxygène. Les filles installèrent leur nouvel accessoire, puis plongèrent leur tête dans l'eau. Elles revinrent à la surface avec les yeux pétillants :

— Ça fonctionne ! se réjouit Véronika après avoir retiré l'objet magique. On peut respirer sous l'eau et on a même pas froid !

— Pourquoi j'ai pas un coquillage comme ça, moi aussi ? se plaignit Willem qui grelottait, torse nu avec son médaillon autour du cou.

— Viens ! l'encouragea Alexie.

Willem trempa un orteil dans l'eau :

— C'est glacé !

— Utilise ta relique ! lui suggéra Esteban.

Willem invoqua la magie en lui. Les pouvoirs de son médaillon dépendaient du porteur. Il pouvait donc en imaginer à sa guise. Toutefois, en développer de nouveaux nécessitait une énorme quantité d'énergie. Willem inspira profondément, inhalant les arômes qui l'entouraient. Il cherchait cette force qui l'habitait depuis qu'il possédait sa relique. À sa surprise, invoquer un autre pouvoir fut aisé, comme si l'Épreuve lui avait permis de se connecter plus facilement avec la magie. Une douce chaleur enroba la peau de Willem. Il ne ressentait plus le froid.

Il osa enfin descendre dans l'eau. Alors qu'il nageait sur place, il entraperçut les queues de poisson des sirènes! Celle de Rudy était brune avec des écailles de bronze. Il avait retiré son chapeau et sa couronne de coquillages pointus brillait sur sa tête. Les marques de l'épidémie qui attaquait les sirènes étaient bien visibles. Ses bras et son torse étaient complètement couverts d'ecchymoses bleues et noires.

De son côté, la peau d'Esteban devint rose corail au contact de l'eau, de la même couleur que sa queue de poisson. Les coquillages de son collier prirent de l'expansion. Chaque fente de cauris vibrait telles des respirations:

— Je suis né sans branchies, expliqua Esteban en pointant son bijou. Ça me permet de respirer sous l'eau, comme les autres sirènes.

Willem se sentait privilégié d'assister à un pareil spectacle. Les sirènes existaient ! Plus loin, Keiko flottait sur place à l'aide de sa queue arc-en-ciel. Ses iris et le blanc de ses yeux étaient d'un bleu si foncé qu'ils avaient l'air noirs, comme ceux des fantômes au collège. Corentin, lui, avait des nageoires aux poignets et une queue de poisson de la même couleur que ses iris turquoise. Les branchies dans son cou s'ouvraient pour lui permettre de respirer sous l'eau. Willem évita de s'approcher, car Corentin avait sorti ses griffes noirâtres. Enfin, Clémence avait une queue toute dorée. Le reste de son apparence était toutefois effrayante. La jeune fille avait de petites dents de requin pointues, et l'intérieur de sa bouche était tout noir, comme si elle avait bu du goudron. Elle avait aussi des ongles acérés comme des couteaux, et elle était la seule à avoir des nageoires sur les deux côtés du visage.

Clémence prit sa main pour l'encourager. Willem plongea sa tête dans l'eau. Aussitôt, quelque chose se réveilla en lui : un sixième sens puissant. Il n'avait pas froid ni peur.

— Je peux respirer ! s'exclama-t-il, épaté aussi de pouvoir parler sous l'eau.

— Ta relique est vraiment exceptionnelle ! confirma Clémence, ses mots se mêlant aux bulles qui sortaient de sa bouche.

Plus loin, Alexie nageait rapidement grâce à ses gants. Véronika, qui utilisait aussi le pouvoir de sa relique, s'était transformée en géante musclée.

— Venez ! cria Keiko pour les rassembler.

La cheffe des sirènes prit les devants du groupe. Corentin et Clémence restèrent derrière, tandis que les humains nageaient au milieu, en compagnie d'Esteban et de Rudy.

La sensation de nager sans se soucier de respirer était incroyable. Pendant une dizaine de minutes, ils s'enfoncèrent dans le fleuve. L'eau devint sombre et les poissons de plus en plus rares.

— Attention, il y a du courant, indiqua Rudy, sa voix retentissant avec un écho.

Alexie et Véronika hochèrent la tête. Les coquillages leur permettaient de respirer, mais les empêchaient de parler. Seules les sirènes et Willem pouvaient faire résonner leurs voix.

Soudain, Willem ralentit ses mouvements :

— Là ! Le navire échoué ! Je connais cet endroit !

Depuis des années, Willem s'était convaincu que ses songes n'étaient que des créations de son esprit. Mais le navire sous lui était identique à celui d'un de ses rêves.

— Venez ! cria Keiko de loin. Nous avons pas de temps à perdre !

Willem les rejoignit à contrecœur. Ils nagèrent encore quelques mètres et atteignirent le fond marin. Les sirènes les menèrent vers une silhouette majestueuse et sans doigts qui se tenait sur place : Sedna ! Elle avait l'apparence d'une humaine, mais possédait une épaisse et robuste queue de poisson rouge et argent. Ses vêtements étaient tissés d'algues vertes. Des lignes et des points tatouaient sa peau, et son immense chevelure noir de jais ondulait.

Willem nageait sur place en retenant son souffle : c'était la sirène de son rêve, celle qui hurlait, qui le guidait !

Lorsque ses yeux entièrement écarlates aperçurent les jeunes, Sedna cria si fort que Willem cacha ses oreilles avec ses mains pour ne pas devenir fou.

— Elle refuse encore de nous écouter ! se plaignit Corentin.

— Elle en veut peut-être à ta famille de l'avoir bannie ! lui dit Keiko.

— Rien à voir ! se défendit Corentin. C'était il y a des siècles, et c'est la faute de sirènes du monde obscur !

— C'est pas le moment ! coupa Clémence.

Esteban nagea jusqu'à Willem et le supplia :

— Tu peux essayer quelque chose ?

— Bonjour Sedna, entreprit Willem en s'avançant. Je suis avec des sirènes, là. Elles ont des ennuis et elles apprécieraient vraiment beaucoup si vous pouviez les écouter une minute…

Sedna recommença à crier, mais cette fois, contrairement aux autres jeunes, Willem ne recula pas. Il venait de remarquer que quelque chose tirait la tête de la créature magique vers l'arrière. Willem oublia aussitôt sa peur. Il fit le tour de Sedna et constata que son immense et magnifique chevelure ébène était bloquée dans des déchets. Planches de bois, roues de vélo, pneus, bacs de plastique et cages de pêche s'empilaient dans le fond marin. Et comme Sedna n'avait pas de doigts, elle ne pouvait pas se déprendre.

— Mince ! Vous êtes coincée. Laissez-moi vous aider…

Willem approcha ses mains d'une mèche prisonnière. Une brève décharge de magie accueillit le bout de ses doigts. Sedna se tint tranquille tandis que Willem défaisait délicatement le nœud. Il y en avait des centaines d'autres ! Véronika et Alexie nagèrent pour le rejoindre. Ensemble, ils défirent patiemment l'énorme nœud principal dans le casier à homards. Une larme rouge de soulagement coulait sur la joue de la créature. Ils allaient dans la bonne direction.

Les cinq sirènes vinrent enfin les aider :

— On nous avait appris qu'il fallait jamais toucher Sedna, chuchota Esteban aux humains.

À plusieurs, ils dégagèrent la chevelure et la peignèrent doucement avec leurs doigts. La longue toison libérée planait dans les profondeurs. Sedna étira son cou. Sa grosse queue s'agitait dans l'eau. Les jeunes reculèrent pour lui céder la place, et alors, elle se mit à chanter calmement. Des poissons, des bélugas et des narvals apparurent. Willem sentit l'excitation débordante de Clémence. Sedna n'avait plus l'air effrayante. Et tout ce temps, elle appelait Willem dans ses rêves, dans l'espoir qu'il la délivre.

— Il faut lui parler ! dit Esteban. Vite, Willem ! La laisse pas s'en aller !

— Mais heu… Sedna ? Attendez !

La créature magique se retourna. Keiko prit la parole :

— Nous vous remercions pour l'équilibre magique des mers. Mais nous avons une autre requête. Notre peuple se meurt. Nous avons besoin d'un remède…

Rudy nagea nerveusement jusqu'à sa collègue. Il montra ses bras couverts d'ecchymoses. Sedna parut désolée. Elle semblait vouloir converser, mais sa bouche ne s'ouvrait pas. Elle tendit une main sans doigts. Willem la saisit.

Tout d'un coup, le jeune garçon sentit quelque chose serrer son cerveau. Quelque chose avait le dessus. Les mots de Sedna sortirent de sa bouche à lui. Elle parlait à travers lui !

— Je ne possède pas de remède, mes petits… Mais prenez ceci…

Sedna frotta sa queue brillante avec son moignon. Une écaille rouge s'en détacha. Willem la prit et la remit à Keiko. Le jeune homme relâcha Sedna. Elle les quitta à toute vitesse, en provoquant un tourbillon.

— Pourquoi faut tout le temps que les créatures m'utilisent pour communiquer ! se plaignit Willem.

À ses côtés, Alexie et Véronika avaient des yeux plissés de rire sous les coquillages qui couvraient leur visage. Les sirènes, elles, restaient sérieuses. Il manquait toujours un traitement contre la mystérieuse maladie.

16
Alexie

Alexie nageait tranquillement en utilisant la force de ses gants pour se propulser. À sa droite, Willem semblait à l'aise dans l'eau. Grâce à son médaillon, sa peau brillait comme celle des sirènes. Véronika était devant, dans sa forme de géante, avec les élèves français. Ils avaient libéré Sedna et ils étaient en route vers la surface. Alexie avait hâte de remonter, car elle commençait à manquer d'énergie. Willem attira alors son attention :

— J'aimerais aller voir par là-bas. Tu viens ?

Alexie ne pouvait pas lui répondre avec le coquillage magique qui lui permettait de respirer sous l'eau. Elle fit un hochement de tête pour dire qu'elle acceptait.

Ils abandonnèrent le groupe et nagèrent vers une épave de vieux bateau. Il était immense et avait une coque en bois trouée. Willem lui fit signe de le suivre dans une des ouvertures.

L'intérieur des ruines était à la fois inquiétant et merveilleux. Des poissons colorés sillonnaient les pièces en décrépitude. Le bois était couvert de mollusques, d'algues et de sédiments. La lumière passait peu au travers des lattes, mais Willem fit briller son médaillon pour leur permettre d'explorer malgré la noirceur. Le jeune garçon semblait si sûr de lui !

— Qu'est-ce que vous faites ?

Alexie se retourna et vit Esteban, Corentin et Clémence, qui avaient des airs inquiets.

— Je veux juste vérifier un truc ! expliqua Willem.

— Vous allez vous épuiser, insista Corentin. Revenez !

— Ça sera pas long, promis !

Alexie leur fit un pouce en l'air pour confirmer qu'elle était d'accord avec ce détour.

— On va monter la garde, soupira Esteban. Mais dépêchez-vous !

— Je viens avec vous ! lança Clémence, heureuse de nager avec ses amis québécois.

Willem savait où il allait. Il pointa à Alexie et Clémence un mur de végétation. La sirène utilisa ses griffes pour trancher les algues. Derrière, il y avait bien un chemin. Ils le franchirent chacun leur tour.

Tout était noir de l'autre côté, sauf le médaillon de Willem et les yeux brillants comme des pépites d'or de Clémence.

— Il est là, cria Willem. Le coffre !

Il attrapa la boîte dorée et couverte d'algues. Elle contenait des pièces, des colliers et des perles. Au centre, un bracelet de montre en étain dégageait une vive énergie magique. Alexie aurait voulu pouvoir parler pour savoir si Willem ressentait la même chose. Était-ce une relique ?

Lorsque Willem enfila le bracelet, Alexie tira son bras, à la recherche de son avis. Il comprit aussitôt :

— C'est pas une relique. Mais…

Tout à coup, des coups retentirent, telles des détonations, suivis de la voix paniquée d'Esteban :

— Faut partir !

Clémence s'extirpa la première. Les deux humains la talonnaient.

— Quelque chose est là ! cria Corentin, à leur sortie du navire.

— Un requin ? demanda Clémence.

— Plus gros ! dit Esteban.

— C'est sûrement un poisson préhistorique, insista Clémence.

— J'en doute, contesta Corentin. On doit foutre le camp !

L'eau se brouillait au loin, où se trouvait Véronika. Alexie se hâta de nager pour retrouver son amie. Willem fut plus rapide. En quelques brasses, il l'avait rejointe. Une grosse tête au bout d'un corps long nageait autour d'eux. Véronika avait un teint livide de peur. Alexie arriva à sa hauteur et agrippa la grande main de son amie pour la rassurer. La créature mystérieuse réapparut.

Elle était jaune, couverte d'épines et avait l'ossature d'un serpent. Elle devait mesurer plus de dix mètres de long ! Sa tête était similaire à celle d'un cheval, mais allongée, avec une bouche située en dessous, comme celle d'un requin. La créature des profondeurs s'enroula autour de Willem pour l'étouffer. On aurait dit qu'elle tentait de manger son bras qui portait le bracelet en étain.

Véronika attrapa la bête par le corps. Pendant ce temps, Alexie visa la tête avec une série de gifles. La résistance de l'eau amortissait sa force. La créature émit trois légers grognements, comme si elle riait de ses adversaires. Son regard était vif et malicieux. Soudain, le monstre surprit Alexie en lui assénant un coup de crâne au visage. Le coquillage magique qui couvrait le bas du visage de la jeune fille explosa en mille morceaux.

Alexie figea, horrifiée en réalisant qu'elle ne pouvait plus reprendre son souffle. Elle se concentra sur une seule chose : nager vers la surface. Elle ne pouvait rien faire d'autre. Elle effectuait des mouvements réguliers malgré la douleur qui s'intensifiait dans ses poumons. Elle résista plusieurs fois à la tentation d'ouvrir la bouche.

Sa vision s'obscurcit. Elle sentit quelque chose pousser sur son corps. Une queue de poisson rose frétillait autour d'elle… Alexie n'avait plus d'air… Elle n'arriverait pas à temps à la surface.

Et Véronika ? Et Willem ? Et…

Des voix résonnaient comme une chorale :

— Elle respire ?

— Tu devrais recommencer à souffler…

— Prends son pouls !

— Taisez-vous !

Alexie, étendue sur le dos, reprenait peu à peu ses esprits… Quelque chose obstruait sa gorge. Elle se releva en crachant toute l'eau en elle.

Une fois qu'elle eut repris son souffle, elle constata qu'elle était étendue sur la plage. Tout le monde était autour d'elle et avait retrouvé son apparence humaine.

— Tu nous as fait peur ! lui dit Véronika, en la serrant dans ses bras redevenus normaux.

Son amie avait le corps picoté d'égratignures, comme si elle avait fait un câlin à un rosier. Willem, lui, semblait sur le point de s'évanouir. L'extérieur de ses bras était écorché et rouge. La contraction de la créature autour de son corps lui laisserait sans doute des bleus.

— Le monstre, dit Alexie en toussotant.

— Nous avons tous réussi à nous enfuir, confirma Clémence.

— Vous auriez jamais dû prendre son trésor ! se plaignit Keiko.

— C'était un serpent de mer ! comprit Clémence. Comme les dragons, il protège ses richesses !

— Il vient d'où ? demanda Jordan, qui les avait rejoints et qui leur tendait leurs vêtements.

— Du monde obscur, bien sûr, affirma Clémence. Quelqu'un l'a certainement amené tout petit jusqu'ici, il y a des siècles ! Ma grand-mère en a déjà aperçu un en Écosse…

— Il peut pas nous suivre ? demanda Véronika.

— Il vit que dans l'eau, la rassura la spécialiste des animaux marins. Il pourra pas.

Les jeunes se rhabillèrent, puis se dirigèrent vers la sortie de la plage. La marée était basse en ce début de coucher de soleil et la plage de cailloux fins s'étendait sur plusieurs mètres.

Alors qu'elle observait Rudy devant elle, Véronika s'approcha d'Alexie et chuchota :

— On devrait les aider à trouver un antidote.

Alexie était d'accord. Elle aurait voulu faire quelque chose.

— Dans le chapitre du *Guide* sur les remèdes, expliqua Véronika, il y a une recette avec une écaille de Sedna. Je m'en souviens parce qu'un des ingrédients nécessaires est de l'exuvie de grand serpent broyée, et je trouvais ça dégueulasse.

— C'est quoi ça ?

— L'enveloppe laissée après la mue, dans ce cas, d'un reptile. Certains passent par ce processus de croissance, où ils remplacent leur peau par de la nouvelle.

— J'ai pas trop envie de demander un bout de vieille peau au monstre qu'on vient de croiser.

— Moi non plus ! De toute manière, il mue peut-être pas…

— Les remèdes et les potions, c'est le truc à Emerson, précisa Alexie. Tu vas lui en parler ?

Véronika réfléchit un instant :

— Je pense encore à ma rencontre avec la Première Élue, lors de l'Épreuve. La femme qui a fabriqué ma bague m'a dit de jamais utiliser tout le pouvoir de ma relique. Elle m'a conseillé exactement l'opposé de monsieur Francis…

Alexie était soulagée de savoir qu'elle n'était pas seule à douter des intentions du directeur.

Avant de quitter la plage, Alexie jeta un dernier regard vers le fleuve. Plus jamais elle ne le verrait de la même façon. En chemin, elle rattrapa Esteban :

— C'est bien toi qui m'as remontée, non ? Je voulais te remercier !

— Tu devrais remercier Willem, dit-il en lui faisant un clin d'œil. C'est lui qui t'a fait le bouche-à-bouche !

Plusieurs jours s'étaient écoulés depuis la plongée dans le fleuve, mais personne n'avait révélé à Emerson l'expédition sous-marine. Ils cherchaient en secret à quoi pouvait servir le bracelet en étain. Ils le portèrent à tour de rôle, mais rien ne se produisit. Aucun livre n'en parlait. Pourquoi un monstre marin protégeait-il un objet sans pouvoir ?

La dernière fin de semaine d'avril, Alexie alla séjourner chez son oncle avec sa sœur, loin des soucis de la maison. Le printemps était doux à Wendake, la communauté traversée par la rivière Akiawenhrahk.

— Kwe ! lança Alexie en entrant.

Elle retrouva avec joie le visage chaleureux de son oncle, qui lui faisait penser à son père. Jean-Didier avait attaché ses cheveux soyeux pour cuisiner. Alexie déposa son sac dans l'entrée :

— Je vais jogger ! avertit-elle.

— Tu viens à peine d'arriver ! dit son oncle.

— Je dois rester au top de ma forme !

Son équipe de basketball avait gagné la majorité des parties et, pour le moment, elle n'avait pas revu les membres du conseil d'administration. Mme Robidoux répétait qu'ils n'avaient plus de raison de lui mettre des bâtons dans les roues, mais Alexie demeurait sur ses gardes.

— Tu peux emmener ta sœur ? demanda Jean-Didier.

Claudia, qui avait la main tendue vers une assiette de haricots, refusa :

— Je préfère t'aider ici, dit-elle à son oncle.

Alexie partit seule dépenser son surplus d'énergie. Elle jogga dans le quartier, puis traversa la grande rue. Elle contourna la place Onywahtehretsih pour rejoindre le sentier qui longeait la rivière. Elle descendit les marches de bois à toute vitesse, puis les remonta. Elle répéta ce va-et-vient plusieurs fois, avant de s'arrêter au belvédère de la chute Kabir Kouba.

Les arbres autour d'elle étaient vert vif et l'air sentait la terre qui se réchauffait. Elle admira la chute et ses flots de mousse blanche. Les intenses rayons du soleil faisaient briller la surface de l'eau.

Alors que les battements de son cœur ralentissaient, Alexie remarqua un objet étrange, coincé entre deux rochers de la chute. Elle s'assura qu'elle était seule, puis passa par-dessus la rampe et sauta. Elle se retrouva sur une pente de terre abrupte. Grâce à sa relique, elle s'agrippa aux rochers mouillés et escalada la paroi. Le truc bloqué dans les roches était fin et opaque. Alexie, qui se retenait dans les airs avec sa main droite, se mit à glisser. Elle parvint à culbuter sur le côté pour éviter de tomber dans la chute. Des gens approchaient. Alexie se dépêcha de grimper la structure de bois et de se cacher derrière un arbre. Elle put alors analyser la chose mystérieuse : c'était un bout de mue de serpent, bien plus large que le monstre croisé dans le fleuve.

Kabir Kouba, le nom de la chute, faisait référence à la légende du Grand Serpent venu des Laurentides pour régler un conflit entre les Wendats et des colons européens. Était-il possible que cette légende soit aussi une histoire réelle, et que la créature existe bel et bien ?

Dans les fourrés de l'autre côté de la rivière, Alexie crut voir quelque chose… une tête avec une longue crinière parsemée d'étincelles. Deux yeux de reptile géant brillaient. Elle était convaincue que la créature cachée lui avait fait un clin d'œil.

17
EMERSON

Coupes en argent, byuiles en poudre, pattes séchées d'*araneaa nigrum* et fleurs de jalomix... Emerson avait rassemblé toutes les nouvelles choses demandées par son frère sur la table du repaire. Il termina de remplir son sac à dos, puis quitta rapidement les lieux. Il se dépêchait, comme s'il transportait un trésor.

Le mois de mai était entamé et, comme ses voisins de casier, Emerson espérait que les préparatifs avanceraient plus vite. Il savait aussi que la fonction de directeur absorbait beaucoup son frère. Il essayait donc de lui faciliter la tâche en lui apportant tous les objets et ingrédients qu'il réclamait.

Lorsqu'il arriva au bureau de la direction, Emerson trouva la porte entrouverte.

— Je vous ai dit que je m'en occupais ! NON ! Tout est sous contrôle !

Emerson s'arrêta net en entendant cette voix forte de M. Miron de l'autre côté. Ce n'était probablement pas le bon moment pour l'interrompre. Il écouta la suite…

— C'est votre décision. Je ne peux rien y faire!

Le combiné du téléphone tomba bruyamment. Inquiet, Emerson décida de cogner à la porte, qui s'ouvrit complètement sur son frère au visage enflammé:

— C'est toi! Entre!

Emerson ne se fit pas prier. Il posa son sac sur la table:

— J'ai… ce que tu as demandé.

— Même le bois?

Emerson brandit des morceaux de bois de couleur verte. Francis frotta ses mains, satisfait. Il se mit à déballer le contenu du sac d'Emerson et à entreposer le matériel dans son armoire:

— Excellent. En plus, la potion est presque prête. On va pouvoir commencer le verrou.

— Comment on va faire?

— Avec la technique de fabrication, qui permet de créer des objets et des espaces magiques. On peut prendre des choses ordinaires ou en construire de nouvelles. Cela demande beaucoup de temps et, surtout, une grande quantité de magie. C'est ainsi qu'on a conçu mon bracelet.

Emerson pensa au livre qu'Aya avait l'année précédente: sa source magique. Le créateur de ce livre avait utilisé la technique de la fabrication.

— Est-ce qu'on a créé les reliques avec cette technique ?

— Le cas des reliques est exceptionnel. On a inventé ces outils dans le but de surpasser les créatures les plus maléfiques. Leurs pouvoirs uniques sont plus puissants que tout.

— C'est quoi le rapport avec les Fragments ?

— Comme je disais, pour les fabrications, il faut beaucoup de magie. Un seul Fragment en contient énormément. On va donc enduire notre verrou d'une potion conçue à partir des Fragments.

M. Miron lui montra un bocal transparent, contenant un liquide qui ressemblait à du jus de betteraves – même son odeur s'en rapprochait – et deux Fragments s'y trouvaient.

— On en utilise que deux ? demanda Emerson.

— Je crois que ce sera suffisant. J'ai gardé les autres au grenier, on les utilisera en cas de besoin.

Francis se mit à fouiller dans le matériel :

— As-tu apporté les frirôtes ?

— Oh ! Je les ai oubliés… Je les ramènerai la prochaine fois.

— Ce serait plus simple si tu me montrais ce fameux repaire, dit M. Miron. On pourrait même s'y installer pour tout préparer, tu n'aurais plus à tout transporter ici !

— Il faudrait que je demande aux autres…

Emerson ressentait un drôle de malaise maintenant en présence de ses voisins de casier. Ils semblaient distants ; ils lui parlaient différemment. Surtout, il avait l'impression que Willem et Véronika étaient méfiants envers Francis. Pourquoi donc ? Son frère leur avait permis d'accomplir l'Épreuve ! Ils avaient des Fragments, ils allaient fermer le portail !

Francis soupira longuement et Emerson tenta de se justifier :

— C'est juste qu'on fait tout ensemble, depuis des années.

— Je comprends totalement ! insista Francis. Mais le temps presse ! Plus on attend, plus il y a des chances que des gens mal intentionnés s'emparent du portail !

— Tu… tu crois ?

— Oh oui ! affirma M. Miron en rangeant les ingrédients apportés par Emerson dans l'armoire du bureau. J'en ai déjà croisé. C'était des membres de la Ligue des Mages, un groupe qui existe depuis aussi longtemps que les Élus. Ses membres souhaitent s'approprier la magie.

— Ils sont plusieurs ?

— Je sais seulement qu'ils sont prêts à tout, même à tuer, pour obtenir des reliques !

— Mais comment ils savent que la magie existe ?

— Comme nous, sans doute. Les savoirs se sont transmis au fil du temps. Mais eux, ils veulent de l'argent et du pouvoir. La magie n'est qu'un outil pour y parvenir. Alors que tu es au fait, comme moi, qu'elle est tellement plus que ça !

Emerson était d'accord. La magie, même si elle paraissait parfois effrayante, donnait un sens à sa vie. Avant, il se sentait en retrait de sa propre existence, comme un spectateur. Malgré les monstres affrontés et les risques qu'il avait pris dans les dernières années, la magie l'avait changé en une version meilleure de lui-même. Elle lui permettait de se surpasser.

Francis sourit à son petit frère :

— Tu comprends, n'est-ce pas ?

Emerson hocha la tête, ému par leur lien. M. Miron adopta soudainement un ton sérieux :

— Tu sais, Emerson, toi et moi, je pense qu'on fait vraiment une bonne équipe.

— Je le pense aussi !

— As-tu déjà envisagé de garder le portail ouvert ?

Emerson fronça les sourcils, surpris par cette question.

— Réfléchis ! continua Francis. Ensemble, nous pourrions protéger le portail. Aller dans le monde obscur et découvrir comment la magie fonctionne !

L'idée d'explorer le monde obscur angoissait particulièrement Emerson.

— Ce serait pas faire comme la Ligue des Mages ? demanda-t-il.

— Pas du tout ! Je te l'ai dit : eux, ils visent le profit ! Pas nous !

Francis stoppa son élan, remarquant qu'Emerson avait reculé d'un pas et qu'il jouait nerveusement avec ses doigts. Le garçon craignait de dire non à son frère. Il cherchait ses mots :

— Je… Je crois qu'il vaudrait mieux fermer le portail.

— Tu as raison ! consentit aussitôt Francis. Je disais ça comme ça.

M. Miron verrouilla l'armoire. Emerson fixait son frère, qui avait repris son travail à son bureau. Il hésita, puis posa enfin une question qui le tourmentait :

— Je me demandais aussi… Pendant l'Épreuve, je me suis blessé à la main, et quand je suis revenu à moi, j'avais la même blessure. C'est étrange, non ?

Son frère ne leva pas les yeux de son ordinateur et dit simplement :

— C'est sans doute juste une coïncidence. Bon… je dois travailler. On se voit plus tard.

Emerson sortit aussitôt. Pour la première fois depuis longtemps, il se sentit très seul. Les autres avaient-ils raison ? Est-ce que son frère leur cachait des choses ?

La semaine suivante, Emerson se demandait s'il devait partager avec ses voisins de casier la proposition grotesque de son frère. Cette question le préoccupait constamment, même pendant le souper en compagnie de Marie-Claude :

— Je suis fatigué, dit-il à sa tante.

— Tu ferais mieux de te coucher tôt. Les examens de fin d'année approchent.

— Je sais…

— On en a parlé. Tu n'as pas besoin d'avoir les meilleures notes. Il faut juste que tu passes.

Marie-Claude se mit à chantonner :

— Un examen à la fois et le diplôme tu obtiendras !

Emerson força un sourire pour lui faire plaisir, mais le cœur n'y était pas. Passer son secondaire n'avait plus de sens. Il était trop préoccupé par les menaces qui pesaient sur le collège et par l'existence d'organisations secrètes malveillantes.

Pendant la soirée, Emerson se changea les idées en lisant un roman d'aventures. Dès que ses paupières s'alourdirent, il mit son livre de côté et s'endormit… Il rêva beaucoup cette nuit-là.

Il progressait dans un tunnel de lumière, comme lors de l'Épreuve. Il marchait quand, soudain, quelque chose le sortit de son sommeil. Emerson avait les yeux grands ouverts. Il ne savait plus s'il était dans un songe ou dans sa chambre. Son cœur battait la chamade, mais le reste de son corps refusait de bouger. Une forme noire émergea des ombres. Emerson était maintenant convaincu qu'il était réveillé et que la silhouette était réelle… ou magique. Elle avait un aspect humain, avec un chapeau à large rebord. Elle s'avançait vers lui :

— Aidez… moi… Je suis dans le monde obscur ! Venez m'aider…

L'étranger tendait la main. Emerson voulut fuir, mais, malgré ses efforts et sa concentration, il était incapable de bouger. Il invoqua alors la magie de son œil et poussa un bref gémissement. Aussitôt, des pas de course résonnèrent dans le couloir. La porte s'ouvrit. Marie-Claude apparut avec un bâton de baseball :

— Qu'est-ce qui se passe ?

— Là ! cria Emerson, qui pouvait enfin remuer.

Il pointait le coin de sa chambre. L'homme mystérieux avait disparu. Marie-Claude vérifia la garde-robe, le dessous du lit et toutes les autres cachettes pour monstres imaginaires.

— Je peux dormir dans le salon ? demanda Emerson.

— Bien sûr ! dit sa tante qui, déjà, agrippait sa douillette pour déménager son lit.

Ils installèrent un campement sur le divan et Emerson se coucha. Il se reposa peu, car l'apparition l'avait trop ébranlé et il avait peur qu'elle revienne. Emerson était convaincu qu'il s'agissait d'une vision magique : celle d'une créature du monde obscur qui l'appelait à l'aide.

PARTIE 4

18
VÉRONIKA

Une élégante boîte en velours bleu, serrée d'un ruban-cadeau, apparut sur le manuel de mathématiques de Véronika. En levant les yeux, elle découvrit Sara, assise bien droite face à elle, comme une enfant sage.

— Joyeux anniversaire !

Véronika et Sara sortaient ensemble depuis maintenant six mois. Bien sûr, les gens l'ignoraient, sauf leurs parents, les camarades de sport de Sara, les employeurs de Véronika… et Willem ! Même sa propre meilleure amie n'était pas au courant ! Et les choses allaient si bien entre les deux amoureuses. Véronika n'avait plus peur que leur relation nuise à leur amitié.

Véronika aurait voulu ouvrir tout de suite son cadeau, mais Angélina arrivait en brandissant des revues. Elle cacha rapidement la boîte enrubannée dans la poche haute de sa veste.

— C'est sorti !

Angélina montra à ses amies le reportage sur sa famille, présenté en première page du magazine *Nouvelles du jour*, une publication sur l'actualité québécoise spécialisée en potins. Véronika regarda avec émerveillement la couverture exposant en vedette son amie. Elle posait, la tête appuyée sur une main, vêtue d'une élégante tenue.

— Tu es magnifique ! la complimenta Véronika. Tu t'étais fait coiffer ?

— Bien sûr ! répondit son amie. Styliste, maquillage, coiffure… Des heures de préparation !

Véronika tourna les pages avec une pointe de jalousie. Elle peinait à réaliser comment son amie vivait dans le luxe et la célébrité, comme sur une autre planète.

— Ça te rend plus triste qu'on accuse ton père ? demanda Sara.

— Que les gens parlent, je m'en moque maintenant ! Ce sont des affaires politiques. J'ai rien fait, moi. Et avec cet article, les gens vont passer à autre chose. J'ai plein d'exemplaires, gardez-en… Tiens, pour toi !

Angélina venait d'accrocher Alexie en chemin vers son casier :

— C'est un texte sur ma famille !

Alexie rejeta la revue du revers de la main.

— T'es donc bien bête !

— Tu trouves pas qu'on parle assez souvent des riches comme toi ? dit Alexie, vexée. Pourquoi on présente jamais… tiens, des filles comme Véronika ! C'est la plus bolée, sans doute de toute l'histoire du collège ! Mais parce qu'elle a pas un papa millionnaire ou une maman populaire, on passe à côté !

Alexie s'en alla sans attendre de réponse.

— Elle en avait gros sur le cœur, dit Sara.

— Mais elle a pas tort, admit Angélina.

Son amie baissa alors les yeux sur la boîte qui sortait de la poche de Véronika :

— C'est quoi ? Un cadeau ? C'est pas ta fête !

Une chaleur monta au visage de Véronika :

— C'est rien !

— T'as un amoureux secret ou quoi ? s'énerva Angélina en scrutant Sara. C'est qui ?

Le piège se refermait sur Véronika. Elle se sentait coincée :

— Je sors avec… Sara !

Véronika s'était attendue à plusieurs réactions : cri, rage, scandale… mais pas à celle-là.

— OUF ! Je pensais que tu sortais avec quelqu'un d'autre que Sara. Tu m'as fait peur !

— Tu étais au courant ?

— Pour qui tu me prends ? Je le sais depuis toujours que Sara a un œil sur toi, mais toi, je savais pas trop… En tout cas, je suis soulagée !

— Moi aussi ! avoua Véronika.

Elle était émue aux larmes. Elle écouta attentivement son amie déblatérer sur sa joie de voir ses deux meilleures amies en couple ensemble. Elle voulait connaître tous les détails de leur premier rendez-vous, de leur premier baiser, de l'anniversaire qu'elles fêtaient ! Angélina n'avait pas peur que leur amitié soit fragilisée. Elle était tout simplement heureuse pour elles.

Véronika se trouvait chanceuse de l'avoir comme meilleure amie.

Esteban, Keiko, Corentin, Clémence et Rudy entrèrent lentement dans le repaire, accompagnés de Jordan et d'Alexie.

— Qu'est-ce que vous faites ici ? souffla Willem, tout raide dans le divan.

— C'est de ma faute…, confessa Véronika.

Elle savait qu'elle avait transgressé un interdit en invitant les sirènes dans leur cachette secrète. Elle jugeait toutefois la situation trop importante. Il fallait agir ! Elle avait profité de l'absence d'Emerson, parti au grenier avec le directeur, pour les rassembler.

— C’est *cosy*, dit Esteban en s’assoyant près de Willem.

Les autres s’installèrent plutôt à la table.

— Qu’est-ce qu’on fait ici ? demanda sèchement Corentin.

— J’ai quelque chose pour vous, dit Véronika en les invitant à la rejoindre autour de l’îlot.

Malgré les grognements de Willem, les cinq élèves français la suivirent. Devant elle se trouvait tout un équipement de laboratoire : des fioles et des mélanges qu’elle avait faits en respectant les indications de la transcription du *Guide*.

— Je pense avoir préparé un remède pour la maladie de votre communauté.

Pour toute réponse, Keiko fronça les sourcils en croisant les bras et Corentin pouffa. Véronika refusa toutefois de se laisser démoraliser et expliqua :

— Alexie a trouvé la mue de serpent géant et, moi, j’ai récupéré les dernières baies d’ikots. Elles étaient sèches, mais je les ai réhydratées. Et Esteban m’a prêté l’écaille de Sedna…

Véronika continua malgré les regards meurtriers que jetaient les sirènes à Esteban :

— Après plusieurs essais, la texture ressemble à la description. Mais je peux pas tester le résultat. J’ai pas d’échantillon… de la maladie.

La jeune fille se tourna vers Rudy, caché dans l’ombre de Corentin. Le plus discret du groupe s’avança en tirant une manche de son chandail. Il révéla ainsi ses branchies aux poignets et ses ecchymoses, qui s'étaient épaissies.

— Il faut appliquer le mélange sur la zone, expliqua Véronika en tendant un pot d'onguent beige.

— T'es certain que tu veux essayer ? demanda Corentin à Rudy.

— On est ici pour trouver une solution !

Il appliqua une fine couche de remède sur le dessus de son bras.

Soudain, les meurtrissures se mirent à disparaître sous leurs yeux. Une petite quantité de pommade suffit pour guérir son avant-bras en entier :

— C'est encore plus efficace que je pensais ! souffla Véronika.

Sans crier gare, Rudy attrapa Véronika dans ses bras et la serra très fort. Bien vite, Esteban et Clémence se joignirent à lui :

— Nous allons pouvoir sauver mon frère ! pleurait Clémence.

— Et ma grand-mère, ajouta Esteban.

Une fois relâchée de leur étreinte, Véronika remarqua que Keiko essuyait une larme au coin de son œil sévère. Elle toussota pour s'éclaircir la gorge et demanda :

— Tu pourrais en préparer d'autres ?

— Je peux te montrer comment en faire si tu veux, proposa-t-elle.

Les deux filles s'installèrent à l'îlot pour travailler. Keiko notait les étapes dans un grand carnet. Pendant ce temps, Rudy se frictionnait le reste du corps, Corentin contactait leurs familles, et Esteban et Clémence préparaient l'envoi du remède en France par colis magique. Même Willem sortit de sa torpeur et les aida à empaqueter le matériel nécessaire à la création de l'onguent.

— Nous avons tous les ingrédients à la maison, confirma Corentin.

Leur plan était réglé avant que la cloche de reprise des cours ne sonne.

— Je sais pas comment vous remercier, dit Rudy.

— C'est normal de s'entraider entre écoles jumelées ! répondit Willem.

— Ça va peut-être améliorer votre mauvaise réputation, les taquina Esteban.

— Pourquoi les sirènes nous détestent ? demanda alors Alexie.

Corentin expliqua :

— C'est à cause des pillages. Il y a plein d'histoires concernant des humains qui nous ont volé nos fabrications pour pouvoir faire de la magie.

— C'est une bonne raison de nous haïr, admit Willem.

— Justement, dit Véronika, on est en train de faire de la fabrication. Eh bien, c'est plutôt Emerson qui s'en occupe. Mais avec le verrou, on va fermer le portail !

Cette fois, les sirènes s'esclaffèrent.

— Qu'est-ce que j'ai dit ? s'offusqua Véronika.

— C'est rien ! rassura Clémence. Ce serait étonnant qu'une fabrication ferme un portail ! Keiko s'y connaît mieux…

— Les fabrications sont des sources magiques bien définies, expliqua la cheffe des sirènes. Un portail, c'est un truc magique complexe. Je vois difficilement comment on pourrait le modifier avec une seule fabrication. Mais les techniques ont de nombreuses variations…

Les sirènes filèrent du repaire en premier pour compléter leur envoi. Elles resteraient toutefois au Québec jusqu'à la fin de leur voyage scolaire. Bien qu'elles soient des créatures magiques, elles étaient des jeunes dans un monde d'humains, et voulaient obtenir leur diplôme.

Véronika, Jordan, Alexie et Willem sortirent du cinquième casier, satisfaits de leur travail. Véronika était galvanisée par sa réussite. Elle avait réussi à concocter un onguent qui allait sauver des vies. Cette sensation était absolument merveilleuse.

Quelqu'un arriva dans le couloir du sous-sol :

— Vous êtes là ! lança Emerson, qui avait couru. Le verrou magique ! Il est prêt !

19
Alexie

À la fin du mois de mai, Alexie avait pris l'habitude de retourner chez elle après sa journée de cours plutôt que de participer aux activités parascolaires. Sa mère, Marianne, passait régulièrement des entrevues et arrivait tard le soir. Alexie préparait donc le souper pour trois.

Ce soir-là, sa mère entra dans la cuisine, les bras dans les airs en signe de victoire :

— J'ai obtenu le poste !

Alexie sauta au cou de sa mère :

— Je suis trop contente.

— Moi aussi ! lança Claudia, en se joignant au câlin.

— C'est pas un emploi aussi chouette que celui d'avant, mais c'est moins important que de garder la maison !… Oh ! Alexie ! Tu vas être en retard pour ton match !

La dernière partie de la saison avait lieu dans une heure. Si elles la remportaient, elles obtenaient la troisième place au classement, un exploit pour une équipe débutante !

Sa mère la mena en voiture au collège. Plusieurs personnes étaient rassemblées à l'entrée du gymnase. Alexie reconnut les membres du conseil d'administration. Ils discutaient avec les représentants de la ligue, venus remettre des médailles aux gagnantes. Peu importe l'issue du match, les joueuses de Sainte-Hubertine pouvaient se vanter de s'être rendues en finale pour la troisième place. Elles faisaient meilleure figure que les garçons, qui n'avaient gagné qu'une fois !

Elles affrontaient l'école secondaire Saint-Amand. L'autre équipe, en uniformes bleu et rouge, possédait d'excellentes marqueuses. Par chance, dans les plus récents entraînements, Alexie avait insisté sur des stratégies défensives pour stopper leurs adversaires.

Elle filait pour retrouver ses coéquipières, quand la présidente du conseil d'administration, la femme au col roulé, se mit sur son chemin :

— Voici l'élève en question, s'enflamma-t-elle aux représentants de la ligue de basketball. Le collège est fier de soutenir des projets d'envergure dirigés par les jeunes !

Perplexe, Alexie força un sourire. Mme Robidoux, qui avait tout entendu, lui fit un dernier commentaire avant de l'encourager à rejoindre l'équipe :

— Ne t'en fais pas trop. Il existera toujours des personnes prêtes à changer rapidement d'avis pour être du côté des vainqueurs.

Dès le début, la partie fut mouvementée. Les fautes physiques pleuvaient, autant du côté du collège Sainte-Hubertine que de l'école Saint-Amand.

Une rivale s'empara du ballon. Maëlle et Arielle la bloquèrent. Intimidée, la joueuse tenta un lancer. Le ballon se retrouva hors du terrain. Une nouvelle chance se présentait pour les joueuses de Sainte-Hubertine. Alexie dribla lentement pour laisser ses coéquipières se placer. Une adversaire talonnait Tara. Alexie préféra donc effectuer une passe à Lou-Anne.

Celle qui gardait Alexie l'engluait comme un pot de colle. Alexie résistait à l'envie de la repousser. Elle courut dans le demi-cercle, alors que Tara avait enfin le ballon :

— Tara ! cria Alexie, sans s'arrêter.

Sa coéquipière réagit. Elle lui lança la balle, un peu trop haut. Alexie sauta, l'attrapa malgré tout et, toujours dans les airs, la propulsa sur le panneau arrière du filet. Elle rebondit en angle et tomba parfaitement au travers de l'anneau ! La foule dans les estrades hurla à tue-tête !

Égalité ! 42 à 42. Elles avaient encore une chance !

En se plaçant pour la mise au jeu, Alexie remarqua que Tara boitait.

— Qu'est-ce que tu as ?

— J'ai tordu ma cheville, admit-elle.

— Va te reposer au banc. Il nous reste du temps…

— Je peux continuer…

— CHANGEMENT ! cria Alexie en faisant signe à l'arbitre.

Celui-ci siffla pour confirmer un temps mort. Alexie était déçue de remplacer Tara. C'était la plus rapide. Elle se demandait quoi faire. Toutes les filles étaient épuisées. Elle-même jouait sans relâche depuis le début de la partie. Il ne restait qu'Angélina…

— Angélina ! Viens. Oui, toi !

Au banc, Angélina lui faisait des signes d'incompréhension, alors que Véronika la poussait vers le terrain. Elle rejoignit enfin Alexie, Arielle, Lou-Anne et Maëlle.

Avant la mise au jeu, Alexie s'approcha de ses collègues :

— C'est juste un match de basket, modéra-t-elle en reprenant son souffle. Vous avez été super, même si on gagne pas…

— On va gagner ! dit gentiment Arielle en faisant un clin d'œil. Tu nous l'as promis !

Alexie et les autres joueuses s'esclaffèrent, ce qui déstabilisa leurs adversaires. L'arbitre siffla la mise au jeu et expédia le ballon en hauteur. Alexie sauta pour l'atteindre en premier. Elle accomplit une passe vers Lou-Anne. Celle-ci prit la position de meneuse. Entre-temps, Alexie fila à droite. Elle resta à l'extérieur de la ligne large, dans l'espoir de réaliser un tir de trois points.

Maëlle était dans la zone sous le panier, en tant que pivot, car elle était la plus grande et la plus forte. Elle ne se laissait jamais intimider par la cohue des joueuses et savait rattraper les rebonds. Arielle s'était placée comme prévu devant Alexie. La fille de cinquième secondaire était la plus polyvalente. Elle avait des réactions rapides et la capacité d'improviser. Quant à Angélina, Alexie lui faisait des signes pour lui rappeler de se placer de l'autre côté du panier.

Il restait si peu de temps avant la fin du dernier quart ! Chaque décision importait. Alexie voulait à tout prix éviter l'égalité, car, en prolongation, l'équipe gagnante serait celle qui compterait la première. La pression serait un désavantage pour une équipe inexpérimentée comme la sienne.

Les souliers couinaient rapidement sur le sol. Arielle attrapa une passe. Elle commença aussitôt à dribler. Les secondes s'égrainaient. Alexie bougeait pour se libérer de la joueuse qui la talonnait. Pendant ce temps, Arielle avait fait une passe à Maëlle, qui lança à Lou-Anne, maintenant plus près du panier. Mais personne n'était dégagé. Lou-Anne était désespérée. Elle passa à Alexie, mais celle-ci n'avait pas le temps d'aller au panier. Elle était trop loin.

Dix secondes avant la fin, elle envoya à Angélina. Celle-ci surprit tout le monde en choisissant de monter au panier. Au dernier moment, angoissée à l'idée de manquer son lancer, elle passa à Alexie qui s'était dégagée. Elle attrapa facilement le ballon, comme si cette stratégie était prévue, et tira… L'avertisseur sonore cria alors que le ballon tombait à la perfection dans l'anneau. La partie s'acheva, 44 à 42 pour Sainte-Hubertine !

Alexie resta figée en position de tir. Angélina se rua vers elle :

— On a gagné, Alexie ! C'est grâce à toi ! ALEXIE !

La foule déferla sur le terrain en claironnant son nom. Il y avait des dizaines… une cinquantaine de personnes ! Arielle, Mehdi et Marin soulevèrent Alexie pour la balancer dans les airs. Elle riait aux larmes. La fierté collective l'émut profondément. Elle avait créé cette équipe par principe, mais l'effort des autres filles la toucha plus particulièrement.

Les joueuses retrouvèrent leur calme pour faire la file et saluer leurs adversaires. La capitaine de Saint-Amand serra longuement la main d'Alexie :

— Alors, c'est toi l'entraîneuse ? Vous avez été géniales. On se voit l'année prochaine !

Elle lui donna une tape dans le dos, avant de quitter le terrain pour laisser la ligue remettre les médailles au collège Sainte-Hubertine. Des élèves et des enseignants vinrent par la suite louanger Alexie. Mme Robidoux, arborant fièrement un soyeux foulard turquoise, la remercia chaudement :

— Je savais que je pouvais compter sur vous, Mademoiselle Tsawenhohi !

Ce fut ensuite Véronika qui la serra dans ses bras, avant de rejoindre Sara qui l'attendait impatiemment sur le côté du terrain. Jordan la complimenta en lui confiant qu'il avait toujours cru en elles. Même Willem la félicita. L'épatement dans ses yeux lui alla droit au cœur :

— Bravo, Alexie ! T'as vraiment réussi quelque chose d'exceptionnel !

En plein milieu de la foule festive, Alexie fut surprise de n'avoir qu'une seule envie : embrasser Willem ! Mais le jeune garçon se déplaçait déjà pour retrouver d'autres élèves venus encourager l'équipe, dont Inès, qui se pencha vers lui pour l'embrasser longuement.

— Ce que j'aimerais être à la place d'Inès, murmura Lou-Anne, qui lorgnait aussi Willem.

Sous le coup de l'émotion, Alexie s'esclaffa. Les choses avaient bel et bien changé ! Alexie réalisa qu'elle avait perdu sa chance avec Willem. Il était temps de passer à autre chose.

La salle du portail semblait plus étroite avec tout le monde qui y était réuni. Une semaine après la victoire féminine en demi-finale, les cinq voisins de casier et le directeur se rassemblèrent pour fermer le passage magique pour toujours. Emerson et M. Miron étaient d'un côté de la sphère noire, tandis qu'Alexie restait de l'autre avec Jordan, Véronika et Willem. Elle n'aimait pas voir Emerson loin d'eux. Elle expira profondément pour se retenir de poser les questions qui lui brûlaient les lèvres. Elle écouta sagement M. Miron, qui était habillé tout en noir et à peine visible dans la pénombre :

— Nous allons placer le verrou ici, indiqua-t-il en déposant une simple boîte en bois sur le sol, au pied du portail.

— Et nous, on fait quoi ? voulut savoir Véronika.

— Chacun doit se placer près d'un monticule de pierres pour que nous entourions le portail avec vos reliques.

Une fois tout le monde en position, le directeur murmura une formule inaudible pour Alexie. Des chatouillements traversèrent alors ses mains. Sa relique ! Elle la prévenait ! Elle pensa d'abord au verrou posé au sol, mais elle remarqua alors que le portail vibrait.

— Regardez ! lança-t-elle pour avertir les autres.

Quelque chose sortait de la bulle noire. Une botte ! Puis, une jambe… une créature à l'apparence humaine, avec deux cornes grises sur le devant de la tête, sauta du portail et atterrit sur ses deux pieds. Son sourire maléfique aux canines jaunâtres et pointues donnait froid dans le dos.

— Quel merveilleux comité d'accueil !

— Le diable ! cria Alexie, en se plaçant en position défensive.

La créature aux yeux de jais vitreux s'amusa à sortir sa langue fourchue. Alexie remarqua que son opposant semblait frêle. Des bouts de peau de son visage tombaient et son corps avait l'air mou. Il forma une boule de feu dans sa main. Elle était moins grosse que l'année dernière, dans la chapelle, signe que ses pouvoirs n'étaient plus aussi forts.

M. Miron avait les mains levées, son bracelet de cuir magique bien en évidence. Il projeta un impressionnant vent magique qui heurta le diable. Celui-ci tomba à la renverse et sa boule de feu fit exploser le plafond. Un bloc de pierre tomba sur le visage du directeur, qui s'affala sur le sol.

— Combien de fois faut te rappeler que t'es pas le bienvenu ici ?! lança alors Jordan.

— Sale petit morveux !

Le diable s'apprêtait à les affronter, mais il se ravisa. Il se redressa, replaça ses beaux vêtements froissés par le vent magique et marcha en direction du tunnel menant au collège.

— Tu vas où, comme ça ? lança Jordan.

— Comme si cela vous regardait !

Alexie n'y comprenait rien. Pourquoi le diable ne les attaquait-il pas ? C'était trop étrange !

— On te laissera pas faire ! cria-t-elle. On va te renvoyer dans ton monde. Avec monsieur Miron, on va fermer le portail pour qu'il ne se rouvre plus ! Et tu reviendras plus jamais !

Le diable s'esclaffa. Il était littéralement plié en deux, mort de rire :

— Vous êtes encore plus niais que je ne le pensais !

Le sourire du diable s'étira avec malice et il pointa l'homme évanoui par terre :

— Francis Miron… Si le pacte avec lui était terminé, je serais déjà en train de vous écraser comme de petits vermillons. C'est lui qui a ouvert le portail !

Avant de partir, le diable broya d'un pied le verrou magique. Les cinq jeunes se réunirent alors près du directeur. Willem prit son pouls et confirma qu'il était bien vivant.

— Vous pensez que le diable dit vrai ? s'inquiéta Véronika.

— Je sais pas, admit Alexie. Pour le moment, sortons vite monsieur Francis d'ici, pour qu'il soit soigné. On lui en parlera quand il ira mieux.

20
Jordan

Deux jours. Ce fut la durée maximale que Jordan accepta de patienter avant de confronter le directeur. Un matin froid et pluvieux de juin, il arriva au collège sans son plâtre et décidé à ne plus attendre. Il marchait enfin sans béquilles, mais devait porter une attelle de transition.

La saison de basketball était terminée. Son équipe n'avait gagné qu'une seule partie, mais il était fier d'avoir aidé Willem à s'améliorer.

Chaque jour, son voisin de casier l'épatait un peu plus. Il avait gardé son calme, lorsqu'Esteban avait remonté Alexie inconsciente à la surface. Il avait relevé le menton d'Alexie et commencé le bouche-à-bouche avec une sérénité surprenante. Avant qu'Alexie ne retrouve ses esprits, Jordan avait eu l'impression de revivre le même cauchemar que deux ans plus tôt, quand le diable avait tenté d'aspirer l'âme de la jeune fille.

Dans leur dernier cours de la journée, Esteban interrompit ses réflexions en lui chuchotant :

— Ma directrice a dit qu'on participait au bal de finissants des cinquième secondaire et qu'on pouvait inviter quelqu'un. Je me demandais si… tu pensais y aller ?

— J'y vais avec Arielle. Elle m'a invité.

— Je savais pas que toi et elle…

— On y va en amis. Ça fait longtemps que c'est fini entre nous.

— Parce qu'il y a déjà eu quelque chose entre vous deux…?

— Dans le fond de la classe ! lança alors Mme Paradis, l'enseignante. On écoute, oui ?

— Oui, Madame ! répondit Jordan.

Esteban resta muet. Jordan le fixait, pour l'encourager à continuer, mais son ami balaya la main pour passer à autre chose. Il avait perdu son assurance naturelle.

Jordan aurait voulu poursuivre leur discussion après le cours, mais il devait à tout prix rejoindre ses voisins au repaire.

La conversation s'anima rapidement.

— Pourquoi le diable accuserait monsieur Miron ? demanda Jordan en faisant les cent pas.

— C'est sans doute juste une astuce, proposa Alexie.

— C'est son genre de s'amuser à nous monter les uns contre les autres, compléta Willem.

— En effet, admit Véronika. Mais il a révélé ça, sans rien exiger en retour !

— C'était comme s'il était réellement étonné qu'on le sache pas, dit Jordan.

— Il avait l'air content que ça puisse embêter monsieur Miron, ajouta Alexie.

— Ils se connaissent, vous pensez ? demanda Jordan.

— Sans doute, il a mentionné un pacte entre eux, rappela Willem.

Tout ce temps, Emerson resta muet, le corps enfoncé dans son siège et la tête dans les nuages. Jordan n'était pas surpris. Ils parlaient de son frère !

— Pourquoi monsieur Francis aurait-il ouvert le portail ? s'indigna Véronika. C'est absurde !

— Il faut questionner le directeur ! trancha Alexie.

— On fait quoi ? voulut savoir Willem, étonné. On lui dit : « Vous êtes bien *smatte*, monsieur le directeur, mais j'espère que vous êtes plus trop sonné, parce que finalement, on fait plus confiance au diable qu'à vous ! »

— On aura le cœur net ! insista Jordan, pour qui la vérité était préférable.

— Qu'est-ce que tu en penses, Emerson ? dit Véronika. Il me semble que lui parler serait la meilleure solution.

Emerson approuva d'un léger hochement de tête.

Le lendemain, à l'heure du dîner, M. Miron accueillit les cinq jeunes dans son bureau. Une bosse bleutée était toujours visible sur son visage.

Après le départ du diable, les jeunes l'avaient transporté à l'infirmerie. Il avait repris connaissance au moment où Willem finissait de conter une histoire de dictionnaire ayant chuté d'une bibliothèque.

Le verrou brisé trônait tristement sur le bureau. Le directeur avait un air plus sérieux qu'à son habitude. Il les regarda un à un, mais personne ne trouva le courage d'aller droit au but. Emerson toussota pour s'éclaircir la gorge :

— Le diable… Quand tu étais inconscient, il a dit que c'est toi qui as ouvert le portail et que vous aviez un pacte ensemble.

Francis baissa alors la tête et soupira. Un frisson parcourut Jordan en constatant que le directeur ne niait pas d'emblée.

— C'est vraiment vous qui l'avez fait ? demanda Alexie en se levant de sa chaise.

— C'est compliqué, se justifia le directeur.

— Des créatures du monde obscur attaquent des innocents PARCE QUE le portail est ouvert ! le sermonna Willem.

— Ce n'était pas l'objectif ! coupa M. Miron avec une voix caverneuse. Et nous manquons de temps pour débattre. Le verrou est en morceaux !

— Comment as-tu su où était le portail ? osa dire Emerson. Comment l'as-tu ouvert ?

— Nous parlerons de ça plus tard, proposa doucement M. Miron. Je te le promets, Emerson…

— Répondez à ses questions ! insista Alexie.

Pendant une fraction de seconde, des traits malveillants tordirent le visage du directeur. Il se tourna vers Emerson pour raconter :

— En quatrième secondaire, j'ai surpris une discussion du directeur, celui avant madame Roy. Puis, j'ai fouillé le collège… pendant des jours et des jours. J'ai finalement trouvé le portail par hasard. Mais ce n'est que plus tard, après mes années de recherche à travers le monde, à collecter des connaissances et des méthodes anciennes, que j'ai pu l'ouvrir. J'ai essayé plusieurs techniques pour y parvenir, jusqu'à ce qu'une fonctionne…

M. Miron baissa les yeux. Jordan se demandait si c'était par honte ou pour cacher autre chose…

— Je voulais seulement mieux comprendre la magie ! continua le directeur. Je l'admets, c'était naïf de ma part. Je vis avec les conséquences de mon geste.

Le directeur avait toujours paru intelligent et sage. En réalité, tout le monde pouvait faire des choses idiotes.

Un lourd silence pesait dans la pièce. Jordan était trop déstabilisé par la révélation pour parler. Emerson serrait les bras de son siège. Willem se rongeait les ongles, et Véronika fixait le vide devant elle. Même Alexie semblait dépassée par la situation.

Le directeur les scruta un à un avant de les supplier :

— Nous devons rester unis. Le diable est de retour !

— C'est vrai que vous avez fait un pacte avec lui ? l'interrogea Alexie en croisant les bras.

— Je l'ai fait pour vous protéger. C'était la seule option. Il ne pourra pas vous attaquer tant que notre pacte existe.

— Vous lui faites vraiment confiance ? s'étonna Alexie.

— Le diable se conforme toujours à ses pactes, expliqua M. Miron. C'est sa source de magie.

Jordan comprit que le diable disait vrai, et que c'était pour cette raison qu'il ne les avait pas attaqués dans la salle du portail.

— Et c'est quoi, le pacte ? demanda Willem.

— Ces détails ne sont pas importants, car il y a d'autres menaces, trancha M. Miron avec une voix lugubre qui fit frissonner Jordan. Des gens savent qu'un portail est ouvert. Ils veulent se l'approprier. Ils sont prêts à tout, même à détruire le collège. Nous devons fermer le portail ensemble !

— Le diable a détruit le verrou, rappela Véronika. Ça se répare ?

— Nous devons revoir notre stratégie, annonça M. Miron. Nous aurons plus de chances de réussir si nous préparons le verrou par une nuit de solstice. Et il nous faut aussi de l'aide. Je connais des spécialistes qui pourront... faciliter le processus.

— Des gens qui connaissent la magie ? s'enquit Véronika.

— Oui. Des personnes que j'ai rencontrées lors de mes voyages de recherche...

— Mais le solstice, coupa alors Willem qui venait de consulter son téléphone, c'est le soir du bal !

— Je n'y avais pas pensé, admit le directeur. On trouvera un endroit pour se réunir...

La cloche du collège sonna, marquant le début des cours de l'après-midi.

— J'espère que je peux compter à nouveau sur votre aide, conclut le directeur avec une voix triste.

En sortant du bureau, Jordan, ébranlé, ne savait plus quoi penser. Il écouta les autres tout en inspectant Emerson, qui restait à l'écart.

— Le diable nous a dit la vérité ! s'étonna Alexie, alors qu'ils se réunissaient en retrait du brouhaha du grand hall.

— Au moins, dit Véronika, monsieur Miron a pas nié.

— Ce qu'on a entendu dans le grenier, constata Willem, c'était sans doute une discussion avec le diable !

— Je savais que j'avais déjà vu cette silhouette ! s'exclama Véronika.

— Ça reste quand même d'énormes mensonges ! rappela Alexie.

Jordan était réticent à se fier à la parole de M. Miron, mais il n'avait pas d'autre choix. Il se résolut à lui accorder une seconde chance et à s'allier à ces mystérieux spécialistes, dans l'espoir de fermer enfin le portail.

21
Willem

La deuxième semaine de juin débutait, et le calme régnait dans l'aire des quatrième et des cinquième secondaire malgré le grand nombre d'élèves. Ils étaient tous occupés à étudier pour les examens. Willem commençait à paniquer devant l'ampleur des révisions à effectuer. Cette année, plusieurs des évaluations étaient obligatoires pour obtenir le diplôme du secondaire. Les cégeps consulteraient ses résultats. Il s'appliquait donc pour récolter les meilleures notes.

Pour ajouter à son anxiété, les voisins de casier avaient pris la décision de faire confiance à M. Miron. Un midi, ils rejoignirent à nouveau le directeur, cette fois dans le grenier :

— Mes contacts peuvent arriver pile dans la nuit du 21 juin. Ils ne voudront pas être repérés, donc nous devrons travailler dans un endroit en retrait.

— Ils maîtrisent la magie ? s'informa Willem.

— De la magie simple, comme moi. Ils ne savent pas où se trouve le portail et nous ne leur dirons pas. Tout est en place pour que la rencontre ait lieu au Château Frontenac, pendant le bal.

— Mais comment on va y aller ? dit Véronika. Il faut être un finissant, ou être invité par un élève de secondaire cinq ! On m'a pas invitée au bal.

— Les élèves du lycée Sainte-Périne y vont, mentionna Willem. J'y vais avec Inès, moi.

— Moi, avec Arielle, ajouta Jordan.

— Et moi, avec Corentin, dit Alexie.

Willem eut un serrement au cœur :

— Tu y vas avec Corentin ?

Il regretta d'avoir exprimé sa surprise et fut heureux que M. Miron poursuive sa présentation :

— Véronika et Emerson seront dans le château, mais à l'écart du bal.

— Et ils vont faire quoi, vos contacts ? demanda Willem.

— Nous aider à concevoir le verrou. Ils connaissent mieux la fabrication que moi.

M. Miron ne semblait pas avoir plus de temps pour discuter et quitta le grenier.

— On va *crasher* le bal des cinq ! rigola Willem, ce qui fit sourire tout le monde.

La fin de l'année fut joyeuse au collège grâce à la présence des élèves de France. Tout le monde souhaitait les voir avant leur départ pour prendre une dernière photo ou organiser une dernière fête. Il ne restait que deux examens à Willem avant de célébrer la fin de l'année. Il monta à l'étage pour son évaluation d'espagnol. Son cerveau était épuisé ! Il attendait avec impatience les vacances pour reprendre ses entraînements de natation, et faire travailler son corps plutôt que son cerveau !

Une heure plus tard, Willem terminait son examen. Il quitta le local en espérant avoir une bonne note. En attendant son dernier test, il bavarda avec Lou-Anne et Madeline. Bien vite, elles partirent pour leur examen de français de troisième secondaire. Willem se retrouva seul. Il décida de vider son casier pour passer le temps. D'où il se trouvait, il voyait au loin l'aire de repos des finissants. Ces jours-ci, Willem craignait de ne pas survivre jusqu'à la fin de son secondaire. Emerson leur avait expliqué que la Ligue des Mages était prête à tout pour s'approprier la magie. Ces histoires d'organisations secrètes machiavéliques lui donnaient la chair de poule !

— Will ?

Le garçon recula contre son casier, surpris par l'apparition. Ce n'était qu'Alexie.

— Je voulais pas te faire peur !

— J'ai pas eu peur ! se défendit Willem.

— As-tu parlé à Em, depuis que monsieur Miron a admis avoir ouvert le portail ?

— Non, pourquoi ?

— J'ai peur qu'il préfère suivre le directeur, peu importe ce qui arrive, mais j'ose pas lui parler. Des fois, je m'impatiente et je suis un peu trop… directe !

— Je vois pas de quoi tu parles, dit alors Willem, avec un sourire en coin.

L'air joyeux d'Alexie disparut pour faire place à une mine navrée :

— Je suis désolée, lui annonça-t-elle tout bas. Je me sens mal, depuis l'année dernière, dans le grand hall. Ça me manque qu'on soit plus amis.

Même si Willem avait tourné la page, il était soulagé d'entendre ses excuses.

— C'est du passé. Je te pardonne !

— Et… merci de m'avoir secourue de la noyade !

— Fallait bien, pour toutes les fois où tu m'as sauvé !

— On est quittes, alors ?

Alexie lui présenta sa main. Willem la serra avec bonheur et éprouva un choc intense de magie, qui pétillait à travers le gant de son amie.

22
Emerson

La fatigue embrouillait l'esprit d'Emerson. Il faisait maintenant de l'insomnie toutes les nuits. Quand l'homme au chapeau ne le hantait pas, il n'arrivait pas à s'endormir, de crainte de revoir la créature qui le suppliait de le rejoindre dans le monde obscur. L'aveu de son frère meurtrissait également son cœur. Francis avait ouvert le portail !

Un soir, Emerson étudia tard en vue de son examen de mathématiques. Cette matière n'était pas sa force et des pensées envahissantes détournaient son attention des notions d'algèbre. Les cauchemars, le portail, le verrou, les menaces inconnues, Francis…

Pourquoi son frère leur avait-il fait passer l'Épreuve s'il envisageait de laisser le portail ouvert, comme il lui avait proposé ? Plus rien n'avait de sens !

Emerson se sentait maintenant pris entre ses voisins de casier et son frère. Il refusait de laisser tomber Francis, son seul lien avec la vie d'Élus de ses parents. Il ne pouvait pas supporter l'idée d'être abandonné à nouveau.

Tard dans la nuit, il s'endormit dans le salon, avec son manuel de mathématiques dans les mains. Il rêva à un chemin de lumière magique, imprégné d'équations ridicules. Soudain, ses yeux s'ouvrirent. Il se souvint qu'il se trouvait en sécurité, chez lui. Il reconnut les bibelots égyptiens, les murs décorés de gravures anciennes et les autres éléments de la collection de Marie-Claude, une passionnée d'archéologie. Une ombre, dans la cuisine, se déplaça alors vers lui. Emerson voulut se cacher sous les couvertures, mais son corps était paralysé. Seuls ses yeux bougeaient dans tous les sens. Il regarda avec horreur l'immense silhouette au chapeau qui approchait. Elle souffla vers lui son murmure distinctif et grave :

— Aidez-moi ! Je suis là-bas, dans le monde obscur…

La créature appuya son doigt rongé par la mort sur la joue d'Emerson. Aussitôt, le jeune garçon ressentit une pointe glaçant son visage. Le froid se propageait dans sa tête… Il remarqua alors quelque chose derrière la silhouette. Une lueur bleutée…

Emerson se réveilla. Le soleil ardent de juin éclairait le salon. Marie-Claude était dans la pièce d'à côté, en train de se préparer pour le travail. Emerson pouvait enfin bouger. Il frotta sa joue, là où le doigt du monstre l'avait touché. En chemin vers la salle de bain, il s'arrêta à l'endroit où la lumière bleutée était apparue. Elle provenait d'un des éléments anciens que collectionnait sa tante : un court poignard dans un étui portant des symboles gaéliques. Plus Emerson fixait son regard sur l'arme, plus une sensation connue se répandait en lui. Emerson prit l'objet dans ses mains pour la première fois de sa vie. Aussitôt, une impression de calme chassa ses angoisses. Il extirpa de son étui le poignard, dont la lame était toute noire…

Dans sa chambre, Emerson sortit le *Guide du Nouvel Élu* et consulta le chapitre *Armes et outils*. Il trouva une image identique à l'objet. Il lut la brève description de la relique : « Le Poignard du Montagnard : pour traverser les limites physiques. »

Il avait découvert une nouvelle relique. Mais comment Marie-Claude avait-elle pu la manier, sans en devenir la porteuse ?

23

VÉRONIKA

En fin de journée, le 21 juin, Véronika se rendit en autobus jusqu'au quartier historique de Québec. Elle passa devant le collège Sainte-Hubertine, puis monta la rue des artistes, vers le Château Frontenac.

L'année scolaire était terminée. Les examens aussi. Véronika espérait avoir encore les meilleures notes. Elle était fière d'avoir surpassé ses anxiétés. Elle avait même réussi à participer à la dernière partie de Génies en herbe, malgré son malaise en présence de M. Miron. Depuis qu'il avait avoué avoir ouvert le portail, elle ne parvenait plus à le regarder dans les yeux.

Alors que Véronika arrivait de l'autre côté de la ruelle, une pluie chaude se mit à tomber. Les touristes quittèrent la terrasse Dufferin à toutes jambes. Véronika accéléra le pas et dénicha la porte de service du Château Frontenac décrite par M. Miron. Emerson et elle devaient éviter l'entrée principale, car ils n'avaient pas de raison d'être au bal.

Une fois à l'intérieur, elle avança la tête haute dans le couloir de marbre sans fenêtre, comme s'il était normal qu'elle s'y trouve. Elle repéra un autre passage destiné aux employés et s'y engouffra rapidement.

Son cœur battait à toute vitesse alors qu'elle montait les marches deux par deux, craignant de se faire prendre. Elle émergea dans un coin reculé du deuxième étage de l'hôtel, dépassa un superbe piano à queue devant des ascenseurs et trouva le point de rendez-vous.

M. Miron avait réservé le Salon rose pour la mise en place de leur plan. Le plancher était couvert d'un épais tapis à motifs de roses. Il y avait des moulures épatantes et des miroirs au-dessus de deux foyers décoratifs blancs. Une banquette de cuir capitonnée entourait une colonne et plusieurs chandeliers pendaient du plafond. Les fenêtres offraient une vue grandiose sur le fleuve Saint-Laurent. L'endroit aurait été idéal pour officialiser un mariage.

Alexie se présenta tout de suite après elle. Elle portait une brillante robe jaune à jupons, la même que l'an dernier, mais elle avait ajouté une ceinture violette. Elle transportait un grand sac de sport, qui contenait son arc et ses flèches, et avait gardé ses gants magiques sur ses mains. Willem arriva à son tour, dans un complet bleu vif coupé à la perfection. Ses cheveux étaient coiffés avec élégance. Il déposa son sac à dos près du sac d'Alexie. Les deux peinaient à se regarder, comme s'ils étaient gênés de se voir habillés en vêtements chics :

— Heu… c'est beau, ta robe, la complimenta Willem.

— Merci. Toi aussi, répondit Alexie. Heu, pas ta robe, là !

Jordan arriva et interrompit le malaise :

— *Cool*, le kit de ninja, approuva Jordan en observant Véronika.

Comme elle ne participait pas au bal, cette dernière était habillée tout en noir. Jordan, de son côté, portait un complet gris pâle, dont la boutonnière était décorée d'une fleur rose corail.

— J'aurais tellement aimé aller au bal moi aussi ! soupira Véronika, envieuse devant toutes ces tenues élégantes.

— Il te fallait une ex en cinquième secondaire ! lança Jordan.

— Ou tomber dans l'œil d'un Français ! ajouta Alexie.

— J'y penserai la prochaine fois ! ricana leur amie en faisant une grimace comique.

Véronika était heureuse de retrouver sa complicité avec ses voisins de casier. Elle aurait aimé qu'Emerson partage ce moment léger, qu'il puisse réaliser qu'il avait des amis. Il se présenta plus tard, en compagnie de M. Miron. Il portait son bermuda et son polo du collège, comme s'il n'avait aucun autre vêtement, tandis que le directeur arborait un complet.

— Est-ce que tout le monde a apporté ses reliques ? demanda-t-il.

Les jeunes hochèrent la tête pour confirmer.

— Excellent ! Rendez-vous ici à vingt-et-une heures trente pour rencontrer les autres…

— C'est parti ! lança Willem.

Alexie, Jordan et Willem s'en allèrent, laissant Emerson et Véronika avec le directeur. Il y aurait peu de temps pour compléter le verrou avant minuit. Ils installaient donc d'avance le matériel : potions, ustensiles et restes du premier verrou.

Mais Véronika avait des théories qui la tracassaient :

— Monsieur ? Je pourrais emprunter votre livre cet été, celui qui décrit l'Épreuve ?

— On verra plus tard, répondit le directeur, qui semblait nerveux.

— Mais je voudrais savoir…

— Tu ne trouves pas que le moment est mal choisi ? grogna M. Miron.

— Désolée ! Je pose beaucoup de questions… J'aime ça, bien comprendre les choses…

— Des fois, il faut avancer dans la vie, sans tout savoir. Fais-moi confiance !

Le directeur quitta la pièce, abandonnant Véronika à un soudain sentiment de culpabilité.

WILLEM

Il était déjà dix-neuf heures lorsque Willem retrouva Inès à l'entrée du Château Frontenac. Il traversa les portes tournantes avec sa compagne, puis dépassa le comptoir d'accueil et les ascenseurs dorés. Willem était content d'être avec Inès pour cette occasion spéciale.

Elle était amusante et belle dans sa robe bleue. Ils montèrent un escalier de marbre, où ils découvrirent la salle Verchères, un hall à aire ouverte adjacent à la salle de bal. Le plafond haut, peint à la main, était magnifique. Les élèves de cinquième secondaire, les jeunes Français et leurs invités discutaient autour de boissons non alcoolisées.

— J'ai passé une super année avec toi, confia Inès, alors qu'ils circulaient avec leurs cocktails sans alcool. Mais toute bonne chose a une fin ! Je m'en souviendrai toujours.

— La fin ? demanda Willem, surpris. On s'est laissés sans que je m'en rende compte ?

— Comme tu es drôle, pouffa Inès. On a juste seize ans ! Et on vit pas sur le même continent. C'était évident qu'on se quitterait à mon départ.

La nouvelle heurta autant Willem qu'elle le soulagea.

— C'est Lou-Anne qui va être contente ! gloussa Inès.

— De quoi tu parles ?

— Tu lui plais. T'as pas remarqué ?

— Non…

— Clémence et Milo sont arrivés…

Inès alla rejoindre ses amis du lycée parisien alors que Willem se réjouissait à l'idée que Lou-Anne s'intéresse à lui. Mais, soudain, la réalité refit surface dans son esprit.

Alors que la vie continuait, qu'il y avait des bals et des amourettes, Willem devait stopper le diable en fermant un portail magique ! Il était au cœur d'une aventure épique, comme dans ses *comics* préférés, mais il ne se sentait pas à la hauteur. Lui et ses voisins de casier n'étaient que des adolescents. Comment pouvaient-ils être la solution à un problème présentant de si grands enjeux ? Bien sûr, ils avaient maintenant M. Miron de leur côté… mais le directeur leur avait menti. Rien ne l'empêchait de le faire à nouveau.

Justement, le directeur arrivait avec les accompagnateurs du lycée Sainte-Périne. Ils saluaient les élèves et les invités spéciaux, notamment la représentante du consulat général de France. M. Miron abandonna toutefois sa tournée pour aller voir Willem :

— Tu es tout vert, lui chuchota subtilement le directeur. Ça va ?

— Je suis un peu nerveux.

— C'est normal. Tout va bien se passer. Pense à autre chose… À ton incroyable année scolaire, par exemple ! Tu as été l'un des meilleurs élèves de ta cohorte, en plus de gagner avec l'équipe de basketball ET l'équipe de Génies en herbe !

Willem n'en revenait pas que même M. Miron avait remarqué ses succès.

— Allez ! Et n'oublie pas notre rendez-vous à vingt heures trente !

— Le rendez-vous est à vingt-ET-UNE heures trente, corrigea Willem.

M. Miron confirma aussitôt :

— Bien sûr.

Lorsqu'Inès ressurgit, Willem fixait toujours M. Miron, qui s'était éloigné dans la foule. Un doux chant de sirène résonna dans ses oreilles pour confirmer son mauvais pressentiment.

JORDAN

— Tu t'es enfui du bal ? demanda Véronika, lorsque Jordan revint dans le Salon rose.

Il était dix-neuf heures trente et il avait besoin d'air. Il était rapidement parti de la salle de bal, après y être entré en compagnie d'Arielle. Voir ses meilleurs amis au bal le troublait. Il les voyait une dernière fois dans un contexte scolaire. S'il n'avait pas doublé sa première année de secondaire, ce bal serait aussi le sien. Mais alors, il n'aurait pas découvert de reliques. Qui aurait déniché l'épée nécessaire pour tuer la hère géante, cette année-là ? Qui aurait pu retrouver la clé de la crypte et la tuque qu'elle cachait ?

Véronika s'approcha de lui :

— Jordan ? J'ai peur que monsieur Miron nous cache encore des choses…

Véronika et lui jaugèrent Emerson, qui avait bien sûr entendu. La jeune fille expliqua :

— Il refuse de me montrer le contenu de ses livres. Il invite des gens qu'on ne connaît pas, sans nous donner de détails. C'est comme pour l'Épreuve : comment sait-on ce qu'on a vraiment fait ? J'aimerais juste pouvoir les lire moi-même, ses ouvrages !

— Moi aussi, j'aimerais ça, admit Emerson.

Véronika semblait heureuse que leur ami ne s'oppose pas. Elle demanda à Jordan :

— Tu sais ouvrir des portes verrouillées ?

— Moi, non. Mais je connais quelqu'un !

VÉRONIKA

Les cloches d'une église au loin sonnèrent huit coups, indiquant qu'il était déjà vingt heures. Véronika, Emerson, Jordan et Esteban traversèrent la cour du collège Sainte-Hubertine sous de fines gouttelettes et les minces rayons du coucher de soleil qui transperçaient les nuages. Ils entrèrent dans l'école par la porte donnant sur l'aire des troisième secondaire.

Une fois à l'intérieur, ils coururent vers le bureau de la direction. Esteban pointa son ongle au vernis rose vers la poignée. Une griffe pointue jaillit et, en l'insérant dans la serrure, il réussit à ouvrir la porte.

— Merci, Esteban. Je t'en dois une.

— Tu me dois rien ! C'est grâce à toi si nos familles sont sauvées !

Ils refermèrent la porte derrière eux. Même si c'était maintenant une vieille habitude, Véronika détestait s'infiltrer dans le bureau du directeur. Elle n'aimait pas enfreindre les règles. Mais les enjeux étaient trop importants. Elle voulait en avoir le cœur net !

Elle alla directement vers l'armoire où M. Miron cachait des objets et des livres de magie. Esteban la déverrouilla, et ils fouillèrent tous ensemble.

— Ce sont les livres qui étaient dans la crypte ! s'exclama Jordan.

— T'es certain ?

— Oui ! Je le savais que j'avais vu des livres la première fois que j'y suis entré.

Les trois garçons sortirent tous les livres. L'ouvrage vert forêt, dans lequel M. Miron prenait ses informations, s'intitulait *Techniques avancées*. Il y avait aussi : *L'Histoire des portails et du monde obscur* ; *Codes à travers les mondes humain et obscur* ; *Guide des cérémonies officielles : Édité par le Conseil des Élus* ; *Démoniaques et Funestes : Une analyse des pires créatures du monde obscur* ; *Herboristerie – Niveau expert* ; *Les carnets rouges – Volume 2* ; ainsi que *Reliques, portails et autres fabrications fabuleuses*. Ils avaient la preuve que M. Miron leur cachait d'autres secrets. Il avait volé les livres de la crypte !

Véronika extirpa un bout de papier de sa poche. Elle le gardait toujours sur elle depuis l'année précédente.

— Ce sont les livres qui manquent dans notre inventaire de l'an dernier ! Je les ai tellement cherchés !

— Monsieur Miron a dû les prendre quand j'ai oublié de fermer la porte de la crypte, dit Jordan.

— Il a eu le champ libre tout l'été ! ajouta Véronika. Quelqu'un avait retiré ces livres du repaire. Ils contiennent sans doute des informations importantes !

Véronika prit le livre *Techniques avancées*. Son pouls s'accéléra en découvrant des techniques incroyables de magie, notamment sur la fabrication, une notion absente du *Guide du Nouvel Élu*. Les garçons regardaient pardessus son épaule.

— C'est du solide ! souffla Esteban. Seules les sirènes avancées, comme Keiko, étudient ces trucs.

Ils examinèrent ensuite le chapitre sur l'Épreuve : « Cette technique dangereuse et mortelle vise à augmenter les pouvoirs magiques. On l'utilise aussi dans le but d'obtenir des Fragments, des sources de magie pure. Les Fragments proposent quant à eux une panoplie de moyens pour fabriquer des protections. Combinés et infusés, ils permettent de créer des potions rares, dont le nectar d'immortalité… »

Comme ils le soupçonnaient déjà, l'Épreuve n'offrait pas le statut d'Élu. Elle ne servait qu'à devenir plus fort et à récolter des Fragments. Et ceux-ci n'avaient aucun lien avec le portail!

— Monsieur Miron est donc pas un Élu non plus, soupira Jordan. Ça fait un autre mensonge!

Véronika remarqua qu'Emerson était pâle, comme s'il était malade. Elle lui prit la main pour tenter de le rassurer. Elle-même avait honte d'avoir cru toutes les histoires de M. Miron. Jordan poursuivit alors la lecture à voix haute:

— Écoutez ça, c'est pire encore: « L'Épreuve se déroule dans la conscience de la personne, mais ses impacts sont bien réels. Les incidents se répercutent dans la réalité. Si une personne meurt dans son esprit, elle trouvera la mort dans la réalité... »

Emerson observa son bras droit, là où sa blessure lors de l'Épreuve avait laissé une cicatrice. Ils auraient tous pu mourir, le jour de l'Épreuve!

Véronika s'apprêta à remettre le livre en place, mais elle décida de le garder.

— Et vous avez vu ça? dit alors Esteban.

Il désignait un coffre rempli de bijoux, d'accessoires et de babioles. Emerson tendit la main vers un chapeau à large rebord, tandis qu'Esteban tira un collier de coquillages qui ressemblait à celui dans son cou, et qui lui permettait de respirer sous l'eau. La sirène grogna et annonça:

— Je crois que votre directeur est un pilleur de fabrications magiques!

ALEXIE

La salle de bal était décorée de fleurs vertes et turquoise. Les chandeliers de cristal faisaient rayonner la piste de danse et le DJ proposait déjà des mix de musique entraînante. Alexie regarda à nouveau son téléphone : vingt heures vingt. Elle soupira d'impatience en entrant dans la salle. Corentin l'accompagnait. Celui-ci portait un complet gris foncé, presque mauve. Le garçon était charmant et poli, ce qui soulageait Alexie par rapport à ceux qui, avant lui, l'avaient courtisée comme si elle leur « devait quelque chose ». Corentin lui offrit son bras pour déambuler dans la salle luxueuse et l'invita gentiment à danser.

Après quelques chansons, elle alla se désaltérer au bar. Elle fit un grand détour pour éviter de croiser Willem, qui dansait avec Inès…

— Je t'ai toujours trouvée bizarre à l'école primaire !

Alexie se retourna et découvrit Angélina, au bar, qui savourait un jus de cerises pendant qu'Arthur, son cavalier, discutait plus loin avec des amis.

— Merci ! répondit Alexie, qui décida de prendre le commentaire comme un compliment.

— En fait, on est pas si différentes. Toutes les deux, si on voit quelque chose qui cloche, on peut pas laisser passer. Faut qu'on parle, qu'on fasse quelque chose !

— Des fois, j'aimerais ça être capable de rien dire. Ça m'attire des ennuis.

— Mais si on le fait pas, les choses changeront jamais. Tu peux pas ignorer ce *guts*-là !

Angélina cogna son verre avec celui d'Alexie et partit rejoindre son père, qu'on avait invité au bal en l'honneur de la présence du consulat français.

Alexie s'apprêtait à retrouver Corentin lorsque Willem la trouva. Il avait l'air paniqué :

— Alexie ? J'ai quelque chose à…

— Will ! C'est correct que tu sortes avec Inès !

— Quoi ? En fait… on est plus ensemble.

— Tu l'as laissée au bal ?

— Ça allait nulle part notre histoire… c'est pas important ! J'ai parlé plus tôt avec monsieur Miron. Il s'est trompé sur l'heure de notre rendez-vous.

— Et alors ?

— C'était comme s'il avait un autre rendez-vous, avant le nôtre. Je crois qu'il nous joue encore dans le dos !

Alexie cala d'un trait sa limonade et tira la manche de Willem :

— Viens-t'en, Will ! On va pas le laisser faire !

WILLEM

Willem suivit Alexie dans les couloirs du Château Frontenac. Ils arrivèrent dans le Salon rose à bout de souffle.

Emerson, Véronika, Jordan et Esteban étaient là, les vêtements mouillés et les bras chargés de livres. Willem fut soulagé de les voir. Ensemble, ils avaient peut-être une chance.

— On est en train de se faire avoir… encore ! lança Alexie.

— On le sait ! annonça Véronika en brandissant le livre de M. Miron. On a des preuves !

Elle leur présenta des passages qui expliquaient le réel objectif de l'Épreuve et ses dangers :

— Tu les as volés dans le bureau du directeur ? l'interrompit alors Willem.

— On aura jamais le temps de tout expliquer si tu me coupes ! se plaignit Véronika. Bon… Ah oui ! Les Fragments ! Ça sert à protéger, à devenir immortel. Pas à fermer le portail !

Willem se méfiait depuis un bon bout, mais devant ces preuves, la nervosité s'empara de lui. Pourquoi avaient-ils risqué leur vie si ce n'était pas pour fermer le portail ?

Tout le monde attendait une réaction d'Emerson. Véronika le supplia :

— Tu le vois comme nous. Tout ce temps, monsieur Francis avait les livres de la crypte. Il nous l'a caché. Il a menti sur le but de l'Épreuve. On aurait pu mourir !

Emerson toussota avant de parler. Son regard fatigué était vitreux et ses mains tremblaient :

— Il essaie aussi de me manipuler dans mes rêves, avoua-t-il tout bas. Il voulait que je me joigne à lui pour garder ouvert le portail et étudier la magie. Je suis plus sûr de rien…

Willem s'approcha de son ami pour lui démontrer son soutien :

— Je veux pas te mettre la pression, Em, mais on doit vite décider quoi faire.

— Il prépare sans doute quelque chose pour ce soir, ajouta Alexie.

— On pourrait faire une potion pour se protéger ? suggéra Jordan. Comme l'année passée.

— C'est trop long, dit Emerson de sa voix triste. Et Francis a utilisé nos ingrédients…

— Ça regarde mal, conclut Esteban, qui restait à l'écart, les bras croisés.

La présence de la sirène rappela à Willem que le bracelet de montre découvert dans l'épave était dans son sac. Il le récupéra et le présenta pour la première fois à Emerson :

— Ça pourrait servir ?

— Où l'as-tu eu ? s'étonna Emerson.

— On a aidé les sirènes à libérer Sedna, révéla Alexie.

Willem se dépêcha de prendre le relais, craignant que la jeune fille ne soit trop directe :

— Je l'ai trouvé dans une épave au fond du fleuve Saint-Laurent. Véronika a même créé un remède pour guérir les sirènes. Je suis désolé, Em. On t'en a pas parlé, parce qu'on voulait pas que monsieur Miron s'en mêle. Tu comprends ?

Emerson avait une mine démolie.

Emerson

Quand Emerson avait vu le chapeau à large rebord dans le bureau de Francis, il avait su. C'était le même que la créature qui hantait ses nuits. Son frère s'était déguisé et avait utilisé un sortilège pour le convaincre d'aller dans le monde obscur, pour secourir une créature qui n'existait pas. Son propre frère avait conçu ces visions cauchemardesques pour le tourmenter.

Pourtant, à ce moment-là, il était surtout stupéfait que les autres aient aidé les sirènes sans lui. Cette histoire le rassura. Emerson souhaitait depuis longtemps que ses voisins de casier s'impliquent autant que lui dans les aventures magiques.

Sans un mot, il récupéra son *Guide* et montra une page du chapitre *Armes et outils* :

— C'est une montre de protection. Il suffit de lui greffer un sortilège.

— Ça protège de quoi ? demanda Jordan.

— De tout. Mais seulement la personne qui la porte. À moins que…

Emerson se mit à réfléchir. Il questionna Véronika :

— C'était quoi le passage, sur les Fragments ? Ça disait…

— Qu'ils avaient des propriétés de protection, rappela Véronika en ouvrant le livre volé.

— Si on ajoute un Fragment au bracelet, déduit Emerson, ça devrait augmenter le pouvoir du porteur. Il faudrait qu'on reste proches les uns des autres, mais ça nous protégerait de n'importe quoi. Francis m'a expliqué comment faire ce genre de fabrication…

— Stop, là ! coupa Esteban. Vous vous rappelez ? La fabrication, c'est une technique super avancée. La seule personne que je connais qui est capable d'en faire, c'est Keiko.

— Alors, on a qu'à lui demander de nous aider, trancha Jordan.

— Il nous reste moins d'une heure pour faire ça, indiqua Alexie.

— Il faut récupérer un Fragment au collège, mais je sais pas où ils sont, dit Véronika.

— Ils sont dans le grenier, dit Emerson. Le bocal est dans un rangement caché. Francis pense que je l'ai pas vu, mais je l'ai aperçu, dans le mur. Une grosse boîte qui brille. On dirait le truc qui était dans l'autel de la chapelle avant.

— C'est loin ! rappela Willem. On aura pas le temps de s'y rendre et de revenir avant le rendez-vous de vingt-et-une heures trente.

Emerson afficha un sourire en coin. Il sortit de sa poche le poignard à la lame noire. Il n'en avait parlé à personne, même pas à Francis.

— Est-ce que c'est ce que je crois ? s'enquit Willem avec une pointe de jalousie amusée dans la voix.

— C'est une relique ! confirma Emerson. Elle était chez moi. Elle appartenait à mon père.

— C'est quoi son pouvoir ? demanda Alexie.

— Elle permet de « traverser les limites physiques »...

Emerson brandit le poignard dans le vide, en pointant la lame en hauteur. Il trancha le néant et une profonde brèche apparut. Emerson entra sa main dans la faille qu'il venait de créer afin de l'élargir. Les jeunes étirèrent le cou et regardèrent dans le trou : de l'autre côté se trouvait le laboratoire secret dans le grenier du collège !

La nouvelle relique d'Emerson permettait de voyager d'un endroit à l'autre. Il devait déjà connaître le lieu pour s'y rendre. Lorsqu'il taillait dans le vide, il imaginait où il voulait aller, et ce lieu se présentait dans l'ouverture. Plus il était familier avec sa destination, plus l'opération était facile. Emerson s'était exercé chez lui pendant que Marie-Claude s'absentait pour les assemblées de copropriété. Il avait fait de nombreux allers-retours entre sa chambre, le salon et la cuisine. C'était cependant la première fois qu'il tenterait un voyage d'une telle distance.

Emerson tendit la main vers ses voisins de casier et Esteban, encore ébahis par cette magie.

— Vous venez ?

— Laissez ce passage ouvert ! lança Jordan. Esteban et moi, on va chercher Keiko !

JORDAN

Quelques minutes plus tard, Jordan et Esteban étaient de retour dans la salle de bal. Ils trouvèrent Keiko, dont les cheveux bleus étaient coiffés en hauteur, à la madame de Pompadour. Elle portait une robe à dentelles noires et était en compagnie de Clémence, vêtue d'un complet émeraude, et de Rudy, en chemise à manches courtes, fier de pouvoir dévoiler ses bras guéris.

— On a besoin de vous, leur dit aussitôt Jordan. C'est urgent.

— Qu'est-ce que vous avez encore fait ? soupira la leader des sirènes.

— On doit faire un truc de… fabrication, hésita Jordan. Il reste que quelques minutes.

Les trois sirènes pouffèrent :

— Excellente blague ! dit la rouquine.

— De toute manière, dit Keiko, nous aidons pas les humains. Cela a toujours été ainsi…

Le visage d'Esteban devint dur comme la glace :

— Keiko, ça suffit ! Nos parents sont pas là. C'est nous qui décidons.

— Et qui va subir les conséquences au retour ? Moi !

— On peut bien les aider avant de partir. Sans eux, on en serait encore à tenter de comprendre Sedna. Et c'est pour protéger un portail !

Keiko abdiqua. Elle balança sa haute chevelure vers l'arrière en se redressant :

— Rudy, va chercher Corentin. On va rembourser notre dette aux humains !

24
Reine Roy

Les murs et les planchers paraissaient identiques. Toutefois, une sentinelle voyait au-delà des apparences physiques. Après des années d'absence, Reine Roy remettait les pieds dans le collège Sainte-Hubertine en constatant que les choses avaient changé. Elle était une personne suprasensible d'expérience, qui percevait les phénomènes magiques.

Elle était entrée par la porte de la cour qui donnait vers la cafétéria. Mme Roy avait tout de suite repéré les fissures dans les parois. Il manquait aussi cette odeur surnaturelle et réconfortante que seule Mlle Irma pouvait créer. Mais où était passée la fée ?

La vieille directrice au visage ridé remonta ses lunettes sur son nez et entreprit de gravir l'escalier du pavillon B avec sa canne. Sa peau était blanche comme le plâtre qui l'avait retenue prisonnière pendant des années. Elle venait à peine d'obtenir son congé d'hôpital, après des mois dans le coma. Au lieu de se rendre chez elle, elle avait exigé au chauffeur de taxi de la déposer rapidement au collège Sainte-Hubertine. Elle devait s'assurer que tout était en ordre.

Ses yeux vitreux inspectèrent chaque salle de classe. Une créature malveillante avait notamment fréquenté le local de musique. L'odeur écœurante de soufre datait de quelques mois… ou même de quelques années. Elle repéra aussi les signes de créatures plus petites et encore plus puantes, tout le long du chemin vers l'autre pavillon. De la magie toute fraîche infestait les salles de cours du pavillon A, comme si plusieurs créatures magiques les avaient habitées pendant des mois. Mais elles étaient parties maintenant.

La directrice au corps svelte marchait maintenant à toute vitesse. Ses mains picotèrent lorsqu'elle descendit l'escalier en colimaçon. Elle arriva au cœur du grand hall. Un goût de pomme avariée dans sa bouche lui confirma la présence de fantômes. Elle les vit flotter dans la vaste pièce. Ils étaient environ une vingtaine et avaient des trous noirs et visqueux à la place des yeux. Le portail… on l'avait bel et bien ouvert !

Furieuse, la directrice continua son chemin et claqua la porte de son bureau. Celui-ci empestait la terre et l'épinette, comme si chaque centimètre était couvert de magie. Elle n'avait jamais ressenti une telle chose, pas même lorsque frère Juste lui transmettait ses secrets.

Un rapide coup d'œil en ces lieux lui permit de conclure qu'on l'avait remplacée pendant son absence. Il le fallait bien.

Mme Roy avait été absente pendant trois ans, à la suite du piège qu'on lui avait tendu dans la chapelle. Elle ne s'était pas méfiée. Pendant des années, personne n'avait décelé de menace, pas même le dernier Élu, M. Chevalier. Celui-ci lui avait assuré qu'elle pouvait prendre sa retraite. Mais Mme Roy opérait toujours lentement et correctement… sauf cette nuit-là. Elle avait oublié d'apporter des protections avant de monter à la chapelle.

La directrice eut alors un malaise. Elle comprit que c'était Francis Miron qui l'avait remplacée ! Le traître ! C'était lui qui avait ouvert le portail, qui l'avait emprisonnée pour qu'elle devienne une vulgaire statue ! Mme Roy fouilla dans les traîneries du nouveau directeur à la recherche d'un indice lui permettant d'arrêter ce vendu !

Dans le désordre, elle repéra une note énigmatique : la date d'aujourd'hui, un numéro de vol d'avion et une heure d'arrivée à Québec. Elle analysa le calendrier fixé au mur et comprit que le bal des finissants avait lieu ce soir, au Château Frontenac. Aussitôt, Mme Roy attrapa une paire de ciseaux et se coupa l'intérieur de la main. Elle fila vers l'armoire massive de style rustique, fermée avec des battants et décorée de minuscules motifs. Elle y posa sa paume ensanglantée et les portes s'ouvrirent. Elle fouilla rapidement au travers des accessoires étranges, des livres, des fioles et des bocaux aux contenus colorés. Elle prit un flacon rempli d'un liquide gris et brouillé, ainsi qu'un énorme trousseau de clés.

La directrice s'éloigna de son ancien bureau pour accourir vers les profondeurs du pavillon B, ignorant la blessure dans sa main qui coulait à grosses gouttes. Elle entra dans la salle électrique en grognant contre l'odeur suspecte de magie. Au bout du long corridor métallique, le portail l'accueillit, bien ouvert. La boule obscure brillait comme une nuit sans étoiles. Mme Roy la contourna et fila vers une des portes, la déverrouilla à l'aide de son trousseau et se précipita dans le passage secret qui reliait le collège au Château Frontenac…

25

WILLEM

Une fissure étrange apparut dans le vide du Salon rose. Elle grossit de plus en plus, pour laisser passer les cinq voisins de casier qui se poussaient pour sortir du raccourci magique. Ils se retrouvèrent à terre, empilés les uns sur les autres :

— Ayoye ! se plaignit Willem.

— Tasse-toi ! ajouta Véronika.

Les sirènes étaient déjà retournées au bal, mais les cinq Québécois s'étaient réunis dans le repaire pour compléter leur plan. Ils se relevèrent au moment où la porte du Salon rose s'ouvrit. M. Miron entra. Il devina aussitôt que quelque chose s'était produit. Cette fois, Willem n'allait pas se laisser berner.

— C'est terminé ! lança-t-il au directeur. On sait tout, maintenant !

— De quoi parles-tu ? Êtes-vous prêts pour la préparation du verrou ?

— Ça suffit les mensonges ! coupa Alexie. On sait que l'Épreuve sert pas à devenir Élu. On est au courant que vous nous mentez depuis le début. Pourquoi avez-vous réellement ouvert le portail si vous saviez que c'était interdit ?

Le visage de M. Miron se rembrunit :

— Pourquoi laisser les portails ouverts est-il interdit, au juste ?

Willem figea, surpris par cette question. Il n'y avait jamais pensé. Le directeur continua :

— Pourquoi ne pas permettre à tout le monde d'accéder à la magie, à des connaissances extraordinaires ? Vous saviez qu'il existe des magies qui peuvent nous rendre si puissant qu'on devient éternel ? Pourquoi je n'y aurais pas droit, moi ?

— Si les Élus voulaient les fermer, dit Véronika, ils devaient avoir une bonne raison !

— Mais n'as-tu jamais pensé que les Élus, en gardant les portails fermés, devenaient les seules personnes avec des pouvoirs magiques ?

— Mais en les ouvrant, des gens sont morts ! rappela Jordan.

M. Miron soupira.

— C'est malheureusement le prix à payer ! Mais, avec les savoirs que j'aurai un jour, je sauverai des milliers de vies humaines !

— C'était un autre mensonge, votre intention de fermer le portail ?

— J'ai travaillé toute ma vie pour ouvrir un portail, expliqua M. Miron. Je ne vais quand même pas le fermer ! Vous faire croire qu'on pouvait le faire ensemble, c'était la seule manière de vous convaincre de réaliser l'Épreuve et de me rapporter des Fragments.

— Et vos contacts qui sont censés aider, ils viendront jamais, c'est ça ? demanda Alexie.

— Oh non ! Ça, c'est vrai ! Et ils sont plus forts que vous. C'est la Ligue des Mages ! Ils ont des moyens énormes ! Mais, je ne leur ai jamais révélé où se trouvait le portail. Je voulais être certain d'avoir leur attention pour qu'ils m'acceptent enfin dans leur organisation…

Une alarme se mit à sonner. M. Miron vérifia son téléphone et annonça :

— Il est vingt-deux heures…

Willem recula en voyant la porte s'ouvrir. Deux inconnues entrèrent dans la pièce. La première était une femme à la peau brune dans la quarantaine, ronde et athlétique, revêtant un tailleur sportif de couleur crème. Elle plaça devant elle un épais bouclier de style antique, avec un centre en fer et des motifs de vagues et de rayons de soleil. La personne à ses côtés était toute petite, et plus vieille. Elle portait un voile de tulle blanc avec des bords en dentelle fine, constellé de perles, comme les mariées. L'accessoire était fixé dans son chignon, serré sur sa tête. L'animosité tendait son visage féroce de couleur cuivre foncé.

Les deux restèrent méfiantes, malgré les salutations de M. Miron :

— Bernadette. Dezba.

Les adolescents étaient prêts à tout. Ils se tenaient tous au milieu de la pièce…

— *Vi Zewira!* lança M. Miron.

Une bourrasque magique entoura les jeunes. La femme au bouclier, Bernadette, enchaîna d'une voix forte, avec un accent haïtien :

— *Imsourù!*

Les voisins de casier se retrouvèrent les mains liées ensemble, ligotés par des cordes invisibles. Willem grogna en remarquant un trou dans son complet :

— Mon père va me tuer !

— Ça se peut que tu meures avant ! annonça Alexie, en gardant toutefois un ton de plaisanterie.

M. Miron s'accroupit près des jeunes, mais évita soigneusement de regarder Emerson :

— Je suis désolé, vous savez…

— Mon œil, ouais ! le coupa Jordan.

— Vous nous jouez dans le dos depuis le début ! souligna Véronika.

— Comment pouvez-vous faire ça à votre frère ?! ajouta Willem.

— De quoi ils parlent ? demanda Dezba, celle avec le voile.

— Nous sommes en retard ! glapit Bernadette.

— C'est vous qui avez volé les livres de la crypte ! accusa Véronika, ignorant les deux femmes impatientes.

— Une collection rare ! admit M. Miron. C'est le dernier exemplaire de *Techniques avancées*, le seul texte qui explique l'Épreuve et comment utiliser les Fragments…

— Qu'allez-vous faire avec les Fragments ? demanda Jordan.

— Tu les as récupérés ? s'étonna Bernadette en jaugeant M. Miron. Tu avais l'intention de nous le cacher, ça aussi ?

M. Miron soupira profondément, en pinçant l'arête de son nez.

— J'allais le dire… un jour !

— Mensonge ! grogna Bernadette. Tu allais tout garder pour toi. Pour devenir immortel, c'est ça ?

À la lumière de leurs récentes découvertes, Willem devina que Bernadette avait raison. M. Miron cherchait des Fragments pour devenir surpuissant et immortel !

— Ça suffit ! coupa Dezba, dont le regard sérieux se creusait de colère.

Celle-ci ouvrit sa sacoche et sortit des fioles de potions, vertes comme du soda à la lime.

— C'est quoi ça ? demanda Willem, soucieux, en reconnaissant les fioles utilisées par M. Miron lors de l'évaluation de santé après l'Épreuve.

— Ne vous inquiétez pas, dit Francis. Vous vous rendrez compte de rien.

Bernadette attrapa la tête d'Alexie avec ses deux mains. Tout le monde se mit à protester :

— Laissez-la ! cria Willem.

— Qu'est-ce que vous lui faites ? dit Véronika.

La membre de la Ligue tint fermement la bouche d'Alexie pour y verser le liquide. Les voisins de casier se comprimèrent autour d'elle, s'assurant qu'Emerson restait au centre. Willem fut le suivant. La potion coula dans sa gorge comme un filet de morve. Tous les autres furent rapidement servis.

— On vient-tu genre de boire notre sang ? interrogea Willem en grimaçant.

— Dé-gueu-lasse ! s'exclama Alexie.

— Même les sirops contre la toux ont meilleur goût ! ajouta Véronika.

— Vous en avez pas à saveur de cerise ? se moqua Jordan.

Les trois adultes les observaient, désespérés :

— Ils sont toujours comme ça ? demanda Bernadette à Francis.

— Tout le temps, confirma celui-ci.

— Et maintenant ? tonna Alexie. Qu'allez-vous faire de nous ?

— Maintenant, vous allez mourir quelques minutes, expliqua Bernadette. Le temps que nous récupérions vos reliques. J'aurais préféré une vraie mort, mais Francis n'avait pas envie d'enterrer vos cadavres !

— N'oubliez pas, insista M. Miron à l'intention de ses acolytes, c'est moi qui prends l'Alliance de la créature ! J'en ai besoin pour clore le pacte avec le diable…

Voilà ce que Francis avait promis à la Ligue des Mages : leurs reliques ! Les plus puissants des outils magiques ! Il avait même promis la bague au diable !

— Combien de temps avant que la potion fasse effet ? demanda Bernadette.

— Elle aurait déjà dû agir, dit Dezba. C'est une potion instantanée qui ne dure pas longtemps. Tu m'as bien donné le sang de chacun d'eux ?

— J'ai fait exactement comme tu me l'as ordonné.

— C'est peut-être ça, le problème, dit alors Willem en pointant le poignet d'Emerson…

Emerson

Malgré la peur, malgré la tristesse immense de voir son frère le trahir, Emerson canalisait toute son énergie magique vers la montre à son poignet. Grâce à l'aide précieuse de Keiko, il avait intégré un Fragment dans le centre du bijou en étain. La sirène avait conseillé d'utiliser la bille bronze récupérée par Emerson, car cette couleur prévenait les influences négatives. Il aurait aimé pouvoir échanger longuement sur la magie avec Keiko, mais le temps était compté.

La puissance de la montre était vive et foudroyante ! Elle avait elle-même commencé à exercer sa puissance, comme si elle contenait un radar à mauvaises intentions. Emerson pouvait choisir quoi défendre. Pour le moment, il se protégeait lui-même et les quatre jeunes autour de lui.

— Tu n'as pas mentionné qu'ils avaient des sources magiques ! gronda Bernadette.

— Emerson l'a fabriquée ! dit Willem, fier de son ami.

— On est pas des pilleurs, nous ! ajouta Jordan.

— Ils sont capables de fabriquer des outils magiques ? demanda Dezba.

— Mais non ! grommela le directeur. Ils l'ont sans doute trouvée par hasard, comme le reste.

— Pourquoi vous nous sous-estimez autant ? soupira alors Alexie. C'est pas parce qu'on est des ados qu'on est des imbéciles !

Le téléphone de Jordan sonna, stoppant le directeur qui était sur le point de s'énerver.

— C'est l'heure ! annonça simplement Jordan.

— L'heure de quoi ? s'impatienta Dezba.

Celle-ci attrapa l'appareil de Jordan. Elle le tourna pour montrer l'écran, qui affichait un dessin de sirène rose, de style manga, qui faisait un doigt d'honneur. Au même moment, la poignée de la porte du Salon rose remua. Quelqu'un de l'autre côté essayait de l'ouvrir.

— Tu avais dit que c'était un lieu sûr, rugit Bernadette à l'intention de Francis.

Des élèves en costume de bal défoncèrent l'entrée. Keiko, la peau toute bleue, entra la première. Ses cheveux, d'une force exceptionnelle, tenaient la porte arrachée. Elle lança les détritus de bois au loin, puis poussa Dezba avec sa chevelure. La membre de la Ligue tomba à la renverse. Clémence et Corentin utilisèrent leurs griffes pour menacer M. Miron et Bernadette, pendant qu'Esteban et Rudy aidaient les voisins de casier à se relever.

Les dix jeunes ne perdirent pas une seconde. Ils quittèrent la pièce et coururent dans les couloirs du château. Ils empruntèrent un escalier de secours qui descendait au rez-de-chaussée.

Les sirènes reprirent leur apparence normale juste avant d'entrer dans le hall aux murs dorés.

— Tout le monde va bien ? demanda Clémence.

— Ils nous ont donné une potion pour nous tuer temporairement, expliqua Alexie, mais l'effet est déjà fini. La montre avec le Fragment a fonctionné !

— Et quelle est la suite de votre plan fabuleux ? demanda Keiko en croisant les bras.

Emerson oscillait sur place, manifestement nerveux. Ils n'avaient pas eu beaucoup de temps pour se préparer. Alexie tenta d'être rassurante :

— Ils feront pas de magie devant des témoins. On a juste à pas se faire repérer. On se sépare et on disparaît pour le moment !

Véronika, Willem, Corentin, Clémence et Rudy utilisèrent les portes tournantes pour sortir du château. Jordan, Emerson, Alexie, Keiko et Esteban retournèrent au bal, dans l'espoir que leurs assaillants abandonnent leur sombre projet de les tuer pour récupérer leurs reliques.

Jordan

Jordan n'était pas convaincu que se séparer était la meilleure stratégie. Comme il n'avait rien de mieux à suggérer, il retint sa langue et monta l'escalier vers la salle de bal.

— Il va falloir danser, dit Alexie. Sinon, on va avoir l'air caves !

La salle était effectivement une vraie discothèque ! Ils allèrent tous danser pour se cacher dans la foule.

Pendant ces minutes, Jordan oublia qu'ils étaient en fuite. C'était sa dernière soirée avec Esteban, mais les deux n'en parlaient pas. Ils riaient et ils dansaient ! Jordan se laissait porter par le plaisir du moment.

Les fuyards dansèrent avec énergie pendant deux morceaux. La chanson suivante était une ballade. Jordan et Esteban quittèrent la piste de danse. Ils étaient seuls dans un coin, à regarder les couples danser doucement…

— C'était chouette de te rencontrer, Jordan. Je vais en garder de bons souvenirs…

Jordan n'avait pas envie de dire adieu à Esteban. Il se sentit soudainement troublé. Qu'est-ce qu'il y avait entre eux ? Était-ce seulement de l'amitié ? Sa rencontre avec le jeune Français avait sans aucun doute changé sa vie. Il l'avait aidé à comprendre des choses sur lui-même. Jordan réalisa que quelque chose de plus aurait pu se produire entre eux…

Il reconnut alors une silhouette au loin. Bernadette était entrée dans la salle de bal ! Les jeunes se rassemblèrent autour d'Esteban, qui pointait le fond de la salle :

— Il y a une sortie d'urgence.

— Sais-tu où elle mène ? demanda Keiko.

— Aucune idée. Mais nous avons pas d'autres options.

Jordan osa pousser la porte. Aucune alarme ne résonna.

Le groupe en fuite se retrouva dans un couloir étroit, sans dorures ni lumières stylisées. Un passage réservé aux employés. Alors qu'ils marchaient en évitant la panique, quelqu'un approcha en sens inverse.

— Faites comme si de rien n'était, chuchota Alexie.

Jordan se raidit, craignant une rencontre avec un membre zélé du personnel de l'hôtel. Il baissa le regard, mais du coin de l'œil, il reconnut la démarche…

— On dirait que t'as vu un fantôme ! murmura Esteban.

— Elle ressemble… à l'ancienne directrice !

La femme qui marchait avec une canne s'arrêta. Puis, elle avança à toute vitesse vers les jeunes avant d'attraper Emerson par le poignet et de le tirer vers elle pour observer son œil droit :

— C'est pas vrai !

Elle examina Alexie et Jordan de la tête aux pieds, regardant attentivement les gants revêtus par la jeune fille et le couteau dans la main du jeune homme.

— Madame Roy ? dit alors Jordan. Je pensais que vous étiez dans le coma !

L'ancienne directrice fronça les sourcils vers Keiko et Esteban, puis elle éclata de rire :

— Bon sang ! Je n'aurais jamais cru voir une sirène de ma vie ! Et en voilà deux !

— Madame ? Vous êtes… une Élue ? demanda Jordan.

— Non, je suis la gardienne du portail ! Mais qu'est-ce qui se passe ici ? Vous dégagez de la magie comme si vous aviez avalé un tonneau de potion !

Ils n'avaient pas le temps de tout expliquer. Jordan révéla le problème le plus urgent :

— Il y a des membres de la Ligue des Mages qui essaient de nous tuer pour prendre nos reliques. Eux, ce sont nos amis, des sirènes en échange étudiant. On nous pourchasse, Madame. Vous pouvez nous aider ?

Mme Roy fronça les sourcils :

— Monsieur Jordan Olivier Walker ?

Jordan eut un sourire en coin, surpris que la directrice se souvienne de lui. Elle avait failli le renvoyer de l'école, trois ans auparavant.

— Est-ce votre futé de grand-père qui vous a confié ses secrets ? l'interrogea la vieille dame.

— Non, Madame. Mon grand-père est décédé.

— Je suis désolée de l'apprendre. C'était un homme respectable. Juste un peu trop curieux… Je m'étais donc trompée sur vous ! Je suis heureuse de constater que vous avez persévéré après votre échec monumental en première secondaire !

Malgré le rappel de son fiasco, Jordan était ravi de rencontrer une adulte qui admettait ses torts.

— Venez ! dit-elle. Je connais le chemin pour sortir d'ici…

La directrice les mena vers un escalier au fond du couloir. De là, ils descendirent jusqu'au rez-de-chaussée, puis s'infiltrèrent dans le restaurant fermé qui donnait sur la terrasse.

VÉRONIKA

Une lune ronde brillait dans le ciel du Vieux-Québec. Véronika s'était cachée à l'extérieur, sur le côté du château, en compagnie de Willem, Corentin, Clémence et

Rudy. Lorsque M. Miron et Dezba apparurent au loin, ils s'enfuirent vers la terrasse Dufferin.

Les jeunes dévalèrent l'escalier du parc des Gouverneurs, qui débouchait près de vieux canons noirs. Ils coururent sur la terrasse qui s'étirait devant eux, tel un long quai au-dessus de la falaise.

Un voile de pluie brouillait la vue sur le fleuve. Ce mauvais temps avait fait fuir les touristes. Il n'y avait personne autour.

Soudain, des gens sortirent du restaurant du château et approchèrent. Véronika craignit qu'il ne s'agisse d'autres membres de la Ligue... jusqu'à ce qu'elle reconnaisse Emerson, Jordan et Alexie, accompagnés d'Esteban et Keiko. Une vieille dame s'appuyant sur une canne les accompagnait. Celle-ci s'éloigna pour se cacher derrière le monument de Samuel de Champlain.

Le soulagement de Véronika fut de courte durée. D'un côté, M. Miron et Dezba les avaient repérés et, de l'autre, Bernadette se présentait avec son bouclier au-dessus de la tête pour se protéger de la pluie froide.

EMERSON

La Ligue des Mages cernait les dix jeunes. Emerson redoubla de concentration pour tenter de protéger tous ses amis avec le pouvoir du bracelet et du Fragment. M. Miron s'avança tout en jetant des coups d'œil nerveux aux trois passants téméraires qui s'aventuraient sur la terrasse avec leurs parapluies. Il s'adressa directement à Emerson, comme si les autres n'existaient pas :

— Cette histoire n'a pas besoin de finir en bain de sang !

— Tu savais que le diable était de retour, lui dit Emerson, les larmes aux yeux. Comment as-tu pu le laisser se promener dans le collège ? Il a failli nous tuer !

— Il ne pouvait rien t'arriver. J'ai fait un pacte avec lui…

— Pourquoi tu m'as menti ? coupa Emerson.

— J'ai juste omis certains détails !

— La Ligue des Mages, c'est un détail ?

— Je ne partage pas les ambitions de la Ligue. Je me sers d'eux pour en apprendre plus sur la magie. Nos parents n'ont jamais voulu que je devienne un Élu. Je les ai entendus magouiller pour me faire effacer la mémoire, comme ils ont fait à Marie-Claude. Alors, je suis parti. C'est la Ligue qui m'a pris sous son aile… Tu peux comprendre ça ?

— Tu vas nous livrer à eux ?

M. Miron jeta un rapide coup d'œil aux autres jeunes qui le fixaient avec méfiance.

— Ce n'est pas mon premier choix, murmura le directeur. Je préférerais que nous gardions les Fragments pour devenir immortels. Plus jamais nous ne serions seuls. Plus jamais nous n'aurions à faire d'adieux. Il est encore temps de changer d'idée, Emerson…

— Ça suffit ! cria alors Mme Roy.

La vieille dame s'avança avec vigueur, sa canne résonnant fort sur le bois de la terrasse. M. Miron recula pour rejoindre les membres de la Ligue des Mages :

— C'est la gardienne du portail ! expliqua M. Miron.

Aussitôt, Bernadette leva son bouclier et Dezba replaça son voile.

— Tu te montres toujours aussi entêté, Francis ! accusa la vieille directrice. Même dans les cours d'histoire, tu t'obstinais ! Tu confonds les faits et tes propres interprétations !

— Eh bien, cela ne m'a pas empêché de devenir un maître de la magie ! Sans l'aide de personne, surtout pas de mes parents !

— Tes parents n'ont jamais refusé de te partager leurs secrets ! C'est frère Juste qui les retenait. Il avait remarqué ton acharnement nocif et incontrôlable ! C'est de ta faute si vos parents, à toi et Emerson, sont décédés.

Le sol parut se dérober sous les pieds d'Emerson. Véronika s'empara de sa main et la serra fort pour le soutenir. Elle ne le laisserait pas tomber. Les autres non plus. Emerson s'accrocha à cette idée. C'était tout ce qui lui restait.

— C'est pour t'empêcher d'ouvrir le portail que tes parents ont pris la route par un soir de tempête, continua Mme Roy. C'était ta deuxième tentative, je le réalise maintenant, après celle que tu avais ratée lors du premier spectacle de Christine !

— Stop ! cria M. Miron, qui refusait de revivre ce souvenir.

— Tu étais là ! Tu les as regardés mourir !

Dans un geste rapide, M. Miron saisit un masque caché dans son grand sac. L'objet en bois sculpté représentait une figure humaine au menton triangulaire, décorée de motifs noir et blanc et d'un serpent en mouvement. Dès qu'il le plaça sur son visage, Francis disparut.

Il avait une relique… qui lui permettait d'être invisible !

ALEXIE

Une force invisible souleva Mme Roy du sol. La dame avait porté ses mains à son cou, comme si quelqu'un l'étranglait. Bernadette donna un coup de poing sur son bouclier, qui résonna comme le tonnerre. Le voile de Dezba les entoura pour les protéger, elle et son acolyte.

Alexie était sous le choc de constater que les trois membres de la Ligue avaient des reliques. La pluie et les tristes révélations de M. Miron la frigorifiaient. Il leur avait menti. Il avait manipulé Emerson. Il avait tué leurs parents !

Alexie serra ses mains gantées. La magie emplit chaque parcelle de son corps. À ses côtés, Véronika se transforma en géante grâce à sa bague. Ses bras et ses jambes devinrent énormes comme des billots, ses vêtements s'étirèrent comme par magie pour épouser son corps immense. Clémence avait la bouche noir goudron et ses nageoires au visage. Elle plaça ses mains en prière. Son pouvoir extraordinaire mania la pluie pour créer des baleines et des bélugas faits d'eau. La sirène et ses créatures magiques suivirent Alexie et Véronika, qui couraient pour libérer Mme Roy.

M. Miron, invisible, lâcha alors la vieille femme inconsciente, qui tomba par terre. Il refoula les animaux d'eau en lançant un sortilège de rafale violente. Alexie utilisa toute sa force pour traverser le vent magique. Elle atteignit le directeur, mais elle reçut un choc dans le ventre, qui l'obligea à se plier en deux. M. Miron la poussa pour la faire trébucher :

— J'ai pas envie de lutter contre une élève…

— Dommage ! Moi, ça me dérange pas de me battre contre le directeur !

Alexie se releva et elle fonça malgré le sang qui coulait au coin de ses lèvres.

JORDAN

Emerson s'était rapproché de Mme Roy. Les corps éclatants de Keiko et Esteban brillaient dans une harmonie bleu et rose. Ils abritaient les touristes curieux, tout en chantant dans leurs oreilles pour les ensorceler. Pendant ce temps, Dezba s'était mise à flotter quelques centimètres au-dessus du sol. Cela n'augurait rien de bon. Jordan transforma son couteau en épée et enfila sa tuque qui le protégeait des sortilèges.

Le voile voltigeait autour du visage de Dezba. Des trous noirs affreux avaient remplacé ses yeux. Des formes translucides apparurent sur le sol... Des mains... des têtes... Elles passaient au travers de la terrasse. En quelques instants, des créatures étranges, à mi-chemin entre des zombies et des fantômes, surgirent du sol, habillées des tuniques rouges en décomposition des soldats anglais du 18e siècle. Jordan recula en voyant d'autres troupes enjamber la rambarde de fonte. Leurs membres étaient vêtus de kilts et de bérets pourris en lambeaux. Il y avait aussi des silhouettes qui portaient des costumes de peaux et des ornements traditionnels autochtones.

La relique de la membre de la Ligue lui permettait de convoquer les morts ! Elle ramenait à la vie les anciens guerriers décédés dans les environs.

Jordan serra la poignée de son épée. Une trentaine de morts-vivants avançaient vers les jeunes. Un premier soldat attaqua. Jordan était prêt à le pulvériser, mais un éclair le fit à sa place. Jordan se retourna et vit Corentin, les iris turquoise et les mains couvertes d'étincelles :

— C'est toi qui as fait ça ?

— Pourquoi es-tu si étonné ? se moqua Corentin en le rejoignant.

Les deux se lancèrent dans la mêlée. Jordan faisait tourbillonner son épée, qui rayonnait comme la lune. Son arme transperçait les soldats, tandis que Corentin les électrifiait.

Un immense combattant en tunique bleue leur bloqua alors le passage. Il mesurait plus de deux mètres de haut et grognait dans leur direction. Jordan ancra ses pieds au sol, mais l'énorme bête le repoussa facilement, comme s'il n'était qu'un quelconque microbe. En roulant, il perdit sa tuque. Il s'étira pour la rattraper, mais le gros soldat s'élançait à nouveau vers lui. Willem arriva juste à temps pour déployer une protection avec son médaillon…

WILLEM

L'immense combattant cognait le bouclier magique de ses poings hors norme et Willem fléchissait à chaque coup. Il serra les dents pour retenir son pouvoir et continuer à protéger Corentin et Jordan. D'autres troupes arrivèrent. Certains soldats étaient à cheval. Ils martelaient la paroi de la bulle magique pour la briser. Les trois jeunes étaient cernés.

— Je pourrai pas tenir pour l'éternité ! avertit Willem.

Soudain, un guerrier disparut. Puis un second… Quelqu'un les attrapait un à un, comme des mouches. Les revenants se volatilisaient dans des éclats de poussière grise. Willem, épuisé, relâcha son pouvoir. Lorsque la bulle s'évapora, les garçons constatèrent qu'Alexie, Véronika et Clémence les avaient tirés du pétrin.

— On fait quoi maintenant ? demanda Willem, couvert d'un mélange de pluie et de sueur.

— On y retourne ! lança Jordan.

— Attends ! lui dit Willem. Regarde-les…

Il avait remarqué que le bouclier de Bernadette émettait une lumière dorée autour d'elle et que la membre de la Ligue se tenait toujours près de Dezba. Il n'y avait pas de gouttes de pluie à sa droite non plus. M. Miron, invisible, se trouvait certainement là.

— Son bouclier ! expliqua Willem. On dirait qu'il augmente le pouvoir de ceux qui sont proches d'elle.

— T'as raison, confirma Véronika, courbée au-dessus du groupe. Il faut arrêter Bernadette.

— Tout le monde fonce d'un côté, proposa Alexie, pendant que je pars de l'autre pour la surprendre.

Les jeunes acquiescèrent d'un hochement de tête. Mais Willem insista :

— On y va ensemble, Alexie !

EMERSON

Les jeunes se ruèrent vers les soldats. Si Emerson ne les connaissait pas, il aurait pensé qu'ils étaient fous. Mais il avait confiance en ses voisins de casier. Lui resta en retrait avec Rudy pour protéger Mme Roy. Un filet de sang coulait du front de la directrice, toujours inconsciente.

Emerson vit Alexie et Willem s'écarter vers la droite. Ils couraient à toute vitesse, Willem déployant le bouclier de son médaillon pour protéger Alexie et lui permettre de foncer sur Bernadette. La jeune fille poussa son adversaire de toutes ses forces.

Bernadette voltigea bien loin de ses acolytes. Des plis hargneux creusèrent son visage rond lorsqu'elle se releva. Elle se tourna alors vers Emerson et fila vers lui. Ses lèvres murmuraient quelque chose… une formule ! Un filet lumineux et surnaturel entortilla alors Mme Roy. Emerson tira dessus pour la libérer. Rudy tenta de créer un mur d'eau avec son pouvoir. La membre de la Ligue des Mages le broya avec le revers de son bouclier et projeta la jeune sirène contre la rambarde de la terrasse. Dans le même élan, Emerson tomba à la renverse. Le Fragment sur sa montre éclata en morceaux. Il n'avait plus sa protection !

— Donne-moi ton œil ! cria Bernadette en fonçant dans sa direction.

Emerson se leva d'un bond. Il ne recula pas. Il sortit son poignard, mais… le stress l'empêchait de se concentrer sur un endroit où fuir. Son esprit était trop agité. De son autre main, il tenait fermement sa relique héritée de M. Chevalier. Bernadette l'attrapa par le bras. Il eut le courage de lui asséner un coup de canne. Au même moment, le buste d'un cadavre fantôme de soldat saisit ses jambes et le fit culbuter. Emerson chuta. Bernadette en profita pour dresser son bouclier dans le but de fracasser le crâne d'Emerson. Soudain, une force inapparente la poussa dans l'autre direction.

— On avait dit PAS Emerson ! hurla Francis.

— Pourquoi tiendrais-je une promesse faite à un menteur comme toi ? grogna Bernadette tout en combattant.

Emerson leva alors sa canne et contra le coup d'épée d'un soldat qui arrivait par la gauche. Le choc retentissant traversa tout son corps. Sa canne fut projetée à quelques mètres de lui. De l'autre côté, Francis perdit son masque dans la lutte. Il redevint visible. Il avait les traits sombres, creusés par la rage. Il leva les bras au ciel et, aussitôt, une rafale surprenante apparut. Elle se changea rapidement en tornade. Elle était si forte qu'elle arrachait des bancs de la terrasse. Elle se dirigeait vers Bernadette, qui fut bientôt coincée entre le tourbillon et la rambarde au-dessus de la falaise.

— NON ! gémit Emerson. Arrête, s'il te plaît. Laisse-la. Viens avec moi ! Je t'en veux pas…

La tornade ralentit, comme si Francis hésitait. Soudainement, un nouveau guerrier fantôme leva son arme sur Emerson, qui ne pouvait plus rien faire pour se protéger… Francis se précipita vers son frère. Il se plaça devant lui, et l'épée du mort-vivant transperça son ventre. Francis s'écroula sur la terrasse. Le soldat menaçant disparut, car Jordan, qui se tenait derrière lui, l'avait éliminé à son tour avec son épée. Emerson s'accroupit pour prendre son frère dans ses bras.

Reine Roy

Mme Roy retrouva ses esprits alors qu'un éclair toucha la plus haute tour du Château Frontenac. La tempête naturelle se mêlait aux intempéries causées par la magie. Elle sortit le flacon dissimulé dans son manteau et le lança sur la terrasse Dufferin. En s'échappant du verre brisé, le liquide créa un nuage turquoise rempli d'étincelles. Il grossit et engloba toute la terrasse. Les soldats morts-vivants disparurent et les membres de la Ligue des Mages s'enfuirent. Les adolescents se hâtèrent de camoufler leurs pouvoirs et leurs reliques. Les sirènes partirent se cacher loin, tandis que les voisins de casier aidaient les touristes à se mettre à l'abri. Pendant ce temps, Mme Roy récupéra le masque de M. Miron en prenant soin de ne pas le toucher avec ses mains nues. Elle le glissa dans son manteau. De son autre main, elle abaissa les paupières sur les yeux figés de Francis Miron.

26
Emerson

De longues voitures noires aux vitres teintées et des agents de sécurité bloquaient l'entrée de la cour du collège Sainte-Hubertine. Emerson dut s'identifier avant de pouvoir passer avec sa tante l'entrée de l'établissement :

— On est vraiment obligés d'y aller ? demanda-t-il à Marie-Claude, alors qu'ils traversaient le grand hall.

— Bien sûr que non, répondit-elle en lui prenant la main. C'est à toi de décider. Mais rappelle-toi que ce n'est pas un exposé oral !

Le bal, qui s'était terminé en catastrophe, avait eu lieu trois semaines plus tôt. La version officielle des autorités confirmait la présence d'une tornade ayant frappé la Haute-Ville, un phénomène surprenant, mais pas impossible, compte tenu des averses et des orages dans le centre du Québec. Personne ne savait qu'il s'agissait en réalité de la potion de Mme Roy. Il y avait eu des blessés et, malheureusement, un mort… Les services de secours avaient rapidement conduit Francis à l'hôpital, où on avait constaté son décès. La blessure mortelle avait été attribuée à un débris propulsé par la tornade.

Une fois dans la cour, Emerson hésita en voyant la foule. On avait installé une grande scène, non loin de l'emplacement où les voisins de casier avaient enterré Zellane et dit adieu à Romy. Une dizaine de journalistes étaient rassemblés sous le soleil ardent, devant les haut-parleurs, et attendaient quelque chose. Il n'y avait plus de barrière à l'endroit où se trouvait auparavant la chapelle. Il ne restait qu'un espace vacant, où l'on avait planté six jeunes arbres. La chapelle était une histoire du passé. Comme Zellane, comme Francis…

Alors qu'Emerson sentait ses larmes monter, Véronika arriva et lui prit la main :

— Tu viens ?

Emerson jeta un ultime coup d'œil à sa tante, qui l'encouragea d'un sourire. Il se laissa traîner par son amie jusqu'à la scène, où Alexie, Jordan et Willem les attendaient. Ils étaient tous nerveux devant la foule et les journalistes. Ils avaient caché la relation qui les unissait depuis plusieurs années. Emerson eut tout à coup le sentiment de révéler leurs véritables identités.

Soudain, les flashs des caméras se mirent à clignoter, accompagnés de nombreux clics. Un agent de sécurité sortit de l'école. Derrière lui suivait une dame qu'Emerson avait déjà vue dans les journaux.

— C'est Émilie Montminy ! murmura Alexie, impressionnée. La première ministre du Québec !

La femme au nez aquilin avait des yeux renfoncés. Elle avançait dans les pas de son garde du corps, ses longs cheveux blonds tombant sur ses épaules comme d'harmonieuses vagues.

La foule, constituée surtout d'amis, de familles, d'élèves et de membres du personnel du collège, applaudit Émilie Montminy lorsqu'elle monta sur scène. La première ministre balaya l'auditoire du regard avant de parler :

— Merci à toutes et à tous d'être présents pour souligner le courage de cinq jeunes exceptionnels qui n'ont pas eu peur de venir en aide à leurs concitoyens. Nous leur décernons aujourd'hui une médaille de bravoure.

Un assistant se présenta avec les bras chargés de médailles et accompagna Mme Montminy dans la remise aux élèves. Bien que la décoration soit légère, elle pesait lourd dans le cou d'Emerson, car elle lui rappelait cette nuit terrifiante…

— Je suis convaincue que vous réaliserez de grandes choses dans votre vie, résuma la première ministre au microphone. Je laisse maintenant la parole à la représentante des élèves du collège Sainte-Hubertine : Angélina Andrea Otto Rodriguez !

Les applaudissements accueillirent chaleureusement Angélina sur scène, tandis que certains élèves sourcillèrent. Angélina n'avait jamais été désignée représentante !

La jeune fille, tirée à quatre épingles, avait un air sérieux inhabituel. Elle triturait nerveusement une feuille de notes dans ses mains. Devant le microphone, elle prit une profonde inspiration :

— Merci, Madame la Première Ministre. Je suis très honorée que le conseil d'administration m'ait choisie pour parler de mes braves collègues, mais…

Angélina marqua une pause, le temps de se tourner vers les cinq voisins de casier et de faire un clin d'œil à Alexie.

— Qu'est-ce qu'elle fait ? murmura cette dernière.

Angélina toussota avant de reprendre :

— Mais j'aimerais vous dire tout de suite qu'il est dommage qu'il ait fallu un événement tragique pour enfin souligner leurs qualités extraordinaires ! Le conseil d'administration du collège Sainte-Hubertine encourage un système de favoritisme scandaleux ! Il n'a choisi que des élèves privilégiés pour l'accueil des étudiants français. Juste parce que leurs parents sont riches et populaires…

Les membres du conseil d'administration dans la foule se levèrent. Les journalistes se redressèrent pour prendre des notes. Mais Angélina n'était pas prête à se taire :

— Je décide aujourd'hui d'utiliser mon temps pour vous parler de Sara Dupuis-Roy, une championne de planche à neige, qui va remporter plein de médailles aux prochains Jeux olympiques. De Bernard Bolduc, qui a gagné un prix régional en sciences ! D'Eugène Brisebois, qui parle sept langues !

— Comment elle sait tout ça ? murmura Jordan, étonné.

— Aucune idée ! admit Véronika.

— … De Véronika Voulgaris, la meilleure élève de tout le Québec ! D'Alexie Tsawenhohi, notre représentante qui inspire TOUT-LE-MONDE ! D'Emerson Tousignant, quelqu'un de purement gentil. On a besoin de plus de gens comme lui !

Emerson sursauta, surpris qu'Angélina connaisse son nom au complet !

— … Nous sommes déjà dans un collège réservé aux plus riches ; il serait temps qu'on arrête de creuser encore les inégalités. Nous ne sommes peut-être que des jeunes, mais nous sommes aussi l'avenir, et nous avons envie que cet avenir soit plus juste !

Cette fois, la foule de parents et d'élèves se leva pour applaudir bien fort. Même la première ministre. Les acclamations résonnèrent dans la cour. Angélina invita les photographes à prendre un cliché des cinq voisins de casier. Jordan surprit tout le monde en saisissant les épaules d'Emerson d'un côté et celles de Willem de l'autre. Alexie fit une accolade à Véronika, et cette dernière serra la main d'Emerson. Un courant magique les traversa, comme un remous réconfortant, mieux que la sensation de bien-être que leur prodiguaient les reliques.

Les choses avaient changé. Les voisins de casier d'Emerson étaient… ses amis.

Une fois la cérémonie et les photos terminées, la secrétaire du collège interpella les cinq jeunes :

— La directrice veut tous vous voir dans son bureau. Tout de suite !

Les voisins de casier pénétrèrent dans le bureau de la direction avec leurs médailles au cou. Les affaires de M. Miron étaient empilées dans un coin. Le masque était soigneusement déposé sur le dessus de son sac de transport. Emerson fixait les choses de son frère, la tête embrouillée par la tristesse. Revenir dans ce lieu lui rappela ces instants de joie où Francis lui avait parlé de ses parents. Pouvait-il continuer de chérir ce lien fraternel malgré les mensonges et les sombres desseins de M. Miron ? Connaissant maintenant la vérité, Emerson décelait tous les moments où Francis avait modifié la réalité. Son frère avait tout tenté pour le faire adhérer à sa cause. Ses ambitions d'éternité et de maîtrise de la magie avaient terni son jugement. Parfois, Emerson se demandait si, avec le temps, il aurait pu convaincre Francis de renoncer. Il avait eu l'impression que, juste avant sa mort, son frère avait eu envie de l'écouter.

Les cinq amis patientaient alors que Mme Roy terminait un appel. Elle portait une sobre robe beige et ses lunettes qui lui donnaient un air de mouche étonnée. La femme était stricte, ce qui n'aidait pas les jeunes à vouloir lui faire confiance. Après s'être fait tromper pendant des mois, ils étaient méfiants, et ils le resteraient sans doute pendant longtemps.

— Je suis bien désolée que les choses se soient passées ainsi, dit la directrice après avoir déposé le téléphone. Je n'ai pas reconnu Francis quand nous l'avons engagé pour présenter les cours d'univers social. Je ne l'avais pas vu depuis dix ans ! Je crois qu'il a utilisé un sortilège, lors de son entrevue d'embauche, pour éviter que je le détecte. Il était très doué ! Je comprends mieux pourquoi monsieur Chevalier voulait le prendre sous son aile…

— Vous connaissiez bien le dernier Élu ? demanda Alexie.

— En effet. Il aurait dû former sa relève depuis longtemps.

— Vous savez qu'il est mort ?

— Je suis au courant. Quand il n'a plus eu de nouvelles de moi, il est venu travailler au collège pour y enquêter. J'ai fouillé dans les notes de Francis : c'est lui qui a créé la hère qui a tué monsieur Chevalier…

Emerson baissa la tête. Le rêve de puissance de Francis n'avait donc aucune limite. Il avait été prêt à tuer quiconque se dressant sur son chemin.

— Vous allez redevenir notre directrice ? s'enquit Jordan.

— Je n'ai pas le choix ! répondit Mme Roy. Pas de retraite avant que le portail ait été refermé. Ceux qui m'ont remplacée ont laissé un vrai désordre !

Véronika pointa le masque :

— Vous allez faire quoi avec ?

— Il est évident qu'il revient à Emerson ! Il appartenait à Evelyne, sa mère.

— Pourquoi vous le prenez pas ? demanda Jordan.

— Je suis trop vieille, dit Mme Roy en riant. Et on m'a formée pour être une alliée, une gardienne du portail, pas une Élue. D'ailleurs, de toute ma vie, c'est la première fois que je ressens autant la magie. Frère Juste m'a appris beaucoup de choses théoriques. Lui, il avait une relique. L'Œil du magicien…

— Je veux pas le masque, déclara Emerson. Willem devrait le prendre.

Le visage de son ami s'empourpra :

— Pourquoi moi ?

— T'as aidé les sirènes grâce à ton médaillon. Tu nous as tous protégés…

— Et tu te plains souvent de ta relique, le taquina Jordan.

— Mais personne le veut ?

— Prends-le ! l'encouragea Véronika.

Willem s'appropria le masque en le touchant avec ses mains fébriles. Emerson ne souhaitait pas une nouvelle relique. Il désirait des réponses :

— Pourquoi le poignard s'est pas lié à ma tante quand elle l'a touché ?

— Ta mère était très proche de sa sœur et elle était très douée en sortilèges. Il y a de fortes chances qu'elle ait ensorcelé Marie-Claude pour la protéger de la magie.

— Si les parents d'Emerson étaient des Élus, commença Véronika, et que Jordan a un ancêtre qui l'était, est-ce que ça veut dire qu'on est tous des héritiers d'Élus ?

— Il n'y a pas nécessairement de rapport. Pas à ma connaissance.

Mme Roy sortit le bocal rempli de Fragments :

— Et sinon, c'est quoi, ça ?

— Les Fragments que nous avons récupérés lors de l'Épreuve, expliqua Emerson.

— Il vous a fait accomplir l'Épreuve ? s'enquit Mme Roy en regardant chaque jeune de son air hébété.

— Il disait que c'était le seul moyen pour devenir Élu, précisa Alexie. Comme on pensait qu'il fallait des Élus pour fermer le portail, on l'a fait !

— Vous savez comment fermer le portail, Madame Roy ? lui demanda Emerson.

— Je ne connais pas les détails. Mais nous trouverons. Pour le moment, vous devez vous reposer.

— Mais le portail est ouvert ! s'indigna Alexie.

— Et les créatures peuvent envahir le collège ! ajouta Jordan.

— Je vous contacterai s'il y a un besoin urgent. Dans l'immédiat, j'ai placé les dernières protections qui me restaient. Ça tiendra jusqu'à votre retour en septembre prochain.

— Mais…

— Sachez que la patience et le repos sont plus importants que vous ne le pensez, coupa Mme Roy. Profitez des vacances pour apprendre à manœuvrer parfaitement vos reliques. Lisez des livres. Trouvons ensemble un moyen de fermer le portail !

Malgré l'âge avancé de la directrice, Emerson était surpris de constater la vivacité dans son regard. Son ton rempli d'espoir était inspirant.

Avant de le laisser quitter le bureau avec les autres, Mme Roy invita Emerson à rester un moment :

— J'aurais envie de te raconter des choses joyeuses sur ta famille, car il y en a. Ce sera pour un autre jour ! D'ici là, je voulais que tu saches que tes parents étaient des personnes extraordinaires. S'ils ont effacé l'existence de Francis de leurs souvenirs et de ceux de ta tante, c'était pour te protéger. Ils avaient peur. Je comprends pourquoi tu n'as pas désiré la relique laissée par ton frère, mais peut-être réclameras-tu ceci ?

Elle lui tendit quelques carnets.

— Ce sont ses journaux. Francis avait ses défauts, mais il était doué en magie. Tu y trouveras peut-être des informations pertinentes pour nos recherches… et pour faire ton deuil.

Emerson accepta l'offre et emporta avec lui la pile attachée avec une ficelle rouge.

Avant de quitter le collège pour les vacances, les cinq voisins de casier descendirent au repaire pour récupérer des livres. Une délicieuse odeur de pain frais et de cannelle accueillit Emerson.

— J'ai fait une nouvelle tentative ! s'enthousiasma Véronika. Je crois qu'on s'était trompés la première fois…

Les pâtisseries qui les attendaient étaient toutes petites, mais parfaitement dorées et nappées d'un délicieux glaçage. Leur texture fondait dans la bouche.

— Ça m'avait manqué ! soupira Jordan.

— Elles sont parfaites ! conclut Alexie.

Les succulentes mini-brioches furent un succès, mais surtout, elles les inondèrent d'une agréable sensation magique d'apaisement, comme les brioches de Mlle Irma.

Après le festin, Emerson rassembla ce qu'il voulait apporter chez lui pendant les vacances. En plus des journaux de son frère, il emporta le cahier dans lequel

Keiko lui avait noté le sortilège de messages magiques, le moyen le plus sûr pour communiquer entre eux.

— Je sais que madame Roy veut qu'on se repose, dit alors Alexie en fermant un énorme sac à dos rempli de livres. Mais je crois qu'on devrait rester en contact.

— Je suis d'accord, approuva Willem.

— On peut échanger nos numéros, proposa Jordan pour la première fois en quatre ans.

— Et si les membres de la Ligue venaient nous attaquer un à un ? renchérit Willem. On aura pas le temps de s'appeler !

— Tu penses que c'est probable ? demanda Véronika.

— Qu'est-ce qui les en empêcherait ? ajouta Willem. On est moins fort quand on est isolé.

Alexie se tourna vers Emerson :

— En début d'année, tu as mentionné un sortilège pour nous retrouver…

— Un serment, précisa-t-il. Comme celui de mes parents.

Dans son sac, Emerson récupéra la photo de ses parents adoptifs en Gaspésie. Les deux avaient le même tatouage sur leur avant-bras : une boussole ronde stylisée, dont les quatre points cardinaux avaient une forme de pétale d'iris versicolore.

— Ça permet de réaliser un appel à l'aide et ça indique vers où aller pour se trouver.

— Ça va laisser cette marque sur nous ? s'enquit Véronika.

— On peut la faire plus petite, si tu veux.

— Chouette ! s'exclama Alexie. Mon premier tatouage !

Ils décidèrent d'inscrire l'empreinte, dans un format minuscule, à l'intérieur de leur paume. Les cinq amis tendirent leur main ouverte en cercle. Emerson appuya son doigt dans chacune. Chaque fois, il prononça la formule suivante :

— *Jùdo las yu...*

Puis tout le monde dit en chœur le serment noté sur un papier :

— Je fais le serment de la boussole. Je promets d'aider ceux en détresse qui feront un appel à l'aide, peu importe où je me trouve.

Un symbole identique à celui des parents d'Emerson apparut dans leur paume. Il se grava en blanc, comme une cicatrice guérie depuis longtemps.

Tous quittèrent ensuite le collège. Emerson traîna son sac rempli de livres en admirant le serment imprimé dans sa main. Il avait le cœur triste de la perte de son frère, mais il gardait encore espoir de pouvoir fermer le portail.

Épilogue

Bernadette Dumas l'avait réitéré des centaines de fois : il ne fallait pas faire confiance à Francis Miron ! Elle savait à quel point celui-ci aimait cacher ses véritables ambitions. Elle-même, qui avait été en couple avec lui pendant deux ans, ne le connaissait pas vraiment. Il les avait bernés. Et il n'avait jamais eu l'intention de révéler l'emplacement du portail de Québec.

L'envie de répéter « Je vous l'avais dit ! » lui brûlait les lèvres. Elle se concentra plutôt sur son Bouclier de Cèdre, sa relique qui canalisait et renforçait la magie, tout en la protégeant physiquement. Bernadette était inatteignable avec cet objet et elle le chérissait tendrement.

Dans la chambre dotée de lits jumeaux qu'elle avait louée dans le Vieux-Québec, Bernadette polissait sa relique tout en réfléchissant à la suite des choses. Dezba Yazzie, sa collègue de la Ligue des Mages, faisait les cent pas. Elle avait rangé son voile, qui lui donnait le pouvoir de convoquer les morts. La quinquagénaire était aussi une spécialiste des potions. Elle était enragée de ne pas avoir pu récupérer une seule relique !

Le téléphone fixe sonna. Dezba décrocha le combiné pendant que Bernadette tendait l'oreille pour écouter avec intérêt :

— Nous l'avons vu. Oui, il était avec ces jeunes qui possèdent les reliques... Francis est mort, mais sa relique est introuvable... Je sais !

Lorsque l'appel fut terminé, Bernadette déposa son bouclier :

— Et puis ?

— Nous avons assez perdu notre temps, annonça Dezba. Il vient nous rejoindre ! Lui et tous les autres.

Bernadette sourit, satisfaite de ce dénouement. Une excitation joyeuse illumina son visage, normalement dur et éteint. C'était le moment qu'elle attendait depuis des années. Dès qu'elle avait appris l'existence de la magie, elle avait voulu la maîtriser ; la posséder.

Tous les membres de la Ligue se réuniraient bientôt et, ensemble, comme une grande famille, ils allaient saisir le portail et dominer tous les mondes. Bernadette avait confiance qu'ils réussiraient, d'autant plus que James Murphy, leur puissant chef, serait de la partie.

Prochainement…

Collège des mystères, Tome 5… la conclusion !

Besoin d'aide ?

Les orphelins de casier ne peuvent pas parler du monde obscur avec les autres, mais cela n'est pas vrai pour toi.

Si toi ou quelqu'un que tu connais traverse une période difficile, vous n'êtes pas seul·e·s. Parler à quelqu'un peut faire toute la différence.

Voici des ressources disponibles au Québec pour vous soutenir :

Tel-jeunes : 1-800-263-2266 ou texto au 514-600-1002

Jeunesse, J'écoute : 1-800-668-6868 ou texto au 686868

Suicide Action Montréal : 1-866-APPELLE (277-3553)

Photo : © Hélène Bouffard

EDITH GIRARD

Edith Girard est écrivaine, scénariste et bibliothécaire. Elle est née et a grandi en banlieue de Montréal, et vit maintenant dans la région de Québec. Elle a fait des études en littérature, en cinéma, en création littéraire, en télévision et en sciences de l'information. Edith est une lectrice omnivore, ayant une préférence pour les littératures de l'imaginaire. Son jeu préféré a toujours été d'inventer des univers et des aventures extraordinaires. L'écriture est pour elle le prolongement de cette passion.

Fiches d'exploitation pédagogique

Elles accompagnent une grande partie de nos livres!
Retrouvez-les sur notre site Internet à la section Enseignants:

quebec-amerique.com

Collège des mystères, tome 4 – L'Épreuve a été achevé d'imprimer
en avril 2026 sur les presses de l'imprimerie HLN, au Québec, Canada,
pour le compte des Éditions Québec Amérique.